일하며 공부하며, 공부하며 일하며

대한불교
조계종
제15대
종정

일하며
놀부하며
공부하며
쉬하며

성파 스님 말씀하고 김한수 쓰다

샘터

일 하며
공부하며
공부하며
일 하며

일러두기

성파 스님의 말씀은 글말이 아닌 입말임을 감안하여
일부 표현은 한글 맞춤법을 따르지 않고 그대로 표기하였다.

'종정 할아버지'가 들려주는 행복 이야기

종교 담당 기자로서 성파 스님과의 만남은 늦은 편이다. 명성은 익히 듣고 있었다. 막연한 선입견은 '기인(奇人)' 쪽이었다. 보통 스님들과는 다른 행보를 보이고 계셨기 때문이다. 옻칠 민화, 도자기, 천연 염색, 거기다 항아리와 서운암 된장까지. 일반적인 수행자가 걷는 길은 아니었다.

스님을 처음 따로 뵙게 된 것은 2020년 미술가 김아타의 경기도 여주 작업실에서였다. 김 작가와는 2000년대 초반 필자가 미술 담당 기자이던 시절에 만났다. 오랜만에 만난 김 작가는 여주에 작업실 겸 개인 미술관을 개관하는데 통도사 방장 성파 스님을 초대한다고 했다. 그러면서 성파 스님과의 오랜 인연을 설명했다. 자신에게 '아타'라는 법명을 주신 멘토 같은 분이라 했다. 그래서 개관식 행사를 주관할 어른으로 스님을 초대했다는 이야기였다. 반신반의했다. '통도사 방장 스님이 미술관 개관식 참석을 위해 여주까지 오신다고?' 그렇게 종교 담당 기자인 필자는 통도사 서운암이 아닌 여주의 미술가 작업실에서 성파 스님을 뵙게 됐다.

개관식은 조촐했다. 코로나 시국이었고, 초대 손님도 스무 명이 안 됐다. 스님은 행사 시작 30분 전쯤 도착했다. 새벽에 아침 공양 드시고 바로 출발했다 하셨다. 소탈하셨다. 악수를 하는데 손이 80대 어르신의 손이 아니었다. 두툼한 근육이 잡히는 '일꾼의 손'이었다.

스님은 개관식에서 '진광불휘(眞光不輝)'를 키워드로 김 작가를 따뜻하게 격려했다. 잠깐 짬이 날 때 '도서 백만 권 모으기'에 대해 여쭙자 "백만 권이 아니라 무한대"라 하셨다. 그 스케일에 놀랐다. 개관식이 끝나고 김밥 등 간단한 식단으로 준비된 식사 도중 스님은 조용히 자리에서 일어났다. 그러고는 참석자들도 모르게 훌쩍 통도사로 떠나셨다. 제자뻘 되는 작가의 개관식에 불원천리 새벽길을 달려오셨지만, 별다른 예우나 의전을 마다하며 자신의 할 일만 마치고 홀연히 떠나는 스님의 모습은 무척 인상적이었다. 그날의 만남으로 필자는 스님에 대해 더 알고 싶다는 마음이 생겼다.

그 이듬해인 2021년 5월 부처님오신날을 앞두고 서운암에서 스님을 만났다. 인터뷰 서두에 "출가자로서 도자기, 옻칠 민화, 된장, 이런 걸 하시면 사중(寺中)에서 오해를 많이 받으셨을 것 같다"고 여쭸다. 이 질문에 스님은 '출출가(出出家)'를 꺼내셨다. 그러면서 자신의 철학을 이야기했다. 예상대로 일반적인 생각과는 달랐다. 그 인터뷰에서 필자가 가장 인상 깊게 느낀 점은 "나는 남에게 해줄 말 없다", "내 일이나 잘하겠다"는 답변이었다. 특히 "고통받는 젊은이들을 위한 위로의 말씀"을 청하는 상투적 질문에는 "그들(청년들)의 이야기를 잘 들어야 한다"고 했다. 필자는 머리를 한 대 얻어맞은 느낌이었다. 그동안 우리 사회에는 얼마나 많은 충고와 위로가 쏟아졌던가. 스님은 말하기 쉬운 해결책 대신 경청을 답변으로 내놓은 것이다. 그런 말씀을 들으면서 스님이 해온 일에 대한 궁금증이 더욱 늘었다.

2021년 12월 스님이 조계종 제15대 종정에 추대됐다. 스님의 종정 추대 기사를 준비하면서 새삼 스님은 법문집 한 권 출간한 적 없다는 사실을 깨달았다. 그동안 수많은 언론에 스님의 활동이 소개됐지만, 스님 스스로 자신의 일과 수행에 대해 설명한 책은 없었다. 이 역시 "나는 남에게 해줄 말 없다"는 말씀과 맥이 통하는 일이었다.

2021년 연말, 조선일보 선배 기자였던 샘터사 김성구 대표를 만났다. 식사를 하던 중 성파 스님 이야기가 나왔다. 법정 스님과 오랜 인연을 맺은 김 대표는 불교에 대한 관심과 이해가 높다. 그렇지만 성파 스님에 대해서는 잘 모른다고 했다. 필자는 성파 스님과의 짧은 인연을 이야기하며 더 궁금한 점이 많다고 했다. 그 자리에서 스님이 해온 일에 관한 책을 내면 좋겠다고 의기투합한 우리는 '일단 인사를 드리고 여쭤보자'고 의견을 모았다. 종정 취임을 앞둔 때라 스님이 사양하시면 그냥 인사만 드리고 오기로 했다.

2022년 1월 22일 통도사 서운암. 김 대표와 필자를 맞은 스님은 편안하게 대해주셨다. 이미 인터뷰를 통해 경험한 바 있기에 '깨달음'이나 '가르침'이 아니라 스님이 지난 40년 동안 해온 '일 이야기'만 들려주십사 조심스레 말씀드렸다. 그 요청은 허락하셨다. 그러면서 단순한 '일'이 아니라 '일'과 '공부'를 함께 이야기하셨다. 첫 만남은 예상과 달리 짧지 않았다. 오후 내내, 저녁 식사 후 다시, 그다음 날 오전까지 이어졌다.

그 자리에서 스님은 자신이 이판(理判, 수행승)도 사판(事判, 행정승)도 아닌 제3의 길을 걷게 된 이유를 은유적으로 설명했다. '평생 학인, 평생 일꾼'이라 하셨고, 왜 자신은 '500살 인생'을 사는지 설명했다. 남들이 볼 땐 엉뚱한 일을 벌여온 데 대해서는 짐짓 미친 척한다는 뜻의 '양광(佯狂)'이란 표현도 썼다. 책 제목도 '일하며 공부하며, 공부하며 일하며'로 지어주셨다.

이후 2023년 3월까지 어떤 때는 일주일에 한 번, 한 달에 한 번씩 주말에 김 대표와 필자는 울산행 SRT에 올랐다.

대담은 매번 화기애애했고 놀라움의 연속이었다. 스님은 놀라운 기억력으로 지난 40년간 해온 일과 공부를 설명했다. 도자기,

천연 염색, 야생화, 옻칠 민화에서 도서 무한대 모으기까지, 한 사람이 했다고는 믿기 힘들 정도의 방대한 일과 공부. 그것은 스님이 통도사의 종손(宗孫)이라는 주인 의식으로 해온 일이었다. 스님에겐 일이 곧 공부였다. 그 과정에서 필자가 막연히 가지고 있던 '기인(奇人)'이란 선입견이 짧은 생각이었음을 깨달았다.

흥미로운 에피소드도 많았다. 통도사 사중(寺中)의 반대를 무릅쓰고 했던 도자기 작업이 뜻밖에 성보박물관 건립의 계기가 된 일화는 인터뷰 도중 처음 털어놓는 이야기라 하셨다. 스님은 "나는 무소유가 아니라 유(有)소유다. 욕심이 대적(大賊)"이라고 했다. 그러나 스님의 욕심은 소유욕이 아니다. 전통문화를 되살려 온 국민이 알고 향유할 수 있도록 제공하고 싶은 욕심이다.

서울로 돌아와 대담 녹음을 반복해 들으면서 새삼 깨닫게 된 점이 있다. 스님은 '저 멀리 높은 곳'이 아니라 항상 대중들과 같은 높이에 계시다는 점이다. 스님은 한국의 대표 불교 종단인 대한불교조계종의 최고 어른인 종정이지만 취임 전과 후 일상의 변화가 없다. 여전히 서운암에서 옷에 물감을 묻혀가며 옻칠 민화를 그리고, 한지를 뜬다.

말씀 내용도 그렇다. 이번 책을 위한 대담에서도 당신이 해온 일만 말씀하셨다. 그렇지만 곱씹어 볼수록 스님의 말씀은 '나는 이렇게 해왔다'는 단순한 서술이 아니라 '내가 이렇게 해봤으니 누구나 할 수 있다'라는 권유로 들린다.

스님의 한시(漢詩) 작품 중 〈등고(登高)〉란 작품이 있다. 높은 봉우리에 올라 큰 깨달음의 종소리를 듣는다는 내용이다. 스님은 "누구든지 올라가면 그렇다는 뜻"이라고 했다. 그러면서 "종교인들이 보면, 내려다보면서 가르치듯이 이야기하는 경우가 많아요. 나는 그런 거 없어요. 가르치는 것도 아니고, 따라오라는 것도 아니라. '나는 이렇게 일한다', 그뿐이라"라고 말했다. "나는 같이하자는 말도 안 해요. (같이하자는) 뒷말은 안 하는 거라. 그건 각자 알아서 할 일이지요"라고 말했다.

스님의 말씀을 들으며 왜 책 제목을 '일하라 공부하라, 공부하라 일하라' 혹은 '일하자 공부하자, 공부하자 일하자'가 아니라 '일하며 공부하며, 공부하며 일하며'로 일러주셨는지 그 이유를 알 것 같았다. 스님은 지금도 현재 진행형으로 일과 공부를 하고 있기 때문이다. 스님에게 일과 공부는 '뫼비우스의 띠'처럼 서로 떼려야 뗄 수 없이 계속 이어지는 순환고리이다. '평생 학인, 평생 일꾼'이라는 스님의 말은 그런 뜻이다.

일반 대중은 일과 공부를 별개라고 여긴다. 그러나 스님의 이야기를 들어보면 왜 일이 공부이고, 공부가 일인지 어렴풋이 알게 된다. 스님은 자신의 삶을 통해 왜 일을 해야 하는지, 왜 일이 곧 공부이고 공부가 곧 일인지, 어떻게 살아야 하는지를 보여준다. 모두가 스님처럼 살 수는 없겠지만, 일과 공부를 하나로 여기는 자세로 산다면 행복이 바로 '지금, 여기'에 있을 수 있다는 말씀이다. 그런 의미에서 '일하며 공부하며, 공부하며 일하며'는 스님이 이 시대에 건네는 화두이자 권유이며 응원이고 격려다.

대담이 거듭되면서 김성구 대표는 "처음 스님을 뵈었을 때는 높이, 멀리 계신 줄 알았다. 그런데 지금은 아주 가까이 계신다. 따뜻한 모습으로"라고 말했다. 필자의 느낌도 똑같다. '종정 할아버지'가 친절하게 들려주는 행복하게 살아온 이야기였다. 필자에겐 그 말씀을 정리하는 것은 일이자 공부였고, 행복한 기억이다. 그 행복한 기억을 독자들과 함께 나누고 싶은 바람이다.

2023년 4월 김한수

들어가며

왜 '일하며 공부하며, 공부하며 일하며'인가

성파 스님　　　　　　공부 안에도 일이 있고, 일에도 공부가 들어 있어요. 노는 것도 공부이고 사람 만나는 것도 공부입니다. 우리 태극기의 태극이 그래요. 태극을 보면 크고 둥근 부분이 있고, 가는 부분이 있지요? 그런데 가는 부분이 큰 부분을 물고 있고, 큰 부분이 가는 부분을 물고 있어요. 서로 물고 있는 거라. 양중(陽中)에 유음(有陰)이요, 음중(陰中)에 유양(有陽)이라. 그때그때 더 힘을 발휘하는 쪽이 커지는 겁니다. 나에겐 일과 공부가 그렇습니다.

나는 제대로 학교를 다니면서 공부하지 않았어요. 내 나이 일곱 살에 해방이 됐어요. 경남 합천 해인사에서 가까운 마을에서 자랐는데, 왜정 때에는 그렇게 공출이 심했어요. 가을 추수를 마쳐도 먹을 게 없었어요. 아침밥 먹으려고 하면 부엌에서 솥뚜껑을 열어 보는 사람이 찾아와요. 쌀밥을 먹고 있으면 온 집 안을 뒤져 쌀을 빼앗아 가려고. 그렇게 고생하다 해방을 맞았어요.

해방되던 날 기억은 지금도 생생해요. 그날은 마침 징병 가는 사람들 환송식이 면에서 열렸어요. 우리도 일가(一家) 중에 한 사람이 끌려가는 날이었지. 동네 사람들이 다 장터에 모였어요. 징병 가는 사람들은 머리띠에 가슴띠까지 두르고 서 있고, 면장이 나와서 잘 싸우고 오라고 연설하고. 그런데 다 알고 있었지. 한번 끌려가면 살아서 돌아오지 못한다는 걸. 면 소재지 장터 마당에 서서 환송식을 딱 마쳤는데, 갑자기 해방이 됐다는 거라. 징병 가는 건 그 자리에서 바로 취소됐지. 그랬더니 사람들이 한순간에 변하데. 조금 전까지 울면서 잘 싸우고 오라고 전송하던 그 많은 사람이 만세를 외치고….

그 후에 초등학교에 들어갔는데 5학년 때 이번엔 6·25전쟁이 터진 거라. 형제간에도 국군 간 사람과 인민군 끌려간 사람 나오고, 아들을 그렇게 보낸 아줌마는 고함치며 울고. 아이들은 밤에는 인민군에게 인민군 노래, 김일성 노래 배우고. 우리 살던 동네는 전쟁터였어요. 사람 죽은 것도 많이 봤고.

공부가 별건가?
하면 되는 거지

그러다 보니 이제 더 이상 공부할 여가가 없는 거라. 그래서 학교 공부는 거기서 끝났지. 그렇지만 나는 낙심한 적이 한 번도 없어요. '공부가 별건가? 하면 되는 거지', 이런 생각이었지. 발길 닿는 곳이 학교이고, 사물을 접하는 것이 공부이고, 만나는 사람이 스승이라 생각했지. 내 마음만 성하면 다 공부다 여겼지. 그래서 그런지 나는 한 번도 학교 공부 안 한 것에 대해 위축되거나 걱정한 적이 없어요. 그때부터 나는 공부라는 것을 그렇게 생각하고 살았어요.

일본말로 '쇼가이 가쿠슈(生涯學習)'라고 '평생 죽을 때까지 공부한다'는 말이 있어요. 중국말로도 '훠따오라오 쉐따오라오(活到老 學到老)'라고 '평생 죽을 때까지 공부한다'는 말이 있어요. 우리말로 하면 '평생교육'이라. 우리 어렸을 때는 평생교육이란 말이 없었는데, 요즘은 그렇게 말하지요. 나는 어릴 때부터 평생교육 사상을 가지고 있었어요.

책 제목을 '일하며 공부하며, 공부하며 일하며'라고 한 것도 그런 생각 때문입니다. 평생 일하고 공부하며 사는 것이거든. 그럼 왜 간단히 '일, 공부, 공부, 일'이라고 할 수도 있는데 굳이 '일하며 공부하며, 공부하며 일하며'라고 했는지 궁금하지요?

그건 계율이나 마찬가지라. 우리가 물이 깊은 데가 있으면 '절대 수영 금지'라고 쓰지, '수영선수는 수영해도 된다'고 쓰지는 않지요? '조오련(수영선수) 같은 사람은 들어가도 된다'고 하지는 않잖아요. 종교의 계율도 마찬가지라. 일반 사람에게 해당하는 것을 계율로 하지, 특수한 사람, 특출난 사람에게 해당하는 이야기를 적지는 않거든. '경허(鏡虛, 1849~1912) 스님 정도 되는 사람이라야 막행막식(莫行莫食, 언행이 계율에 어긋나고 금지된 음식을 마음대로 먹는 행위)해도 된다'고 쓰면 안 되는 거나 마찬가지입니다.

'일, 공부, 공부, 일'이라고 하면 특수한 사람들만 알아듣게 되지요. 우리는 촌놈식으로 들어가야 하는 거라. 친절하게. 앞뒤로 '일하며'가 감싸고 가운데에 '공부하며'가 들어 있어야 해요.

말하자면 '공부하며'가 알맹이인 거지요. 밤알은 안에 있고, 밤송이가 밖을 지키고 있는 것처럼. 밤송이가 미리 벌어지면 밤알이 성숙하지 못해요. 성숙할 때까진 밤송이가 지켜줘야 합니다. 마찬가지로 공부가 성숙하려면 일이 밤송이처럼 감싸줘야 해요. 일과 공부 둘 다 중요하지만 그런 관계인 거라. 책 제목 '일하며 공부하며, 공부하며 일하며'는 그런 뜻입니다.

○

김한수 　　　　　성파 스님은 일과 공부에 대한 생각에 더해서 '순리(順理)'에 대한 생각도 말했다. 순리란 일반적으로는 상황, 형편에 순응하라고 할 때 쓰는 표현이다. 그러나 스님은 순리에 대한 생각도 바꿔야 한다고 말한다.

"순리에 대한 생각도 바꿔야 합니다. 형편을 따르는 게 순리가 아니라 형편을 만드는 것이 진정한 순리입니다. 흔히 자동차가 있으면 차를 타는 게 순리라고 생각합니다. 그러나 우선 차를 만들어야 탈 것 아닙니까. 차를 만들 생각을 하고 실제로 만드는 것이 진정한 순리인 거라."

스님은 스스로 "나는 500살 인생을 산다"라고 말한다. 이유는 간단하다. "남들이 평생에 걸쳐서 해야 할 것을 나는 단시간에 배워야 하기 때문"이다. 스님이 지금까지 해온 일을 보면 이 말이 이해된다. 스님은 세속 나이 40대에 불보종찰인 통도사 주지를 마치고 출출가(出出家) 생활을 해왔다.

스무 살에 통도사에 입산한 것이 '출가'라면, '출출가'는 출가자로서 제2의 인생을 선언한 것이다. 이후 스님은 도자기(삼천불, 16만 도자대장경), 차와 야생화, 쪽을 비롯한 천연 염색, 산수화, 옻을 이용한 민화, 전통 옹기를 이용한 전통 된장과 간장 담그기, 그리고 현재 진행 중인 '도서 무한대 모으기'까지 보통 사람이라면 평생에 걸쳐 한 가지 이루기도 어려운 일을 연달아 개척해 왔다.

하나같이 '과거 절에서 스님들이 직접 해왔던 전통문화이지만 지금은 잊혀진 것' 또는 '지금 21세기 사찰이 해야 할 일'의 분야를 개척한 것이다.

멀리는 수백 년 전, 가까이는 불과 수십 년 전까지 사찰에서 이어져 오던 일이지만 이제는 맥이 완전히 단절된 분야를 스님은 단신으로 달려들어 개척했다. 일이 공부이며 공부가 일일 수밖에 없었던 40년 세월이다. 누가 시킨 것도 아니다. 오히려 '외도(外道)한다'는 수군거림이 있었다. 그렇지만 스님은 행복하게 이 일들을 수행하듯 해왔다.

스님은 500살 인생을 이렇게 설명한다.

"보통 사람이 장인(匠人), 전문가가 되기 위해선 최소 50년 정도는 정진하고 투자해야 합니다. 그런데 나는 그렇게까지 투자할 시간이 없거든요. 다른 일도 해야 하니까. 그런데 우리 수행자들에겐 비법이 있잖아요. 수행이 일초직입여래지(一超直入如來地), 즉 단번에 뛰어넘는 거거든요. 무엇이든 근본을 깊이 따져보면 이치를 알 수 있어요. 그래서 나는 남들 50년 시간을 줄여서 쓰는 거지요. 물론 그 사람들만큼 전문가는 못 되지만. 돌아보면 나는 인생에 큰 계획은 있지만 일은 그때그때 해야 할 일을 하면서 지내왔어요. 물론 공부하면서."

여러 가지 일을 동시에 진행한 스님의 이력을 보면서 '어떤 분야는 대충하셨겠지'라고 생각할 수 있다. 그러나 스님은 일과 공부에 대해 '간단(間斷)'과 '정진(精進)'의 개념으로 설명했다. 앞에서 말씀하신 '태극'의 원리와 마찬가지다. 서로 꼬리를 물고 물리듯 한순간도 빈틈없이 이어져야 한다는 뜻이다.

성파 스님   간단이란 말이 있어요. '간단(簡單)하다' 할
때의 간단이 아니고 사이 간(間), 끊을 단(斷), 간단(間斷). 많이 말고
조금 끊어지는 것을 간단이라고 해요. 또 정진(精進)이란 말이 있지
요. 정진은 조금이라도 간단이 없는 것, 그게 바로 정진이라. 정진
은 그야말로 정진이지, 간단이 있으면 정진이 아닌 거라.

통신선(通信線)을 한번 보자 이거라. 몇백 킬로미터를 가는데,
터럭 끝만치라도 간단이 있으면 통신이 안 되잖아요. 수도관을 보
자 이거예요. 조금이라도 간단이 있으면 물이 새지요. 전기선을 봅
시다. 전기선에 간단이 있으면 전기가 안 건너가요. 간단이 있으면
안 되는 거거든. 물건에 간단이 있으면 안 된다는 것은 누구나 다
아는데, 사람이 정진을 하는 데 있어서 간단이 없어야 한다는 건
잘 몰라요.

간단이 없는 게 정진이란 말이지요. 잘 때 자고 일할 때 일하
고 하더라도, 중요한 건 간단이 없어야 하는 거라. 공자는 그걸 항
심(恒心)이라고 했어요. 불교에서는 정진이라고 하지. 정진이 어떤
건지, 항심이 어떤 건지, 그걸 많이 생각해 보면 되는데 예사로 생

각한단 말이지. 그걸 쉽게 생각하면 안 돼요. '늘 밥 먹는 거 아이가', '늘 일하는 거 아이가', 이 정도로 쉽게 생각하면 안 된다는 거라.

통신선, 수도관, 전기선, 여기에 간단이 있으면 안 되는 거라. 간단이 없는 그것이 정진이라. 사물에 대해서는 그렇게 알면서 자기는 몰라. 자연을 보세요. 자연은 정진하고 있거든요. 한시도, 1초도 간단이 없거든요. 간단없이 정진하고 있잖아요.

'일하며 공부하며, 공부하며 일하며' 여기에 중요한 것은 조금이라도 간단이 있어서는 안 된다는 겁니다.

차례

4

오백 살 인생, 평생 학인 평생 일꾼

5

일, 공부, 행복

1

출가 전후

마음이 무엇인가

명심보감과 출가

"나는 통도사에 내 집을 갖다 놓은 후로 계속 나날이
일신우일신(日新又日新)하려고 노력하고 있어요.
인생에서 '다했다'는 것은 없어요. 지금도 나는 초보라.
지금도 모르는 것뿐이고. 일하며 공부하며, 공부하며
일할 뿐입니다."

○

김한수　　　일반적으로 스님들은 출가 전 이야기를
잘 하지 않는다. 성파 스님도 그렇다. 그러나 속인의 입장에서 출
가 전 사연이 궁금한 것은 인지상정. 성파 스님에게 출가 전 사연
을 여쭀다. 스님은 서당에 다닐 때 첫 교재《명심보감》에 얽힌 이
야기를 들려줬다.《명심보감》은 스님이 마음공부와 첫 대면을 하
게 해준 열쇠였다. 스님은 "마음공부에 관심을 갖고 공부하다가 자
연스럽게 통도사로 오게 됐다"고 말했다.

성파 스님　　　　　6·25전쟁 후에 학교를 그만두고 서당에 갔어요. 집안이 너무 가난해서 중학교를 갈 수 없었거든요. 우리 집안은 해방 전에도 어려웠는데, 해방이 되자 일본에 갔던 어른들이 귀국하면서 더 어려워졌어요. 거의 거지가 된 거지. 먹고살기도 버거워서 우리 형제는 제대로 학교를 갈 수가 없었어요.

그 무렵 마침 합천군에 한(韓) 씨 선생님이 하는 정산(靜山)서당이라는 서당이 하나 있었어요. 당시는 이미 시골에서도 서당이 거의 다 없어지고 일반 학교에 가던 시절이었거든요. 사람들도 서당을 멀리할 때였고. (인근) 성주군에도 없고 거창군에도 없었는데 합천군에만 서당이 하나 있었지. 거기서 학비도 거의 안 내고 한 2~3년 배웠지요.

서당에서 처음 배운 게 《명심보감(明心寶鑑)》이라. 그때 한자, 한문을 처음 배웠는데, 나는 그 제목부터 궁금했어요. 밝을 명(明), 마음 심(心), 보배 보(寶), 거울 감(鑑) 자라. 명심은 '밝은 마음'이 아니라 '마음을 밝히는'이라.

'마음을 밝히는 보배 거울'에서 '거울'은 차치하더라도, 그러면 마음은 어둡냐 밝냐, 어떻게 어두우며 어떻게 밝은가, 마음은 어떤 거냐, 이런 게 궁금한 거라. 이게 불교식으로 하면 화두(話頭)라. 그때 나는 불교도 몰랐고,《명심보감》도 몰랐어요. 그런데 마음이 도대체 어떤 것이기에 밝혀야 하느냐는 말이지, 그게 궁금해진 거예요. 그게 화두였다니까요.《명심보감》다 읽고 나서가 아니라 제목을 보면서 그 생각부터 났어요.

《명심보감》에 보면 또 이런 구절이 있어요. "천청(天聽)이 적무음(寂無音)이라, 하늘 들음이 고요해서 소리가 없음이라. (…) 비고 역비원(非高亦非遠)이라, 높지도 멀지도 않고, 도지재인심(都只在人心)이라, 다 마음에 있다." 하늘이 마음에 있다, 이런 말이라. 높지도 멀지도 않고…. 이건 불가(佛家)의 화두랑 한가지라. 나는 그때까지 불가를 접해보지도 않았고, 문학을 배워보지도 않았어요. 그런데 처음《명심보감》을 시작하면서 그것부터 궁금했던 거라.

그래서 마음에 대한 궁금증을 가지고 주야(晝夜)로 생각했어요. 잠들어 버리면 모르지만, 잠들기 전에도 생각하고 잠 깨면 바로 생각하고 계속 그 생각만 했지. 그때가 열여섯 무렵이었던 거 같네.

그러면서 실험도 해봤어요. 내 마음을 보내보는 실험이라. 내가 갔던 곳이나 우리 집 같은 것은 눈을 감아도 보여요. 마음이 어떤 거냐, 이게 화두고, 그게 '이 뭣고'인 택(셈)이라. 그렇게 마음으로 보내보니, 아무리 빠른 것도 이 마음이란 것보다 빠르지 못해요. 마음은 순간적으로 어디든 갈 수 있지요. 물속에서도 갈 수 있고, 불 속으로도 갈 수 있고, 불의 장막이 있어도 그 너머를 갈 수 있고. 그렇게 자꾸 마음이란 것을 실험해 보는 거라.

높지도 않고 멀지도 않고, 무색무취다. 소리도 없고 냄새도 없다. 형체도 없으니 안 보이고, 소리도 없으니 안 들리고. 그런데 없는 것도 아니다. 거기서 '공(空)이다', '색(色)이다'가 나오는 거라. 없는데 왜 있느냐 이거라. 있다는 걸 가정하고 보면 또 영원히 있는 것도 아니다. 없다고 가정하면 또 영원히 없는 것도 아니고 있는 것도 아니다.

그러다 보니 어느 날 "아심여명경 조진불염진(我心如明鏡 照塵不染塵), 내 마음은 명경과 같기 때문에 티끌이 비쳐도 티끌에 물들지 않는다", 이런 시가 탁 나왔어요. 그 거울에 티끌만 비치는 것이 아니라 똥도 비치고 다 비쳐도 나와는 관계없는 거라. 비칠 때는 있는데, 안 비치면 없는 거라. 불가에서 말하는 신수 대사와 혜능 스님이 지은 시와 비슷해요. 내가 (신수 대사와 육조 혜능 대사 일화를) 본 일이 있나, 듣도 보도 못했는데 그냥 그런 시가 나와버렸어요. 그 시가 나온 뒤로는 그건(마음에 대한 궁금증) 덮었어요.

그리고 한문, 한학 공부를 했지. 왜냐하면 아직 글공부에 문리(文理)가 트이지도 않았고 배울 것도 많았거든. 그 서당에서 3년이 안 되는 동안에 사서삼경을 다 배웠지요. 그러면서 한시도 많이 지었어요. 내가 서당에 가기 전까지는 한문도 몰랐거든요. 그런데 희한하게 시를 지었어요. 한자를 몰라도 윗사람(선배)들에게 '이런 걸 쓰고 싶은데 여기 해당하는 한자를 알려달라'고 물어가면서 한시를 지었어요.

당시만 해도 한학 하신 어른들이 많아서 가끔 시회(詩會)라는 게 열리곤 했지. 그때 내가 시회에서 60~70대 노인들과 겨뤘어요. 봄 되면 정자(亭子)에 모여서 시를 짓는 거라. 거기에 내가 가서 당당히 한 수씩 지었지. 열대엿 살짜리 소년이 한시를 지으니 사람들이 신동(神童)이라고들 했지. 그게 희한한 거예요. 희한하게 한시가 나오더라고. 호도 지었어요, '온계(溫溪)'라고. 여기서 '계'는 꼭 계곡만 이야기하는 게 아니에요. 땅이라는 뜻도 되지. 땅이 따뜻하면 만물을 소생시키잖아요. 그런 뜻으로 지어본 거라.

그렇게 한학을 공부하다 보니 어느 때부터는 안 배운 것도 읽으면 알게 됐어요. 문리가 일종의 문법인 셈이라. 내가 시 짓는 것을 배운 적도 없거든요. 그런데 문리, 문법을 알게 되니 처음 보는 글도 다 이해가 되고 시를 지을 수 있게 된 거라. 그 덕분에 3년이 안 걸려서 사서삼경을 다 읽었어요. 보통 10년은 걸린다고 하는데. 읽으면 해독이 빨리빨리 되는 거예요. 해독되는 정도가 아니라 거의 암기가 돼. 초등학교 다닐 때에는 공부 잘한다는 소리 못 들어봤는데. (웃음) 그때 내가 서당 안 가고 중학교를 가고 대학교까지 갔다면 뭐가 달라졌을지 몰라도, 하여튼 그래요.

그때 지은 시가 190수쯤 돼요. 그때그때 종이에 붓으로 적어서 두루마리에 모은 게 한 아름이나 됐지요. 그걸 출가하기 전에 부산 형님 댁에 맡기면서 모두 노트에 펜으로 다시 정리해 베껴 썼어요. 두루마리를 들고 다닐 수 없으니까 노트에 정리한 거지. 그걸 출가하면서 기념으로 가지고 왔어요. 수십 년 동안 어디 있는지도 모르고 살았지. 그런데 어디 구석에 찡겨(끼여) 있던 그 노트가 얼마 전에 나온 거라. 그래서 지금 한학 전공한 학자에게 부탁해서 번역하고 있어요. 번역이 거의 끝나가요.

내가 지금 그 한시를 다시 읽어봐도 희한해요. 그때 열몇 살짜리가 어떻게 한시를 지었는지. 그런 걸 보면서 전생에 뭐가 있나, 생각하기도 합니다.

○

김한수　　　　　다음은 서당에서 공부하던 시절 스님이
지은 한시 중 〈등고망(登高望)〉과 〈자호(自號)〉라는 작품이다.

登高望
등고망

欲窮千里目 穿雲上上峰
욕궁천리목 천운상상봉
盡伐途中棘 閑培澗畔松
진벌도중극 한배간반송
山深眠白虎 海濶伏靑龍
산심면백호 해활복청룡
醉睡雙層石 忽聞大覺鍾
취수쌍층석 홀문대각종

천 리 밖까지 바라보고 싶어서

구름을 뚫고 상상봉에 오르네.
가는 길에 가시나무를 다 쳐내고
시냇가 소나무를 가꾸네.
산이 깊으니 백호가 졸고 있고
바다가 넓으니 청룡이 엎드려 있네.
취하여 층층 바위에서 졸다가
문득 대각 종소리를 듣네.

自號
자호

虎嘯篁林谷 群獸隱跡忙
호소황림곡 군수은적망

龍潛蒼海濶 鳥尺白雲茫
용잠창해활 조척백운망

日曝中園野 風來南浦汪
일폭중원야 풍래남포왕

大器完成後 好還父母鄉
대기완성후 호환부모향

호랑이가 대숲 골짜기에서 포효하면
뭇짐승들은 숨기 바쁘네.
용이 잠기니 푸른 바다 넓고
새가 작으니 흰 구름 아득하네.
햇볕 쬐는 동산은 편편하고
바람 불어오는 남쪽 포구는 넓네.
큰 그릇 완성한 후에
부모님 계신 고향으로 기쁘게 돌아가리라.

스님은 이 작품들에 대해 "소년 시기의 이상을 적은 것"이라고
말했다. 이런 시가 190여 수에 이른다. 스님이 지금도 보관하고 있
는 노트를 펼쳐보면 펜글씨로 깔끔하게 정서(正書)한 한시가 빽빽
하게 적혀 있다. 스님은 노트에 자신의 시를 옮겨 적는 과정이 일
종의 출가 전 정리 과정이었다고 말했다. 출가한 후에 누구에게 보
여준 적도 없다고 한다. 스스로도 꺼내 보지 않았다고 한다. 출가
후에도 탄허 스님과 한시를 주고받지는 않았고, 경봉 스님과만 한
시를 주고받았다고 한다. 당연히 스님 동년배와 주고받은 한시는
없다.

성파 스님은 서당에서 첫 교재로《명심보감》을 배우기도 전에
제목에서 의문을 품었다. 바로 '마음'의 문제였다. 불교의 간화선

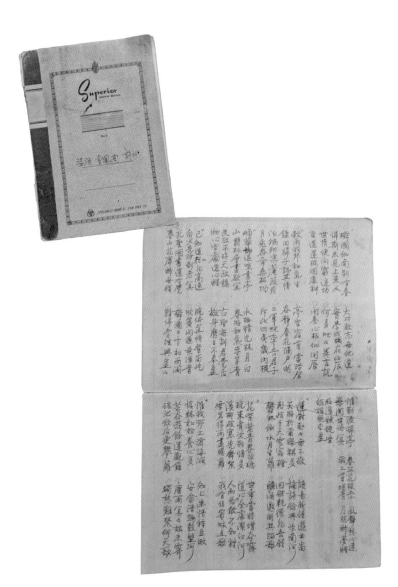

스님이 지금도 보관하고 있는 노트를 펼쳐보면
펜글씨로 깔끔하게 정서(正書)한 한시가 빽빽하게
적혀 있다. 스님은 노트에 자신의 시를 옮겨 적는
과정이 일종의 출가 전 정리 과정이었다고 말했다.

(看話禪, 화두를 사용하여 진리를 깨닫고자 하는 수행법)을 접하기도 전
이었다. 누가 화두를 준 것도 아니었다. 그냥 《명심보감》 제목의
마음 심(心) 자 하나를 보면서 스스로 화두를 잡은 것이다. 참선하
는 방법을 배우지도 않았지만 자나 깨나 그 생각만 했다고 한다.
어쩌면 그에게 입산 출가는 운명이었는지 모른다.

성파 스님   그럼 왜 출가했느냐. 그건 간단합니다. 내 마음이 있다고 해도, 몸이 없으면 마음이 거주할 집이 없거든요. 주인이 거처하려면 집이 있어야 하지. 집이 내 몸이고, 마음이 주인이고. 그런데 몸이 집이긴 한데 움직이는 집이라. 움직이더라도 일정 부분 주된 데가 있고 그다음에 움직여야지요. 자동차로 치면 차고(車庫)를 정해두고 서울, 부산 다니다 돌아와야 하거든요. 편히 살기 위한 안주는 아니지만 안주처가 있어야 해요. 그래서 산사를 택한 거라.

통도사 오기 전에 주유천하를 많이 했어요. 그렇게 다니다 보니 산사가 내 집을 앉히는 데는 제일 낫겠다는 생각이었어요. 도인이 되겠다는 게 아니라, 내 집을 앉히기에 산사가 제일 낫겠다는 생각이었지요. 그러면 산사로 가도 어느 절로 갈까 생각했지. 다른 절도 가봤어요. 그중 통도사에 오고 싶은 생각이 들었어요. 누가 안내한 것도 없고 그냥 찾아왔어요. 우선 '국지대찰(國之大刹) 불지종가(佛之宗家)' 간판을 보고 '여기가 괜찮겠다' 싶었어요.

나는 출가할 때부터 큰스님들 찾아다니며 법을 묻고 할 생각은 많이 없었어요. 그런데 이 몸뚱이가 집이라. 부처가 있다손 치더라도 주인이 떠나면 집이 망가지고, 집이 없으면 주인이 존재할 수 없는 것이거든요.

우리는 몸뚱이가 있는 한 굴러다니며 적응해야 합니다. 환경을 지배할 수는 없는 거라. 환경에 적응하고 극복하는 것이 지혜거든요. 나는 그렇게 살고 있어요. 내 몸을 산사에 두고 있으니 그렇지, 나는 산사 안이고 밖이고 경계가 없어요. 예를 들어 경상남도다, 경상북도다, 지도에 경계를 그어놨잖아요. 나는 거기에 얽매이지 않는 거라. 나는 절 집안에 와서 다툰 일이 없어요. 말다툼도 한 적이 없어요.

나는 통도사에 내 집을 갖다 놓은 후로 계속 나날이 일신우일신(日新又日新)하려고 노력하고 있어요. 인생에서 '다했다'는 것은 없어요. 지금도 나는 초보라. 지금도 모르는 것뿐이고. 일하며 공부하며, 공부하며 일할 뿐입니다. 아직 안 본 것도 많고, 안 들은 것도 많고, 나날이 새로운 것들인데요.

새로 만나는 것은
다 공부
경전 공부와 참선 수행

"나는 공부에 관해서는 콩팥을 안 가려요. 내 경우에는
새롭게 만나는 것은 다 배우는 것이라. 대하는 것,
접촉하는 것, 듣는 것마다 다 배우는 것이에요. 참선을
해서 도를 깨쳤다, 그래서 다른 것은 안 배운다?
공부는 그런 게 아니에요."

○

김한수　　　　　　일반적으로 출가자들은 자신의 출가 전 이야기를 꺼린다. 출가함으로써 거듭 태어났기 때문이다. 성파 스님은 여기서 한 걸음 더 나아가 출가 이후 생활 이야기도 거의 하지 않는다. 성파 스님은 통도사 주지 소임을 맡기 이전의 이야기는 좀처럼 꺼내지 않는다. 스님은 주지 소임을 내려놓은 후 '출출가(出出家)'했다고 말한다. 처음 입산한 것이 속세로부터 출가한 것이라면, '출출가'는 절 생활 20년쯤 지나 이 또한 익숙해졌을 때 초발심을 되새기며 다시 출가하듯이 새 출발을 했다는 뜻이다. 그래서 '출출가' 이전 이야기는 삼가는 것 같다.

스님들은 보통 출가한 후 행자(行者) 생활을 거친다. 절의 허드렛일을 도맡아 하는 사람이 행자다. 그런 과정을 통해 절 문화를 익혀간다. 이후 강원(講院)에서 경전 공부를 한다. 스님으로서 기본적인 불교 교리를 배우는 과정이다. 현재는 '승가대학'이란 이름으로 4년제 과정을 거친다. 정식 스님이 된 후에는 선원(禪院)에서 참선 수행을 한다. 겨울철과 여름철 석 달씩 동안거와 하안거를 나는 것은 이제는 한국 불교에만 남아 있다시피 한 전통적인 수행 방법이다.

대한불교조계종은 명칭에서부터 선(禪) 위주의 수행 종단임을 보여준다. '조계(曹溪)'는 중국 선종의 6조(祖) 혜능 대사가 머물렀던 중국 남부의 산 이름이다. 조계종은 1960년대 대처승을 절에서 몰아낸 '정화' 이후 선(禪)을 중심에 두고 있다.

선 수행은 치열하고 간절하다. 그 과정에서 전설도 많다. 오랜 기간 눕지 않고 앉아서 수행하는 장좌불와(長坐不臥), 1~2주씩 잠 자지 않고 수행에만 매진하는 용맹정진(勇猛精進), 깨달음에 대한 간절함으로 손가락을 불로 태우는 연비(燃臂) 의식 등 '수행의 전 설'이 전해진다. 생을 마치는 순간까지 좌선하는 자세 그대로 앉은 채 입적하는 '좌탈입망(坐脫立亡)'의 전설도 여럿 전한다. 속세 사람들의 눈높이에서는 도저히 엄두도 내지 못하는 수행자들의 모습이다. 이런 전설들은 출가자들의 수행 정도를 보여주는 척도가 되기도 한다.

그러나 성파 스님은 한 번도 자신의 수행 과정을 입 밖에 낸 적이 없다. 스님의 인터뷰도 대부분 주지 퇴임 후 서운암에서 살아온 이야기가 중심이다. 그렇다고 스님이 경전 공부나 참선 수행을 소홀히 한 것은 아니다. 오히려 교(敎)와 선(禪)에서도 두각을 나타냈다.

일찍이 한학을 익히고 출가한 스님은 경전 공부에서도 실력을 인정받아 탄허 스님이 화엄경을 번역할 때도 교정 요원으로 참여 했으며, 통도사 극락암에서 경봉 스님을 모시고 안거를 난 것을 비롯해 범어사, 봉암사 선원 등에서 안거를 했다.

성파 스님　　　　　　나는 공부에 관해서는 콩팥을 안 가려요. 서당 이야기도 했지만, 나는 새로 만나는 것은 다 배움이라 생각해요. 내 경우에는 새롭게 만나는 것은 다 배우는 것이라. 대하는 것, 접촉하는 것, 듣는 것마다 다 배우는 거라. 참선을 해서 도를 깨쳤다, 그래서 다른 것은 안 배운다? 공부는 그런 게 아닌 거라. 경전 공부하고 참선하는 것만 배우는 것이 아니라 새로 대하는 것은 다 배우는 것이에요.

배움에는 남이 가르쳐줘서 배우는 것도 있지만 남이 가르치지 않아도 나 스스로 배우는 것도 있어요. 배움에는 피차가 없는 거라. 주고받는 게 없는 배움도 있는 거예요. 간단히 말해서 내 앞에 지나가는 사람은 아무 생각 없이 그냥 지나가도, 나는 거기서 배울 게 있다는 거지.

《명심보감》 제목을 보고 마음에 대한 궁금증을 갖게 됐다고 했지요. 그 서당 선생님도 마음공부를 많이 말씀하셨어요. 유교에서도 남명이나 퇴계 선생은 마음공부를 많이 주장하셨거든요.《대

배움에는 남이 가르쳐줘서 배우는 것도
있지만 남이 가르치지 않아도 나 스스로
배우는 것도 있어요.

학》에서도 "심불재언(心不在焉)이면 시이불견(視而不見) 청이불문(聽而不聞) 식이부지기미(食而不知其味)라, 마음이 없으면 봐도 보이지 않고, 들어도 들리지 않고, 음식을 먹어도 맛을 모른다"고 했어요. 불교뿐 아니라 유교도 학문을 깊이 들어가면 세속 이야기가 아니라 마음공부 이야기를 하고 있어요. 그러니 나는 공부에 관해서는 콩팥을 가리지 않습니다.

서당 공부나 절에서 하는 경전 공부나 공부라는 면에서 다르지 않아요. 예를 들어 나주 배가 유명하잖아요? 그런데 울산 배도 유명해요. (웃음) 나주 배 다르고 울산 배 다르지만, 배는 다 같은 배라. 배가 배 맛이지, 사과 맛은 아니잖아요? 박스에 상표를 '울산 배', '나주 배'라고 써놓듯 울산 배, 나주 배가 다르긴 다르지만, 그렇다고 사과는 아니잖아요.

'경안(經眼)이 열렸다'라는 말이 있어요. 경을 보는 안목이 열리면, 경안이 열리면, 다 알게 되는 거라. 유교에서는 그걸 '문리(文理)가 난다'고 하거든요. 문리가 나면 안 본 것도 알게 된다 이거라. 처음 보는 것도. 그 많은 서적을 일일이 다 배울 수 있나? 그 많은 서적을 보면 해독할 수 있는 기본기를 익혀놓으면 되는 거라.

통도사로 출가해 행자(行者) 생활을 거친 후 강원 공부를 했어요. 통도사 강원은 당시에 유명했어요. 6·25 때 통도사는 공산군에 점령당하지 않았어요. 그래서 유명한 강사 스님들이 통도사로 많이 피란 오셨어요. 대강백인 운허 스님이 강주(講主)를 맡은 적도 있고, 그 후에도 지관 스님, 홍법 스님, 월운 스님이 머물며 후학을 지도했지요. 내가 출가했을 때는 강사 스님들이 대부분 떠나고 홍법 스님이 강주를 맡고 계셨어요.

○

김한수　　　　　스님은 그렇게 말문을 닫았지만 불교계를
취재하다 보면 성파 스님은 이미 30대에 촉망받는 학승이었음을
알게 된다. 서당 공부 중에 '문리'가 트여서 처음 배우는 것도 해독
하는 데 무리가 없었던 실력이 불교 경전 공부에도 그대로 이어졌
던 듯하다.

　단서는 곳곳에서 발견됐다. 지난 2022년 오대산 월정사가 펴
낸《근대 오대산 삼대화상》이란 사진집. 이 사진집은 월정사 한암
스님, 탄허 스님 그리고 만화 스님의 사진을 모은 책이다. 이 책 중
당대의 지식인으로 손꼽혔던 탄허 스님 부분에 성파 스님의 사진
들이 실려 있다. '화엄법회' 사진이다.

　1977년 12월 25일부터 1978년 2월 21일까지 2개월 동안 오
대산 월정사에서는 탄허 스님의 특강으로 '화엄법회'가 열렸다. 사
진집에 따르면 당시 이 법회에는 성파, 무비, 통광, 연관, 관조, 정
우 스님 등 전국의 학승 67명이 참여했다. 참석자들은 한국 근현대
불교에서 최고의 학승으로 꼽히는 분들이다. 이들은 화엄경 법회
를 마치고 대강당 앞에서 기념 촬영을 하기도 했다. 그 기념사진에

서 성파 스님은 중앙의 탄허 스님 바로 뒤에 서 있다. 또 기념 사진 집 4쪽에는 당시 강의를 들었던 봉주, 선과, 능혜 스님과 함께 성파 스님과 청강 스님의 사진이 수록됐다. 5쪽엔 관조, 무비, 중천, 통광 스님 등의 사진이 수록됐고, 하단에는 논강하는 4명의 스님 사진이 실렸다. 이 사진 오른쪽에 앉은뱅이책상을 놓고 원고를 살피는 성파 스님의 모습이 보인다. 스님께 이 사진들을 보여드리자 "이거 나 맞네. 이런 사진이 있었네. 그때 참 열심히 공부했지"라며 잠시 회상에 잠겼다.

성파 스님   아마 오대산 월정사 '화엄법회' 이전인 거 같은데, 몇 연도인지는 잘 기억 안 나고. 서울 세검정 석파정, 대원군 별장 석파정에서 탄허 스님이 화엄경 번역 교정하실 때 모시고 산 적이 있어요. 그때 인연이 있었지. 나는 중간에 합류했어요. 내가 자원했는지 탄허 스님이 오라고 하셔서 갔는지는 확실히 기억이 안 나네.

탄허 스님의 작업 자체는 대단했어요. 혼자서 그 많은 것을 다 번역했거든요. 화엄경 80권 전체를 번역하고 탈고한 상태였어요. 원고가 몇만 장이 됐을 거예요. 그걸 다 번역하고 탈고해 놓고, 출판하기 앞서서 원고 교정을 해야 했거든요. 할 데가 없어서 부산 기장에 계시면서 교정 좀 하다가, 이리저리 다니면서 서울 대원암에

'화엄법회'를 마치고 촬영한 기념사진.
성파 스님은 탄허 스님(맨 앞줄 오른쪽에서
네 번째) 바로 뒤에 서 있다.
(사진 제공: 민족사)

性坡 스님

서도 하시다가, 고생을 많이 하셨어요. 돈이 없어서 더 고생이었지.

그러다가 쌍용(쌍용그룹 김성곤 회장)이 후원을 하게 된 겁니다. 당시에 석파정도 쌍용이 가지고 있었지. 그러니 건물도 대주고 돈도 대주고 한 거라. 그때 돈으로 5,000만 원인가 지원했어요. 당시로서는 굉장히 큰돈이었지. 근데 교정 작업이니 계속 찍어(인쇄해) 봐야 하는 거라. 그래서 그 돈을 거기다 거의 다 쓰신 거라.

심부름하던 처사(處士)가 있었는데, 이름은 잊어버렸네. 그 사람은 그걸로 먹고사는 거라. 교정한 것 가지고 시내 가서 찍어 오는 것으로. 그런데 교정봐야 할 내용이 많으니 여러 장을 찍으면 그 비용이 엄청난 거라. 한 장 한 장은 비용이 얼마 안 하지만, 양이 많으니 비용이 엄청났지요. 그걸 조판(組版)이라고 해요. 그것도 찍었을 때 글자 한 자 잘못돼 있으면 새로 조판해서 또 찍어보는 거라. 그러니 비용이 감당이 안 된 거지요.

그렇게 작업을 하다 보니 5,000만 원 받았는데 4,000만 원 쓰고 1,000만 원밖에 안 남은 거예요. 밑천은 다 떨어져 가는데 일거리는 너무 많이 남은 거라. 그래서 탄허 스님이 걱정이 많았지요. 쉬는 시간에 차 마시면서 그런 이야기를 하시기에 내가 "조판기를 중고로 알아보면 얼마 안 할 것입니다. 그러니 우리가 조판기를 하나 사서 여기 갖다 놓고 여기서 번역하고 교정봐서 여기서 바로 찍어보고 하면 종잇값만 있으면 되지 않겠습니까"라고 말씀드렸지. 그래서 조판기를 하나 샀어요. 그랬더니 비용이 많이 절감됐지요.

당장 시내 가서 찍어 오는 처사 인건비부터 아낄 수 있게 됐으니. 시간도 단축되고 경비도 절약되고.

그걸(화엄경 번역 교정) 마치기 전에 내가 통도사로 강주(講主)를 맡아 내려오게 된 거라. 나는 기간으로는 얼마 안 되는 동안 교정을 도와드렸지요. 그 뒤로 나는 몰랐는데, 탄허 스님이 "조계종에서 경영에 관해서는 성파를 당할 사람이 없다"라고 여러 번 말씀하셨다고 하데. (웃음)

○

김한수　　　　성파 스님이 탄허 스님의 화엄경 번역 교
정 작업을 도운 것은 1972년 초로 보인다. 동국대 교수와 이사장
을 지낸 법산 스님은 지난 2013년 《현대불교신문》에 게재된 김광
식 동국대 교수와의 대담에서 1972년 1월 혹은 2월쯤 석파정에서
무비 스님, 연관 스님, 성파 스님과 함께 화엄경 번역 교정을 본 일
화를 소개했다. 그는 "그때 화엄경 교정지를 찍어내는 사식기(寫植
機)가 석파정에 있었어요. 그 기계를 사자고 한 스님이 성파 스님
이었어요. 그래서 탄허 스님이 성파 스님을 보고 조계종에서 경영
이 최고라고 하신 말씀이 기억나요"라고 증언했다.

　　이때 탄허 스님과 인연을 맺은 성파 스님은 그로부터 약 5년
후 월정사에서 '화엄법회'가 열렸을 때 탄허 스님과 다시 만났다.
말씀 끝에 '통도사 강주를 맡기 위해서 석파정을 떠났다'고 했지만
'강주 시절은 어떻게 보내셨느냐'는 질문에 스님은 다시 화제를 돌
렸다.

성파 스님　　　　　탄허 스님은 대단히 초인적으로 박식하다
고 느꼈어요. 보통 박식한 분이 아니었어요. 한학은 물론이고 유불
선에 다 능통하셨어요. 월정사에서 '화엄법회'를 하실 때에는 전국
에 소문내서 학인들을 모으셨지요. 그때는 학도(學徒), 도반(道伴)
이 좋으니까, 그런 기회가 없었지요. 전국에서 수십 명이 모여 같
이 공부하고, 같이 밥 먹고, 같이 놀고. 월정사에는 눈도 많이 왔어
요. 그때가 최고 좋았지요. 오랜만에 만난 도반들, 선후배 다 섞여
있었거든. 참 좋았지요. 공부하기 위해 전국에서 모이니 좋았지요.

　한국 불교는 정화 이후 경전 공부에서 선(禪)으로 무게 중심이
옮겨 갔습니다. 그러다 보니 상대적으로 경전 공부에 대한 관심은
줄었지요. 그럴 때 탄허 스님이라는 초인적이고 박식한 분이 중심
이 돼 다시 경전 공부 붐을 일으킨 겁니다. 그것이 석파정 시절이
고 월정사 '화엄법회'라.

　사실 그 무렵에 탄허 스님과 관응 스님 두 분이 대강백(大講伯)
이었어요. 운허 스님은 두 분보다는 좀 위였고. 탄허 스님은 한암
스님의 제자이기도 하고 희찬(만화) 스님이 극진히 모신 덕분에 월
정사에 확고하게 자리를 잡으셨지요. 승려도 자리가 잡혀야 하는
거라. 떠돌아다니면 뿌리를 못 내려요. 자리가 잡혀야 거기서 뿌리
를 내리고 가지도 뻗고 하는 거라.

　탄허 스님은 오대산에 계시니까 다른 데 한 번씩 나갔다 와도
오대산이 근거라. 관응 스님도 직지사에 자리 잡고 계셨으면, 월정

사와 직지사 양쪽에서 경학 붐이 왕성하게 일어날 수 있었을 거예요. 그 뒤로는 크게 붐이 안 일어났어요. 강원이 있지만 의례적으로 몇 년 공부하고 졸업하는 교육 과정이지요.

○

김한수　　　　　　　지금도 성파 스님은 이야기 도중 불교와
유교 경전을 줄줄 암송한다. 스님들도 성파 스님의 강의 내용의 폭
과 깊이에 혀를 내두를 정도이다. 그러나 성파 스님은 자신이 어떻
게 공부했는지, 어느 경전의 어느 구절을 좋아하는지 등의 속된 질
문에 짐짓 못 들은 척한다. 헛된 소문과 명성을 경계하는 것일까.

　성파 스님의 참선 수행은 어땠을까. 참선 수행에 관해서는 스
님은 더더욱 말문을 닫는다. 한국 불교에서 선 수행 이야기는 예민
하고 민감한 주제다. 자신의 수행 이야기를 잘못 전하면 오해를 일
으키기 쉽다. 대한불교조계종의 최고 어른이라는 자리 때문에 더
욱 신중한 듯하다. 평소에도 '깨달았다', '안 깨달았다'라는 이야기
를 일체 입에 담지 않아온 성파 스님으로서는 괜한 오해와 시빗거
리를 차단하려는 뜻인 것 같다고 짐작할 뿐이다. 다만 스님은 지금
도 모든 분야의 '초보'를 자처하며 '일하며 공부하며, 공부하며 일
하며'를 강조한다.

　스님 스스로 참선 수행 과정에 대해 밝히지는 않지만, 지난

2022년 3월 성파 스님이 종정에 취임할 당시 조계종이 발표한 이력엔 '봉암사 태고선원 등에서 27안거'를 한 것으로 나온다. 안거(安居)란 선승들이 여름, 겨울 석 달씩 선원에서 산문 출입을 금하고 하루 10시간씩 참선에 몰두하는 집중 수련이다. 선방에서 27안거를 했다는 뜻은 1년에 두 번씩 적어도 13년 동안 선원에서 참선수행을 했다는 뜻이다. 특히 봉암사는 한국 불교의 자존심 같은 곳이다. 광복 후 성철 스님 등이 '부처님 법대로 살자'며 봉암사에 모여 펼친 결사는 이후 조계종의 정신적 뿌리가 됐다. 현재는 조계종 종립 특별수도원으로 1년에 단 한 번, 부처님오신날에만 일반에 개방하는 곳이기도 하다. 또한 선승 가운데 수행 이력을 인정받은 분들만 받아들이는 곳이기도 하다.

성파 스님 나는 출가해서도 많이 돌아다녔어요. (출가 후 강원, 선원 등 수행 이력의) 알리바이가 잘 안 맞지요? 자꾸 따지지 말고. (웃음) 절집에서는 수좌(선승)들이 사교입선(捨敎入禪)이라고 하거든요. 교(敎)를 버리고 선(禪)에 들어간다는 뜻이지요. 그런데 나는 사교사선(捨敎捨禪)이라. 교도 버리고 선도 버리고. 교도 잔소리고 선도 잔소리인데, 그걸 따지고 앉아서 뭐가 되느냐 이거예요.

어떤 이는 '나는 견성했다', '견성을 두 번 했다, 세 번 했다'는 이야기들을 하는데, 견성했다고 스스로 말하는 자체가 글러먹은 거라. 견성이라 하지 않아도 말끝에 견성이 들어 있는 것이고, 들어 있어야 하는 것이거든요. 그런 문제는 나 자신부터 하지 않고, 다른 사람의 이야기에도 개입하지 않아요. 가타부타하는 것이 시비(是非)이거든요. 그래서 나는 그런 이야기는 아예 시비하지 않았어요. 어디 있든지 계속 정진하는 것이지요. 강원도 취할 바가 있고, 선원도 취할 바가 있는 것입니다. 어디든 취할 바가 있어요. 심지어는 탁지(濁地), 탁한 땅도 취할 바가 있고, 정지(淨地), 깨끗한 땅도 취할 바가 있어요.

몇십 년 장좌불와를 한 스님들이 계시지요. 나는 그렇게 한 것도 없어요. 공부를 깊이 안 한 거지요. 극락암 호국선원에서 선 수행도 하고, 범어사든 봉암사든 어디든 가서 안거를 하면서, 나는 내가 배울 것을 배워요. 딱히 누구에게 배운다기보다는.

그렇지만 선사들의 노력에 대해서는 인정해야 합니다. 하루에 10시간씩 꼼짝 않고 앉아서 수행한다는 것은 보통 일이 아닙니다. 공부가 됐든 안 됐든 그거 아무나 할 수 있는 일이 아닙니다. 그런 수행은 그 자체로 인정해야 합니다. 난인(難忍)을 능인(能忍)하고, 참기 어려운 것을 참고, 난행(難行)을 능행(能行)한다, 하기 어려운 것을 행한다. 그 자체를 인정해야 하는 거예요. 공부 이전에 그 자체를 인정해야 합니다.

나도 선방에 다닐 때는 똑같이 좌선했지요. 쌀이 아니라고 해서 다른 곡식을 곡식이 아니라고 해서는 안 됩니다. 쌀밥을 좋아하더라도 보리밥도 양식으로 인정해야 하는 것과 같습니다. 존재 자체를 인정해야 하는 거라. '이 선방(禪房)에는 배울 게 없다'고 하는 사람들도 있어요. 그건 잘못된 겁니다. 왜 배울 게 없겠어요. 화두를 타파하는 것이 목표지만, 화두 타파 외에도 모든 것이 배울 것이에요. 공자도 삼인행(三人行)이면 필유아사(必有我師)라고 했잖아요. 다른 사람이 잘하는 것을 배우고, 못하는 게 있다면 그걸 보면서 또 배우는 거예요. 저러면 안 되겠다고.

이 공부에는 불교라는 이름을 붙일 필요가 없어요. 진리는 불교나 기독교라는 구분이 없는 거라. 남의 것이 좋다 나쁘다 할 것 없이 자기 것을 하면 되는 겁니다.

김한수　　　　수행에 관한 이야기, 다른 사람에 대한 평가는 극히 삼가는 성파 스님이지만, 통도사 출가 당시 노스님이었던 경봉 스님에 대한 애틋한 마음은 감추지 않는다.

성파 스님　　　　경봉 스님은 근대 한국 불교의 대표적 선사(禪師), 선객(禪客)입니다. 경봉 스님은 선 법문을 하셨어요. 당시는 종단 정화 이후라 선종(禪宗)에 대한 관심이 높을 때였어요. 선방의 조실(祖室) 경봉 스님이 선 법문을 하시니 전국의 수좌, 선객들이 극락암으로 모여들었지요. 당시엔 신자들의 신심도 깊었어요. 특히 부산 불자들이.

그런 상황에서 경봉 스님이 한 달에 한 번씩 법문을 하시니 신자들이 스스로 회(會)를 모아서 버스를 몇 대씩 대절해서 왔어요. 그 시절에 경봉 스님 법문 들으러 1,000명씩 모였어요. 그때 1,000명이면 엄청난 숫자거든요. 교통도 지금처럼 좋을 때가 아니었으니. (통도사 입구) 신평까지 버스 대절해서 와서는 거기서부터 극락암까지 걸어가서 법문을 듣곤 했지요.

경봉 스님은 내가 주지 하던 때(1982년)에 돌아가셨어요. 내가 주지이자 장례위원장인 택(셈)이었지. 그래서 내가 상여 앞에서 걸어갔지. 장례 때 대단했습니다. 신평부터 극락암까지 사람이 가득했어요. 그 후에 성철 스님 장례(1993년) 때 사람이 많이 모였지요. 성철 스님 때만 해도 자가용이 많이 늘었지만 경봉 스님 때는 사람들이 걸어서 그렇게 많이 모였지요.

나는 극락암 선방에서 안거를 나기도 하고 다른 절에서 안거하기도 했지요. 다른 절에서 안거할 때는 경봉 스님께 편지를 드리곤 했어요. 그러면 스님도 답장을 보내주셨는데, 편지 마지막엔 꼭 한시를 한 수씩 적어주셨어요. 저도 스님께 편지 드릴 때 마지막엔 한시를 적고요. 그렇게 주고받은 편지가 많았는데, 서운암에 불이 나는 바람에 거의 다 소실됐어요.

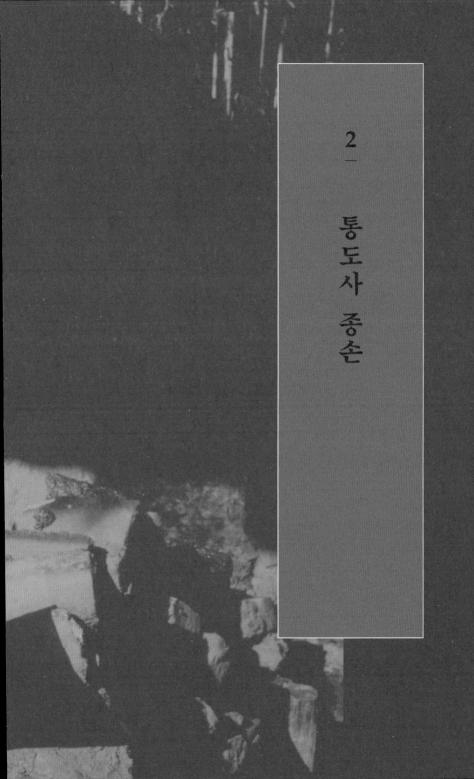

2
—

통도사 종손

전통문화의 보고,
통도사를 지켜라

종손 의식

"통도사는 1,300년 전 자장 율사가 창건한 이래 한
집안이에요. 1,300년 동안 한 번도 맥이 끊어진 적이
없는 종가인 셈이라. 내가 주인으로 살면 주인 아이가.
'나는 1,300년 종가의 직계 종손이다', 행자 때부터
그런 의식으로 살았어요."

○

김한수　　　　　성파 스님을 이야기할 때 빼놓을 수 없는
것은 '종손(宗孫) 의식', 즉 '주인 의식'이다. 스님에 따르면 갓 출가
했을 때부터 그런 생각을 가졌다고 한다. 갓 출가한 행자는 절에서
온갖 허드렛일을 하느라 정신 차릴 틈이 없다. 가는 곳마다 주인이
되라는 임제 스님의 '수처작주(隨處作主)'를 들어보기도 전이었다.
그런 시절부터 '종손 의식'을 가졌다는 사실이 놀랍다.

성파 스님　　　　　나는 스물두 살에 통도사에 들어와서 어
디 다른 곳에서는 거의 살지 않고 쭉 통도사에서만 살았어요. 중은
출가하면 출가한 절에서 다시 태어나는 겁니다. 육체적으로 태어
난 집을 떠나 출가한 중에겐 출가한 절이 새 고향집이라. 나는 출
가자로 다시 태어난 후로는 통도사에서만 살면서 스스로 '종손(宗
孫)'이라 생각했지요.

　내가 좀 나이 들어서 늦게 출가한 편인데, 나는 처음부터 이
통도사의 종손이라는 생각이 있었어요. 마음속으로 '여기 스님들

이 많지만 누구나 이 절의 종손이다. 여기로 출가한 사람은 여기서 다시 태어난 후손이고 종손이다. 그러니 나도 종손이다. 여기 스님 중에 집안의 유산 갖고 출가한 사람 있나?' 이런 생각을 늘 했지요.

통도사는 1,300년 전 자장 율사가 창건한 이래 한 집안이에요. 세상엔 종가(宗家)가 있고 종손이 있잖아요? 그렇게 따지면 통도사는 자장 스님이 시조(始祖)이고, 여기로 출가한 스님들은 다 한 집안이라. 통도사는 한 번도 폐사(廢寺)된 적이 없어요. 1,300년 동안 한 번도 맥이 끊어진 적이 없는 종가인 셈이라. 종가를 지키는 게 종손이듯이 절을 지키는 게 종손이고, 내가 주인으로 살면 주인 아이가. 출가자로 태어난 문중이 통도사인데. '나는 1,300년 종가의 직계 종손이다.' 행자 때부터 그런 의식으로 살았어요.

○

김한수　　　　　　성파 스님이 품고 있던 '종손 의식', '주인 의식'은 위기를 맞아 빛을 발했다. 그가 1980년대 초 통도사 주지를 맡게 된 계기는 통도사 일대에 대한 '도립공원화 계획' 때문이었다. 한마디로 통도사 일대를 위락시설로 만들려는 계획이었다. 1970년대 경제개발 이후 1980년대 관광 붐이 일어나면서 벌어진 일이다.

사찰은 우리 민족 정신문화의 구심점이 돼야 한다

성파 스님　　　　　　내가 통도사 주지 되기 전에 통도사를 도립공원으로 만들려는 계획이 있었어요. 청사진이 다 나와 있었어요. 내 앞의 주지가 도립공원추진위원회를 만들어서 추진위원장이라. 석남사, 내원사, 통도사, 표충사, 이렇게 해서 도립공원 만드는데, 주지가 위원장이라. 위락시설을 저 극락암 앞에까지 들이고 놀이공원을 만들려고 했지. 호텔도 만들려고 하고. 완전히 일반 공원으로 개발하려고 했지요.

당시엔 지금 산문(山門)이 있는 곳의 안쪽에 여관도 세 개 있고, 음식점들이 많이 들어와 있었어요. 여름이면 부산에서 초등학생들이 물놀이하러 오고. 완전히 유원지였어요. 여름방학 때면 교회 주일학교 현수막이 계곡 따라서 좍 붙어 있었다니까요. 통도사 계곡에. 그러니 이건 유원지라, 유원지. 거기에 더해서 놀이공원을 만들면 우째 되겠노. 현재 산문이 있는 자리부터 극락암까지의 땅을 지방도로로 기부채납하라고 했어요. 그런데 당시 통도사 스님들도 상당수가 도립공원을 찬성하고 있었던 거라. 그대로 두면 통도사가 도립공원이 될 지경이었지요. 그래서 내가 공원은 막아야겠다는 생각으로 주지를 맡았지.

그 무렵엔 박정희 대통령이 고속도로 닦고 공장 지으면서 우리나라가 산업화, 근대화됐어요. 국민들도 잘살게 됐고. 그런데 내 생각에 사람들이 잘사는 것은 좋은데, 절까지 덩달아 그렇게 휘둘리면 안 되는 거라. 사회는 더 현대화되고 기술은 더 발전해야 합니다. 그러나 사찰은 반대로 신라로 돌아가야 한다고 생각했지. '신라 사찰', '고려 사찰'로 만들어야 한다고 생각한 거지요. 우리민족 정신문화의 구심점이 돼야 하고, 전통문화를 지키고 보존하는 역할을 해야 한다는 말이지요.

○

김한수　　　자원해서 주지를 맡게 된 성파 스님은《통
도사보》라는 신문을 창간하고 주간까지 겸했다. '홍보'의 중요성을
누구보다 먼저 알고 있었기 때문이다. 당시 불교신문사에 근무하
던 기자를 스카우트해서 만들고 서울에서 인쇄해 통도사로 가져오
는 주간지였다고 한다. 그《통도사보》에 스님은 매주 도립공원 반
대 기사를 실었다. '왜 도립공원을 만들면 안 되나' 그 당위성을 집
중적으로 홍보한 것.

　　스님은 홍보전을 펴는 동시에 '산문(山門) 건립'을 추진했다. 새
주지가 만들어갈 통도사의 모습이 어떤 것인지를 상징적으로 보여
주는 것이 '산문'이었다. 그때까지 전통 사찰은 전각들이 모여 있
는 건물군(群) 바로 앞에 세워진 '일주문(一柱門)'이 세상과의 경계
역할을 했다. 통도사도 마찬가지였다. 사하촌 입구부터 영축산까
지 드넓은 땅이 모두 사찰 소유였지만, 일주문은 가람 바로 앞에
있었다. 사정이 이러니 사찰 땅 한복판까지 식당, 여관이 들어와
있었던 것이다.

새로 부임한 주지 성파 스님은 통도사 계곡 초입에 대못을 콱 박아버렸다. 그때까지 전통 사찰에 없던 '산문'이었다. 현재 매표소로 쓰이고 있는 '영축산문(靈鷲山門)'이다. 그 '산문'으로 속세와 사찰의 경계를 새로 그었다.

지금은 산문을 넘으면 큰절까지 약 1.4킬로미터에 이르는 '무풍한송로(舞風寒松路)'가 방문객을 맞는다. 양측으로 아름드리 노송들이 춤을 추듯 늘어서 있다. 일제 강점기 통도사 스님들이 온몸으로 수탈을 막았다는 소나무들이다. 방문객은 춤추는 소나무들 사이를 지나고 시냇물 소리를 들으며 통도사로 향한다. 하마터면 이 아름다운 풍경을 음식점과 여관에 내줄 뻔했다. 그러나 이는 지금에 와서 하는 이야기다. 40여 년 전 산문을 세울 당시 사찰 내외의 반발은 말도 못 했다고 한다.

주지를 사흘만 하다 말아도 지당대신은 되지 않겠다

성파 스님　　《통도사보》 신문을 내는 한편, 지금 저 앞에 있는 산문(山門)을 세웠어요. 그리고 상인들에게 '음식점과 여관은 전부 산문 밖으로 나가라'고 했어요. 난리가 났지. 그때까지 멀쩡히 장사하던 사람들을 산문 밖으로 나가라고 했으니. 게다가 그때는 평

산마을, 지산마을, 서리마을까지 3개 마을이 산문 앞으로 다니고 있었거든. 그러니 내가 3개 마을이 다니는 길을 막은 셈이라. 당시에 새마을지도자들이 경운기 몰고 와서 데모하고 난리가 났어요. 그래서 내가 주지를 맡았던 4년은 데모로 시작해서 데모로 끝났어요. 테러하겠다는 경우도 있었으니까요.

절 안에서도 '새 주지가 하라는 것은 안 하고, 하지 말라는 것만 한다'면서 반대가 많았고요. 절 안에서는 산문도 만들지 말라 하고, 경지 정리도 하지 말라는 여론이 많았거든요. 하라는 도립공원은 안 하고, 하지 말라는 건 하고 있으니 반대가 대단했지요.

그렇지만 나는 속으로 '주지를 사흘만 하다 말아도 지당대신은 되지 않겠다'고 다짐했어요. '지당대신'은 임금이 무슨 말을 해도 '지당하십니다' 하는 사람, 요즘 말로 '예스맨'이라. 그때 생각은 '나도 효도를 모르는 게 아니다. 그렇지만 천년 고찰을 살려야 하나 버려야 하나'라는 것이었지요. 지금 지키지 않으면 돌이킬 수 없다는 두려움도 있었고요. '인간 한 놈(성파 스님 본인) 죽어서라도 통도사를 살려야 한다'는 각오였지요. 이때가 아니면 통도사는 망한다는 생각도 있었고요.

○

김한수　　　　　　　경지 정리에도 나섰다. 통도사는 영축산
자락 약 670만 평에 이르는 방대한 땅을 가지고 있다. 그러나 당시
까지만 해도 천수답(天水畓)으로 경지 정리가 안 된 상태였다. 농사
는 인근 농민들에게 소작을 주곤 했다. 성파 스님은 이 논밭을 기
계화 영농이 가능하도록 경지 정리를 했다. 소작하던 농민들이 반
발했고, 평지풍파를 일으킨다며 스님들의 반대도 만만치 않았다.

성파 스님　　　　　　원래 통도사 안의 논은 층층이 산 논으로
있었어요. 자갈도 많고. 논 만들다 보면 영축산에서 떠내려온 자갈
이 많았어요. 그걸 모아놓은 자갈 무더기도 많았지. 거길 경지 정
리했지요. 그때는 마을 사람들이 소작을 했거든요. 소작을 하는 입
장에선 농지 정리를 한다니까 논을 빼앗는 농지 개혁처럼 생각한
거예요.

　사실 나는 우리가 직영을 하려고 했거든요. 경지 정리를 해서
기계 영농을 하려고. 그때 트랙터니 이런 기계도 샀어요. 그런데

마을 사람들은 농사지어서 먹고살아야 하는데 뺏기니까 반대했던 거지. 그때 내 생각은 '지금은 농사지을 사람이라도 있지만 앞으로는 농사지을 사람도 없다. 경지 정리를 해서 기계 영농을 해야 한다', 이런 거라. 이 많은 대중이 사는데, 적어도 식량은 자급자족해야 한다는 거였지.

어쨌든 반대를 무릅쓰고 농지 정리를 했는데, 다 하고 나서도 스님들의 반대가 많았어요. 왜냐하면 경비, 농비(農費)가 많이 들어간다 이거라. 농비에 인건비 치면 남는 게 얼마 없다 이거라. 신도들이 시주하는 쌀만 먹어도 되는데 왜 그런 짓을 하느냐는 거지요. 그렇지만 생각이 그러면 안 되는 거거든요. 신도들이 시주한 쌀 먹을 때 먹더라도, 토지를 가지고 있지 않으면 몰라도 있는데 식량도 자급자족 못 하면 안 된다는 게 내 생각이었지요.

지금은 그래도 기계 영농 하니까 인건비도 얼마 안 들어요. 그런데 남고 안 남고가 문제가 아니라 토지를 가지고 있으면서 우리가 일을 하고 농사지어서 먹는다고 해야 면목이 서지, 저렇게 땅을 가지고 있으면서 백수 한량으로 일도 안 하고 남의 것 얻어먹는다면 체면이 말이 아니잖아요.

○

김한수　　　　　새 주지의 개혁 정책은 사찰 내외부의 격
렬한 반대를 불러왔고, 천년고찰 통도사는 데모가 끊이지 않았다.
그런 가운데 성파 스님은 전혀 뜻하지 않게 당시 전두환 대통령의
덕(?)을 보는 일도 있었다고 한다.

성파 스님　　　　　당시엔 도정(道政)자문위원회라는 게 있었
어요. 통도사 주지인 나는 부회장(부위원장)이었는데, 이 위원회가
한 번씩 모여서 회의하고 저녁 식사를 하는 모임이라. 위원은 검사
장, 교육감 같은 기관장과 유지들이고. 행정기관 자기들이 다 알아
서 하고, 도정자문위원회는 따라가는 조직이라. 그래도 한 번씩 의
견을 내고 결의를 하면 도지사가 결정해서 한다, 이런 식으로 진행
하는 거라.
　한번은 식사 자리에서 검사장이 내(성파 스님)가 전두환 대통령
의 '종교계 사람'이라고 이야기를 했어요. 군(軍)에는 누구, 경찰에
는 누구, 종교계는 누구, 이런 식으로 전두환의 사람이 있다는 거

지요. 내가 그 계통인 것처럼. 나중에 알고 보니 전두환이 합천 사람이고 내가 고향이 합천이니 무슨 관계가 있을 거라고 넘겨짚은 거지.

그런데 누가 들어도 그럴싸해요. 게다가 내가 당시 주지로서 좀 세게 나가고 있었잖아요. 그렇게 소문이 나니까 행정 쪽에서는 내가 하는 일에 별로 반대를 안 해요. 테러 첩보(?)가 있다고 미리 알려주기도 하고. (웃음) 사람들이 그렇게 생각하고 있는데 내가 굳이 대통령하고 특별한 인연이 없다고 먼저 이야기할 필요도 없고. (웃음) 그냥 모르는 체하며 가만히 있었지요.

그렇게까지 했는데도 (도립공원) 계획 자체가 백지화되지는 못했어요. 대신 통도사 경내까지 개발하려던 계획은 백지화했지.

○

김한수   성파 스님은 통도사 주지 시절, 산문(山門) 건립과 개산대제(開山大祭) 개최, 성보박물관 건립을 세 가지 보람으로 꼽는다. 모두 성파 스님이 통도사에서 시작해 전국 사찰로 확산됐다고 한다.

산문 건립은 앞서 설명한 바 있다. 지금도 통도사를 처음 방문하는 사람들은 산문 바로 앞에 식당가와 숙박 시설, 넓은 주차장이 포진한 것을 보고 놀라는 경우가 많다. 1980년대 산문을 경계로 경내와 경외를 나누지 않았다면 이들 시설이 훨씬 더 안쪽까지 들어왔을 수도 있다. 아찔한 일이다.

개산대제는 한 사찰의 창건 기념일 축제를 의미한다. 사찰의 생일잔치다. 불교에서 개산(開山), 즉 '산을 열었다'는 것은 사찰이 들어섬으로써 비로소 산의 구실을 하게 됐다는 것을 뜻한다. 통도사는 646년 신라 선덕여왕 시절에 자장 율사가 영축산에 부처님 진신사리와 가사(袈裟)를 봉안하고 산문을 연 음력 9월 9일을 기념해

3~4일간 축제를 연다. 이 축제 기간엔 자장 율사를 비롯한 고승들의 부도(사리탑)에 차를 올리는 헌다례를 비롯해 각종 문화 축제가 열린다. 이 축제의 콘텐츠는 상당 부분 성파 스님이 개척한 분야다.

성보박물관도 전국 사찰 중 통도사가 앞장섰다. 성파 스님과 통도사 성보박물관 개관에 얽힌 에피소드는 '도자기'에 대한 글에서 스님의 육성으로 상세히 밝힌다.

성파 스님이 이렇게 통도사의 정체성 혹은 사격(寺格)을 높이는 일에 앞장선 것은 '종손 의식' 덕분이다. 통도사는 흔히 국내 3보(寶) 사찰 중 '불보(佛寶)사찰'로 불린다. 부처님 진신사리를 모셨기 때문이다. 부처님 가르침(法)인 팔만대장경을 모신 해인사는 '법보(法寶)사찰', 16국사(國師)를 배출한 송광사는 '승보(僧寶)사찰'로 불린다.

성파 스님은 통도사가 '불보사찰'에만 머물기를 원하지 않고 한국의 대표 사찰로서 격을 갖추기를 꿈꿨다. 그래서 16만 도자대장경을 조성해 장경각에 봉안함으로써 법보를 모셨고, 통도사 내에 이미 2개의 선원(禪院)이 있음에도 서운암에 '무위선원'을 새로 개원했다. 승보(僧寶)까지 양성하려는 원려(遠慮)인 셈이다. 통도사는 출가 인원이 감소하는 요즘도 강원과 선원, 염불원 등을 모두 유지하고 있다.

성파 스님　　　　데모 속에 주지 소임을 시작해서 데모 속에 4년을 마쳤지요. 주지 마치고 나서 나는 '이판(理判)이고 사판(事判)이고 안 한다, 출출가(出出家)다' 하고 살고 있지요. 출출가는 원효 스님이 한 말인데, 출가자가 다시 출가한다, 진심으로 내가 왜 출가했는가를 묻고 재발심한다는 말이에요. 나는 주지 마치고는 종단에 행정으로도 안 나가고, 학승이나 선사로도, 염불로도 안 나가고 다른 길을 가겠다, 생각하고 살았어요.

김한수　　　　주지를 마친 스님이 사찰 행정도, 경전 공부도, 참선 수행도, 염불도 아닌 다른 길을 가겠다는 것은 얼핏 '직무 유기 선언'으로 보일 수도 있다. 왜냐하면 그때까지는 사찰 행정, 경전 공부, 참선 수행, 염불이 대다수 출가자의 길이었기 때문이다. 그러나 '통도사의 종손'을 자처한 성파 스님은 거기서 한 걸음 더 나아간 '출출가 선언'을 했다.

이후 그가 걸어온 길은 비단 통도사 담장 내에 머물지 않는다.

사찰이라는 집에서 이어져 온 한국의 전통문화를 되살리고 보존하는 큰 그림이었다.

콩깍지 속의 콩

도자기, 도자 삼천불, 16만 도자대장경

"일을 할 때, 될까 안 될까 생각하면 못 해요. 닥쳐서
해야 하면 그냥 꾸준히 하면 돼요. 나는 무슨 일을 할
때 테두리부터 짜놓고 안을 채우지요. 준비된 실력은
없는데 테두리를 짰으니 그다음엔 채워야 하는 거지요.
그러니 죽을힘을 써야 하는 거라. 남이 나를 채찍질하는
게 아니라 내가 스스로 채찍질해야 하는 거라."

성파 스님　　　통도사 주지 시절에 사경(寫經)과 도자기를 시작했어요. 절에 오기 전에 한학을 배웠기 때문에 붓글씨는 기본으로 했고, 절에 와서도 사경은 기본으로 했어요. 그렇지만 도자기는 그 이전에 배운 적은 전혀 없고요. 도자기를 직접 해보지는 않았지만 도자기에도 관심은 갖고 있었지요.

도자 문화의 최고봉은 역시 고려청자라. 우리가 누구나 도자기 하면 가장 먼저 떠오르는 게 고려청자잖아요. 그렇다면 우리가 생각해 볼 문제가 있거든요.

'왜 청자인가.'

보통 청자 빛깔을 '비췻빛'이니 무슨 색깔이니 하지만, 내가 보기에 청자 색깔은 푸른 하늘 색깔이라. 추수공장천일색(秋水共長天一色)이라고, 가을 물빛이 하늘빛과 같은 거라. 끝없는 수평선과 끝없는 하늘이 맞닿아서 물빛과 하늘빛이 같은 색으로 보이는 경지이지요.

그래서 나는 고려청자는 기물(器物)로서의 청자보다 사상, 불교 사상에서 나왔다고 보지요. 사상과 생각이 먼저고 그 표현이 나중이라 이거지요. 보통 우리가 무슨 사상이라고 하면, 민주주의, 공산주의, 이런 사상 말고 생각이 먼저거든요. 이걸 말로 표현하고 글로 표현하잖아요. 내 생각에 고려청자라는 것은 불교 사상의 표현이에요.

어떤 표현이냐. 불교에선 항상 서방정토 극락세계를 말해요. 사바세계에서 극락세계로 가야 한다고 하고, 죽어서도 극락세계, 살아서도 극락세계를 이뤄야 한다고 하지요. 그런데 서방정토 극락세계가 어디 있냐 하면, 서쪽으로 십만 억겁 밖에 있다는 설이 있어요. 그러니 서방정토 극락세계에 갈 수가 없잖아요. 죽어서 갈지는 몰라도 살아서는 갈 수가 없잖아요. 그래서 사람들이 직접 가볼 수는 없지만 당겨서 내 눈앞에서, 내 곁에서 보기 위해 만든 것이 고려청자라고 봐요.

그래서 고려청자의 빛깔 자체가 하늘빛이라. 서방정토 극락세계로 가는 길이라. 거기에 문양이 주로 운학문(雲鶴紋), 구름과 학이라. 일반 짐승이나 사람도 극락세계에 가려면 구름이나 학을 타야 하는 거지요. 그래서 고려청자 문양으로 운학문을 주로 새긴 거예요. 고려청자 어깨 부분에 구름과 학이 좍 펼쳐져 끝없는 지평선과 끝없는 수평선, 끝없는 하늘과 끝없는 바다를 가잖아요. 또 시기적으로 고려 시대니까 불교를 숭상하던 시대였고요. 그래서 불교 사상이 표출된 게 고려청자다, 이렇게 생각하지요. 이건 평론가나 학자가 아닌 내 개인의 생각이지만, 나는 그렇게 생각해요. 그래서 불교에서 도자기에 관심을 가져야 한다 생각했지요.

간절함이 있으면
다 배우게 된다

내가 통도사 주지 시절에 도자기를 하게 된 데에는 개인적 사정이 있지. 이걸 말해도 되나 모르겠네. (웃음) 내가 주지를 맡기 전에 한 도예가가 통도사 부근에 도자기 가마를 만들어서 작업했어요. 신정희(1938~2007) 씨라고 유명한 작가였지. 외교 회담할 때 그 작가 작품을 외국인들에게 선물할 정도였다고 해요.

내가 통도사 주지일 때 한번은 서울에 올라가 높은 관리를 만났는데, 이 사람이 나를 보고 '통도사 신정희 아느냐?'고 물어요. 내가 통도사 주지인데 말이지요. 그분이 그만큼 유명했어요. 그래도 통도사 위신이 있지 '이래선 안 되겠다' 싶어서 통도사 내려와 당장 사명암에 가마를 차렸어요. 아예 통도사에서 직접 도자기를 만들어보자는 생각이었지요.

가마 만드는 사람 수배해서 가마 만들고, 부산 경남에서 도공으로 유명한 '장(張) 대장'이란 사람을 모셔 와서 항아리를 굽게 했어요. 도자기를 하루아침에 배울 수 없으니까 그 양반이 항아리 구우면 나는 옆에서 글씨를 썼지. 도자기 굽는 건 할 줄 모르지만 글씨 쓰는 거야 내가 자신 있으니까. 밑에 사인도 '性坡(성파)'라고 하고. 어디 가서는 내 굴(가마)에서 나왔고, 내가 사람 써서 만들어 내 집에서 나왔으니 내 거라고 하는 거지요, 뭐. 시비 걸려면 걸어라 한 거지요. (웃음)

그래서 나중엔 '성파 스님 도자기'를 막 구운 거라. 그리고 통도사 방문하는 손님들에게 항아리를 선물로 나눠줬지. 내가 글씨를 쓴 항아리를 선물하니까 '성파 스님 도자기'가 된 거라. 그냥 성파 스님 도자기가 아니라 통도사 주지 스님 도자기, 이렇게 소문이 난 거라. 많이 구워가지고 많이 나눠줬지.

항아리 굽는 과정을 옆에서 계속 보니까 '나도 배워야겠다'는 생각이 간절해지데. 그런데 주지가 도자기를 배우는 것은 또 다른 체면 문제라 직접 배우기는 어려웠어요. 그래도 그냥 구경하는 것과 배우고 싶은 간절한 마음으로 보는 것은 천지 차이라. 그냥 아는 것과 손으로 익히는 것도 다르고. 손으로 익히는 것까지는 안 돼도 만드는 과정은 전부 다 알게 되더라고요. 내가 돈을 얼마나 들여서 하는 건데, 아까워서라도 그냥 넘어가게 되나요? 그 사람들은 돈 받고 일만 하면 되지만, 나는 속으로 이걸 배워야겠다는 생각이 간절한 거라. 그런 간절함이 있으니 보면서 다 배우게 되더라고요. 흙먼지 덮어쓰며 불을 때는 옆에서 다 보고 배웠어요.

그때 도자기를 창고에 가득 채워놓고 오는 사람마다 나눠줬어요. 다들 받으면 그렇게 좋아해요. 나한테 받아 간 사람들은 또 그

항아리 굽는 과정을 옆에서 계속 보니까
'나도 배워야겠다'는 생각이 간절해지데.
그런 간절함이 있으니 보면서 다 배우게
되더라고요.

도자기를 남에게 나눠주고 인심 쓰면 좋잖아요. 그랬더니 주지 스님 도자기를 구하려고 난리가 난 거라. 그렇게 인기가 있었어요.

　　그러면서 생각을 해보니 경봉 스님이 법문을 잘하셨듯이 주지로서 특기가 있는 게 낫겠더라고요. 그냥 주지 하는 것보다는. 도자기도 일반 스님이 하는 것보다는 주지 맡은 사람이 해야 효과가 나는 거라. 써먹을 수가 있거든요. 당시만 해도 절에서 도자기 굽고 선물하고 이런 건 잘 없었어요. 지금도 전국 전통 사찰에서 하는 사람이 거의 없는데, 그때는 주지 스님이 했으니 귀했고 꽤 인기도 있었지요.

　　그런데 주지가 도자기를 만드니까 절에서 반대가 많았어요. '수행이나 하지, 쓸데없는 일 벌인다'고. 절의 어른들까지 하지 말라고 했어요. 나는 그래도 신경 안 썼어요. 내가 보기엔 쪼만해도 간이 크거든.

도자기 덕분에
성보박물관을 짓다

　　그런데 뜻밖에 무슨 일이 있었냐 하면, 도자기가 우리 통도사에 큰 도움이 된 거라.

　　어느 날 주지실에 있는데 시자(侍者)가 손님이 왔다는 거라.

"누가 왔노?" 물었더니 저쪽에서 그 소리를 듣고 "예, 저 국방부 장관 부인입니다" 그래요. 들어오시라 해서 만나보니 당시 주영복 국방부 장관 부인이라. 장관 부인이 들어오는데 뒤에 따라오는 사람이 전부 서양 여자들이라. 10명이 넘어요. 서양 군인 부인들을 모시고 왔더라고. 인사를 하는데 무슨 극동사령관 부인, 참모장 부인, 또 무슨 부인, 무슨 부인이라고 소개를 해요. 남편들이 회의하는 동안 부인들에게 한국 문화를 소개하러 왔다는 거라.

그래서 내가 잘 오셨다고 하면서 벽장에 쌓아뒀던 다기(茶器) 세트를 꺼내서 하나씩 선물하고 바로 그 자리에 앉아 합죽선(合竹扇)에다 붓글씨를 써서 하나씩 나눠줬지. 그랬더니 이 서양 군인 부인들이 갑자기 자리에서 일어나 춤을 추면서 좋아하데. 서양 부인 10명이 한꺼번에 일어나서 춤을 추니 난 또 그런 모습은 처음 봤네. (웃음) 한 이틀 후에 주 장관 부인이 전화를 해서 "스님이 국익을 위해 큰 역할을 하셨습니다" 이러는 거라. 그러면서 하는 이야기가 서울에 오시면 꼭 연락을 달라면서 전화번호 두 개를 알려주더라고. 하나는 자기 전화, 하나는 (남편) 사무실 전화라 하면서. 그래도 나야 뭐, 서울 가도 전화 한 번도 안 했지.

1년쯤 후엔가 주영복 장관이 내무부 장관이 됐어요. 내무부 장관 된 것은 신문 보고 알았지요. 그래도 뭐 그냥 그런가 보다 했지. 그런데 내무부 장관은 각 지방을 초도순시하잖아요. 어느 날 내무부 장관이 경남에 오면서 양산군에 온다고 연락이 온 거라. 보통 내무부 장관은 도(道) 단위를 찾지, 군(郡) 단위는 방문하지 않는다고 하는데 이례적인 일이었지요.

양산군에선 준비한다고 야단이 났지. 그런데 유지 면담 시간에 나더러 참석하래. 그러면서 군수가 미리 유지들에게 '희망 사항', '건의 사항'을 받더라고요. 수산조합장, 무슨무슨 조합장, 이런 사람들 있잖아요. 다들 건의 사항을 하나씩 적으라는 거라. 장관 면담 자리에서 갑자기 엉뚱한 소리 하면 안 되니까 미리 검토하고 조율하려는 거지. '난 안 적는다, 직접 이야기하겠다'고 하고 미리 안 알려줬지.

초도순시는 군에서 하는 행사지만 이날은 도지사도 참석했어요. 장관이 오니까. 유지 면담 시간에 장관이 '나라를 위해서, 국민을 위해서 정치를 잘하려고 하니 잘 협조해 달라'고 연설 한마디하고 참석자들과 한 명 한 명 악수하는데, 도지사가 옆에서 '누구입니다', '누구입니다'라고 설명을 해줘요.

내 차례가 되니까 장관이 합장하고 인사하더니 내 귀에 대고 조용히 '집사람에게 이야기 잘 들었습니다'라고 인사를 해요. 그러니까 장관이 나 보려고 일부러 양산에 온 거라. 그리고 면담이 시작됐고 건의 사항을 각자 이야기했지요. 내 차례가 돌아오자 나는 '통도사 주지인데, 우리나라 문화재의 80%를 불교 문화재가 차지하고 있다. 그런데 사찰에 한 군데도 박물관이 없어 문화재를 제대로 관리하지 못하고 있다. 화재, 도난에도 무방비 상태다. 박물관을 지을 수 있도록 해달라는 게 건의 사항이다'고 이야기했어요. 그래도 그 사람은 아무 답도 안 해.

장관이 행사를 마치고 떠났는데, 도지사가 나를 보자고 해요. 그러면서 장관이 도지사를 따로 불러서 '통도사 주지 스님이 박물관 지으려 하는데 이걸로 착수하라'며 10억짜리 수표를 주고 갔다는 거라. 도지사가 10억짜리 수표를 들고 나에게 그걸로 착수하라는 거라. 1983년도에 10억 원이면 지금과는 비교도 할 수 없을 정도로 큰돈이라. 게다가 견적서를 냈나, 설계를 냈나, 박물관 지어야 한다고 말만 했지 아무 준비도 없는데 갑자기 즉석에서 10억을 주고 간 거라.

나도 그렇지만 도지사는 또 얼마나 놀랐겠노. 그때는 관선(官選) 시절이라 장관이 그만두라 한마디 하면 그날로 도지사고 군수고 그만둬야 하는 때였거든요. 그 수표 덕에 당시 국내 사찰 중 최초로 통도사 성보박물관을 지었어요. 도자기 덕분에. (웃음) 서양 부인들 와가지고 춤추고 한 그것 때문이라.

나보고 도자기 만들지 말라고 전 산중(山中)이 다 들고 일어나고 그랬는데, 정작 도자기 덕분에 성보박물관을 지었다는 것은 사중(寺中)에선 몰라요. 그 덕에 우리나라 전통 사찰 가운데 처음으로 성보박물관을 지은 거라. 최초이고 제일 커요. 그다음부터 다른 사찰들도 성보박물관을 지었지.

나보고 도자기 만들지 말라고 전 산중(山中)이
다 들고 일어나고 그랬는데, 정작 도자기
덕분에 성보박물관을 지었다는 것은
사중(寺中)에선 몰라요.

도자 삼천불과
16만 도자대장경을 봉안하다

그 후 주지를 마치고 서운암으로 왔지요. 당시엔 통도사 암자 중에 서운암이 가장 낙후되고 초라한 암자였어요. 아무도 안 오려는 암자였는데, 내가 일부러 이리로 오겠다고 했어요. 오자마자 사명암에 있던 가마를 뜯어 와서 도자기를 지속적으로 하려고 했지요. 그런데 큰절의 주지 할 때도 못 하게 했는데 여기 와서 도자기 하면 또 말이 나올 수 있는 거라.

그래서 이번엔 도자기가 아니라 도자 불상(佛像)을 조성하기 시작했지. 삼천불(三千佛)을 굽기 시작한 거라. 큰절 주지 시절에 항아리 만들어 나눠줄 때는 사중(寺中)에서 말들이 많았어요. '중이 수행이나 하지 쓸데없이 도자기나 굽는다'는 거였지. 그런데 부처님(불상)을 만든다니 그런 말이 싹 사라졌어요.

이미 항아리 만드는 것을 옆에서 보며 공부했기 때문에 도자기로 불상 만드는 건 자신 있었지. 도자기 굽는 걸 옆에서 보면서 흙의 성질에 대해서 배웠고, 유약에 대해서도, 물레질하고 굽는 온도 맞추는 것까지 다 배웠거든. 어떻게 하면 굽고 깨지는지 미리 다 알았거든.

부처님을 조성하는 것을 못 하게 할 수는 없으니 이건 불문가지(不問可知), 안 물어봐도 돼요. 삼천불은 목조각 하는 조각가에게

성파 스님은 통도사 주지를 마치고
서운암으로 와서 도자 삼천불을 조성했다.

이번엔 도자기가 아니라 도자 불상(佛像)을 조성하기 시작했지. 삼천불(三千佛)을
굽기 시작한 거라. 큰절 주지 시절에 항아리 만들어 나눠줄 때는 사중(寺中)에서
말들이 많았어요. '중이 수행이나 하지 쓸데없이 도자기나 굽는다'는 거였지.
그런데 부처님(불상)을 만든다니 그런 말이 싹 사라졌어요.

부탁해 목각으로 한 10가지 불상 모델을 만들었어요. 그 목조각 주변에 석고를 둘러 세워서 틀을 만들고 흙을 좀 묽게 붓고 시간 보고 딱 쏟아내요. 그런 식으로 만들었지. 전체 모델은 10가지밖에 안 돼요. 그런데 그렇게 만들어놓고 이리저리 섞어버리거든요. 그러면 다 달라 보이는 거라.

개안(開眼)은 내가 다 했지요. 개안이 눈과 눈썹을 그리는 건데, 그건 전부 내가 다 했어요. 개안을 잘해야지. 개안에 따라 인상이 달라지거든요. 그건 필력(筆力)이 없으면 안 돼요. 누워 있는 불상도 아니고 하나하나 다 세워놓고 이 힘없는 붓으로 처지지 않고 눈과 눈썹을 그리는 건 필력이라. 불상은 열 받은 데 따라서 변형도 조금씩 돼요. 그러니까 모델은 10가지 종류라 해도 삼천불이 전부 다 달라 보이는 거라.

도자 삼천불을 해보니, 물건을 안 주고도 돈을 미리 받을 수 있다는 것도 알았지. 당시 신도 한 가정에 불상 하나가 1년에 10만 원씩, 한 달에 1만 원 꼴이라 큰 부담이 안 되고 어지간하면 낼 수 있거든. 만드는 도중에 이미 3억 원이 다 차뿌데(차버리데). 3억이면 당시에 큰돈이라. 제작비 미리 확보해 놓고 집(삼천불전)도 짓고 다 되는 거라. 얼마나 좋은지. (웃음)

도자 삼천불 작업을 마치고 16만 도자대장경을 시작했지. 팔만대장경이 외적의 침입을 물리치려는 간절한 마음으로 조성했다

16만 도자대장경을 만드는 데 꼬박 10년이
걸렸고 순서대로 정리하고 장경각을 지어
모시는 데 또 10년이 더 걸렸다.

면, 16만 도자대장경은 평화 통일을 바라는 마음으로 시작했지요. 왜 팔만대장경이 도자기로는 16만 장이 되냐 하면, 팔만대장경 목판은 앞뒤로 새겼거든요. 그러니 그걸 인쇄하면 16만 장이 되는 거라. 그 16만 장을 도자기로 구운 거라.

내가 16만 도자대장경을 만들기로 한 것은 우리 통도사에 팔만대장경을 종이에 찍은 책이 있었기 때문이기도 해요. 해인사에 모신 팔만대장경 경판을 조선 말에 종이에 찍은 것이 여기 통도사에 있거든. 용악(龍岳, 1830~1908) 스님이란 분이 찍은 건데 여기엔 사연이 있어요.

용악 스님은 지금의 북한 지역 사람이라. 원래는 함경도 안변 석왕사라는 절에 사셨는데 금강경 공부로 유명한 분이었다고 해요. 이분이 어느 날 꿈을 꾸는데 자기가 어떤 절에서 진수성찬을 차려놓고 차를 마시는 거라. 현판을 보니 오산 수암사라 하고. 꿈을 깨고 나서도 마치 가본 적이 있는 절처럼 생생하게 기억이 나는 거라. 더욱 기이한 것은 매년 같은 날 똑같은 꿈을 꾸는 거라.

몇 년이 흘렀는데 마침 오산에서 객승이 왔어요. 그래서 용악 스님이 물어본 거라. 수암사라는 절이 있냐. 그런데 그 객승이 바로 그 절에서 왔다고 하는 거라. 그래서 꿈에서 본 절 풍경, 구조를 이야기하니 객승이 깜짝 놀라는 거라. 와본 사람처럼 이야기하니까.

그래서 용악 스님이 늘 꿈을 꾸는 날짜를 이야기하면서 그날이 무슨 날이냐 물으니 수암사를 중창한 스님의 기제삿날이라는 거라. 또 그 스님이 생전에 어떤 원력을 가지고 계셨는가 물으니 해인사 팔만대장경을 보는 것이 소원이었다고 했대요. 마침 용악 스님도 똑같은 원력을 가지고 있었거든. 그래서 용악 스님은 자기만 해인사 팔만대장경을 보는 것이 아니라 더 많은 사람이 팔만대장경을 볼 수 있도록 인경(印經)을 할 원력을 세운 거지요.

용악 스님은 나이가 들어 만년에 안변을 떠나 부처님 진신사리를 모신 이 통도사로 오셨어요. 팔만대장경을 인경할 원력을 세우고 먼저 부처님께 보고하러 오신 거지. 여기서 100일 기도를 간절히 올렸어요. 그러고 나서 해인사로 가셨지. 거기서 다시 100일 기도를 또 간절히 올린 거라. 그랬더니 소문이 퍼진 거라.

마침내 고종의 허가가 떨어지고 그때 궁궐 상궁들까지 나서서 시주하여 비용도 마련됐어요. 임금이 허가하고 상궁들이 나서고 이런 걸 보면 그때 용악 스님에 대한 소문이 대단했던 거 같아요. 얼마나 간절하게 기도를 했으면 그 소문이 서울까지 나서 임금이 움직였겠노. 덕분에 시주도 많이 모여서 한 번에 네 질을 찍어서 통도사, 해인사, 송광사 3보 사찰에 한 질씩 보내고 자기 전생 사찰에도 한 질을 보냈다고 합니다. 그렇게 해서 우리 통도사에 팔만대장경을 찍은 책이 있는 거라.

이런 이야기를 나는 어려서 학인 때 노스님들에게 들었어요.

주지가 된 다음에는 인경한 팔만대장경을 보면서 '이걸 모셔만 둘 게 아니라 어떻게 하면 많은 사람이 보게 할 수 있을까' 생각했지. 그런 생각만 가지고 있었는데 내가 도자기를 해봤잖아요. 그래서 주지 마치고 삼천불까지 끝낸 후에 인경한 팔만대장경으로 도자대장경을 만들어보자 하게 된 거지.

내가 16만 도자대장경을 만들 때 쓴 것도 우리 통도사에 있는 대장경 인쇄본이지 해인사 것이 아니에요. 그때 송광사로 간 인쇄본은 6·25 때 다 타버렸다고 해요. 송광사는 절 자체가 전소되다시피 했으니까. 그런데 우리 통도사에 있는 팔만대장경은 한 권도 결질(缺帙)이 없어요. 인경한 그대로 손도 안 대고 잘 모셔둔 거라. 그걸 보고 내가 도자대장경을 할 생각을 낸 거지요. 나는 이미 인경한 지 100년이 넘은 팔만대장경 책을 문화재 등록 신청하려고 해요. 대장경 경판도 가치가 있지만, 인쇄한 지 100년 넘은 책도 충분히 가치가 있거든요.

용악 스님은 해인사에서 팔만대장경 인경 불사를 마친 후에 다시 통도사로 와서 여기서 살다가 돌아가셨어요. 용악 스님의 글을 모은 《용악집》도 여기 통도사 구하(九河, 1872~1965) 스님이 직접 붓글씨로 써서 만들었지요. 그런 인연으로 오랫동안 용악 스님 제사도 통도사가 지내드렸어요. 그러다가 현호 스님이 송광사 주지일 때 월하 스님이 용악 스님 제사를 송광사로 보내드렸지.

용악 스님 제사가 송광사로 가게 된 것도 사연이 있어요. 용악

인경한 팔만대장경을 보면서 '이걸 모셔만 둘 게 아니라 어떻게 하면
많은 사람이 보게 할 수 있을까' 생각했지. 그런 생각만 가지고 있었는데
내가 도자기를 해봤잖아요. 그래서 주지 마치고 삼천불까지 끝낸 후에
인경한 팔만대장경으로 도자대장경을 만들어보자 하게 된 거지.

스님의 상좌가 석두(1882~1954) 스님이라. 석두 스님 상좌는 효봉 (1888~1966) 스님, 효봉 스님 상좌가 구산(1909~1983) 스님, 구산 스님 상좌가 현호 스님, 이렇게 내려가잖아요? 효봉 스님 상좌 중에는 법정 스님도 계시지. 효봉 스님도 이북에서 내려오셨기 때문에 원래는 남쪽에 마땅한 근거지가 없으셨어요. 통도사 스님들이 많이 챙겨드렸다고 해요. 용악 스님 문중이니까. 효봉 스님이 돌아가신 곳이 밀양 표충사인데 거기도 통도사 말사(末寺)라. 그때 통도사 스님들은 용악 스님 문중을 통도사 식구로 여긴 거라.

그러다 시간이 흘러서 효봉 스님 문중이 송광사에서 방장, 주지를 맡으면서 자리를 잡게 됐잖아요. 그렇게 해서 현호 스님이 주지를 맡고 계실 무렵에 월하 스님이 용악 스님 제사를 송광사로 보내드린 거라. 그때 《용악집》 원본도 함께 보냈지. 구하 스님이 직접 쓴 것. 우리는 영인본을 가지고 있어요. 나는 용악 스님이 인경한 책으로 도자 불사를 하면서 '내가 전생에 불가에 인연이 있었던 것 같다. 혹시 전생에 용악 스님이 아니었나' 생각도 해요. 그렇다고 꿈에 어느 절에서 제사상을 받고 그런 것은 아니고. (웃음)

그렇게 해서 용악 스님이 찍은 인쇄본을 가지고 도자대장경을 만들게 됐어요. 그런데 도자기 판을 만드는 것은 또 기술이 달라요. 항아리 만드는 기술과 삼천불 만드는 기술이 다르듯이. 도자기 판, 도판(陶板)은 일종의 타일 기술 비슷한 거라. 당시에 국내에는 그렇게 넓적한 도자기 판을 만드는 기술이 없었어요.

그래서 일본에 견학을 갔지. 일본 회사 중에는 길이 1미터짜리 타일을 만드는 곳이 있더라고요. 견학을 했는데 정작 핵심 기술은 안 가르쳐주는 거라. 그래서 그때 일본어를 배웠지. 가만히 보니까 통역을 해가면서 기술을 물어보니 단계를 거치면서 뜻이 정확히 전달이 안 되는 거 같더라고. 그래서 일본에 거처를 두고 학원에 등록해서 일본어를 직접 배운 거라. 근데 그렇게 일본어를 배워가서 물어봐도 핵심 기술은 안 가르쳐줘. 그래 덕택에 일본어만 더 배웠지. (웃음) 원래 통도사 주지 마치고 일본 건너가서 경도(京都, 교토)에 있을 때 우리말 거의 못 하는 교포를 개인 교사로 두고《경도신문》사설 읽으면서 일본어를 배웠지만 미흡했던 것을 그때 더 배웠지요.

결국 일본 타일 회사에서는 도판 만드는 법을 안 가르쳐줬어요. 도판은 스스로 연구한 거라. 일본 가기 전에 도자기를 했었고 하니까, 일본 사람들이 크게 도판 만들어놓은 것을 보고 '아, 저렇게도 하는구나' 하는 것을 알게 됐지요. 안 본 것보다는 견학한 효과가 있었지요. 그 사람들이 안 가르쳐줬어도 실험을 해보려는 의욕이 생겼으니까.

16만 도자대장경 도판을 만들게 된 것은 우리나라 약탕기, 한약 달이는 약탕기에서 힌트를 얻은 거라. 원리가 뭐냐 하면, 약탕기는 연탄불에 올려놔도 안 깨져요. 모든 도자기는 고려청자든 뭐든 불에 들어가면 갈라져요. 처음 만들 때는 1,300도로 구워서 만들었어도, 일단 만들어진 다음에 다시 불에 들어가면 다 갈라져요. 도판은 갈라지는 게 가장 큰 문제였거든요. 그런 작업엔 내가 관심을 많이 가졌으니까 잘 알아요.

나는 이렇게도 생각해 보고 저렇게도 생각해 보거든요. 일본에 가서 큰 도판 만든 것을 봤단 말이에요. 1미터짜리도 있는 거라. 저 사람들도 하는데 나라고 못 하겠나 싶은 마음이 들어요. 견학을 하니 기술은 못 배웠어도 그 자체로 의욕이 생겨요. 도자기를 안 해봤으면 몰라도 나는 해봤으니까. 생각을 해보니 조선에는 약탕기가 있는 거라. 뚝배기도 마찬가지고. 거기서 힌트를 얻은 거지.

그래서 약탕기 만드는 흙이 나는 데에 갔어요. 흙이 다 딜라요. 옹기 만드는 흙, 도자기 만드는 흙, 다 달라요. 약탕기 만드는 흙도 달라요. 약탕기는 옹기 공장에서 만들지 않아요. 따로 있어요. 거기 가면 어떤 성질의 흙을 어떻게 조합해서 약탕기를 만드는지 알수 있는 거지요.

우선 약탕기는 뜨거운 불에 넣어도 갈라지지 않으니까, 약탕기를 만들듯이 건조 시기나 과정을 거쳐 도판을 만들면 덜 갈라지겠다 하는 그런 힌트를 얻은 거라. 옹기 흙, 도자기 흙이 아니고. 산청군 시천면에 내가 가봤어요. 거기 백토도 나오고 고령토도 나오고 광산이 많아요. 같은 지역이라도 이 산자락과 저 산자락의 흙이 다른 거라. 힌트는 거기서 얻은 거라. 애초에 출발부터 타일 만드는 사람과는 달라요.

그렇게 연구를 해서 도판 굽는 기술도 알게 됐어요. 실험을 많이 했지. 도자 삼천불에서 불상 숫자는 3,000개여도 모델은 10개였다고 했잖아요? 모델 10개로 삼천불을 만든 거지요. 그런데 16만 도자대장경은 모델이 전부 하나씩밖에 없어요. 하나하나가 다 원본이라. 그러니 분류가 큰일이었지. 16만 개 도자기 경판에 하나하나 번호를 매겨놓고 섞이면 안 되고, 하나 잘못 만들면 다시 만들어서 정확히 그 자리에 끼워 넣어야 했지요. 그렇게 하다 보니 쉬지 않고 구웠는데도 꼬박 10년이 걸린 거예요. 또 순서대로 정리하고 장경각을 지어 모시는 데에 또 10년이 더 걸린 것이고.

장경각은 내가 그동안 해온 모든 기술을 다 모아서 지은 집입니다. 기와는 청자로 구워서 올렸고, 기둥과 내외부의 모든 목재는 옻칠을 입혀서 벌레와 습기를 막았고요. 부처님 8만 4,000 법문이 모두 진리에 이르는 이정표인데, 그 이정표를 모신 집으로 부족함이 없도록 만든 거라.

16만 도자대장경을 굽는 건 구웠는데 진열하려니 그게 또 다른 문제라. 무게가 많이 나가기 때문에 나무 판으로는 못 버텨요. 그래서 계산을 했지. 전문가들에게 물어보니 돌 받침대라야 하고, 두께나 강도는 어느 정도라야 한다고 해요. 그래서 돌을 전라도 돌, 충청도 돌 다 알아봤는데, 국산은 돌값만 당시 돈으로 5억

장경각은 내가 그동안 해온 모든 기술을 다
모아서 지은 집입니다. 부처님 8만 4,000 법문이
모두 진리에 이르는 이정표인데, 그 이정표를
모신 집으로 부족함이 없도록 만든 거라.

9,000만 원 정도가 든다는 거라. 너무 비싼 거라. 당시 중국에 오갈
때여서 중국 쪽 돌을 알아봤지요. 그랬더니 중국에서 통도사 서운
암까지 가져오는 운반비까지 포함해 2억 원이면 된다는 거라. 도
자 경판도 아니고 경판을 받치는 받침대인데 중국 돌이면 어떤가
싶어서 중국 돌을 들여와 받침대로 했지요.

○

김한수   도자기는 성파 스님이 예술과 인연을 맺
게 된 다리다. 성파 스님은 도자기를 시작으로 천연 염색, 전통 한
지 제작, 그림(산수화)과 옻칠 민화 등으로 범위를 넓혀갔다. 도자
기도 그랬지만 모든 장르는 성파 스님이 그 이전에 한 번도 경험
해 보지 못한 분야였다. 처음부터 이렇게 다양한 장르로 폭을 넓힐
생각은 아니었다. 그러나 하나씩 작업을 하면서 이 모든 일이 과거
전통 사찰에서 스님들을 중심으로 이어져 온 우리의 소중한 전통
문화란 데에 생각이 미치자 스님은 '겁 없이' 달려들었다. 스님은
남들이 보기엔 무모하리만치 용감하게 일을 벌일 수 있었던 뱃심
으로 '콩깍지론(論)'을 말했다.

새로운 일을 하실 때는 주춤하거나 겁이 나진 않으시나요.

"나는 그런 거 없어요. 일을 할 때 될까 안 될까 생각하면 못 해
요. 닥쳐서 해야 하면 그냥 꾸준히 하면 돼요. 나는 식물로 치면 콩깍
지라. 배나 사과 같은 과일은 꽃이 떨어지면 바로 작은 열매가 형태

를 갖추고 그 알이 굵어져 배나 사과가 되지요. 그런데 콩은 꽃이 떨어진 후에 달리는 콩깍지 속에 콩알이 없어요. 그냥 빈 콩깍지만 있지. 그런데 시간이 지나면서 빈 콩깍지 안에 콩알이 생기고 커져서 나중엔 콩깍지를 꽉 채워 벌어지는 거라. 밤〔栗〕이나 한가지라. 다른 것은 작아도 제 형태가 있어서 점점 커지지만, 콩은 제 형태가 없어요. 처음엔 빈 콩깍지뿐이고 차츰 채워가는 거라.

나는 무슨 일을 할 때 테두리부터 짜놓고 안을 채우지요. 영역을 먼저 확보해 놓는 셈이지. 준비된 실력은 없는데 테두리를 짰으니 그다음엔 채워야 하는 거지요. 그러니 죽을힘을 써야 하는 거라. 남이 나를 채찍질하는 게 아니라 내가 스스로 채찍질해야 콩깍지를 채울 수 있는 거라. 나는 그렇게 살고 있어요.

남이 누가 나에게 '이걸 하라'고 하는 사람도 없잖아요. 내가 미리 '나 이거 한다'고 선언해 놓고 안 하면 어떻게 돼요. 다른 것도 그래요. 전시도 마찬가지라. 준비는 시원치 않지만 시원치 않은 채로 전시한다고 해놓는 거라. 그다음에 죽자 사자 노력해서 전시를 할 수 있도록 보충하고 채우는 거예요. 그 방법이라. 일단 일의 목표를 정해놓고 나 스스로를 채찍질하는 거죠. 뭐든지 일단 구역을 선점하고 봐야 하는 거라. 내용을 하나하나 채우고 나서 시작하려면 어느 세월에 채울까 엄두가 안 나거든요."

도자기 경판을 굽는 데 10년이 걸리셨는데, 장경각을 지어서 16

**만 도자대장경을 봉안하는 데 다시 10년이 걸리셨습니다. 그 기간에
중국에서 산수화를 배우시느라 늦어진 건가요?**

"아닙니다. 동시에 다 했어요. 나는 작전이 있어요. 융단폭격 작
전이지. (웃음) 나는 그걸 '동시구진법(同時具進法)'이라 하지요. 무슨
뜻이냐 하면, 동시에 다 진행하는 거예요. 각각 조금씩 시차는 있을
지 몰라도 걸쳐놓고 전부 다 진행하는 거예요. 그러려면 차력(借力)
이 필요해. 남의 힘을 이용해야 한다는 거지. 유도도 상대방의 힘을
이용해서 넘기잖아요? 그렇듯이 다른 사람 시간을 이용하는 '시간
차력술'이라.

다른 사람이 몇 시간 걸려 할 일을 나는 1시간에 해결해야 하는
거라. 내 힘은 한 10% 가지고 저 사람 것 90%를 쓰는 게 시간 차력
술이에요. 그러려면 일을 겹치고 겹쳐서 한꺼번에 펼쳐놓고 그때그
때 진행하는 거라. 그물로 물고기를 잡을 때 그물코를 들면 전체 그
물이 다 따라오는 거와 한가지라. 염주알이 108개이지만 한 알만 들
어 올리면 다 따라오는 것과 마찬가지이지요.

나는 산수화를 배울 때 북경화원에 있다가 복건성 하문으로 작
업실을 옮겼어요. 선예헌(禪藝軒)이라고 이름도 붙이고요. 그렇게 해
놓고 여기(서운암)도 왔다가 저쪽에도 갔다가 했지요. 여기도 저기도
충실하지 않으면 안 되니까. 나는 사방에 걸쳐놓고 다 하는 거라.

그물망을 당기면, 코는 백 개, 천 개가 돼도 하나만 집어 당기면

줄줄줄줄 따라오는 거라. 그런 방법을 도처에 펼쳐놓고 사사물물을 그물을 당기는 원리로 했어요. 하나씩만 당기면 되는 거라. 이건 다른 사람이 안 쓰는 방법입니다. 안 그러면 어떻게 한 사람이 다 하겠어요? 여기 있는 것만 해도 한 사람이 했다는 건 말이 안 되거든요. 하나 끝나고 다른 거 하려고 하면 어느 하세월에 다 하겠어요. 시간 차력을 이용해 동시에 한다니까요. 동시구진법이지요. 겹치고 겹쳐야 되지, 겹치는 것을 겁내면 안 돼요. 목표물이 있으면 사정없이 폭격하듯이 명중시켜야지요.

나는 뭐든지 모르면 달려들었어요. 미리 조예가 있거나 지식이 있거나 경험이 있거나 한 것은 없고, 모르면 달려들었어요. '너 해봤나?' 하면 해본 거 없어요. 안 해봤기 때문에 해보는 거지."

스님은 다만 처음 도자기에 대해 관심을 갖게 된 계기인 고려청자 재현은 자신의 몫이 아니라고 했다. 선조들이 어떤 방식으로 고려청자의 색깔을 만들어냈을 것 같다는 심증은 가지만 그것은 다른 사람의 몫으로 남겨둔 것이다. 성파 스님의 어법으로 표현하면, 고려청자는 스님의 동시구진법에 포함되지 않은 것이다. 대신에 스님은 오늘도 동시구진법으로 옻칠 민화와 한지, 차(茶) 문화, 버섯 등 다양한 일의 그물코를 당기고 있다.

화엄 정원의 꿈

야생화와 식물

"이밥나무 꽃이 굉장히 작고 잘아요. 불교에서
말하는 항하사수(恒河沙數)라. 헤아려보면 개수가
한도 없어요. 그런데 이게 또 멀리서 보면 한
덩어리 꽃, 일화(一花)라. 화엄사상에서는 일즉일체
다즉일(一卽一切 多卽一), 하나가 많은 것이고 많은 것이
곧 하나라고 해요. 그런 점에서 나는 나무 심고 가꾸는
것으로 '화엄(華嚴) 조경'을 한 셈이라."

○

김한수   인터넷에서 '통도사 서운암'을 검색하면
금낭화, 할미꽃, 불두화 등 야생화 사진이 끝도 없이 나온다. 그만
큼 많은 사람이 서운암을 찾아 야생화를 보며 '힐링'한 것이다. 야
생화라고 하면 저절로 핀 꽃으로 생각하기 쉽다. 그러나 서운암 야
생화는 들에서 자라는 꽃의 종류일 뿐이다. 모두 20년 이상 성파
스님이 손수 정성껏 가꿔온 꽃들이다. 스님은 "꽃을 보고 성내는
사람은 없지 않으냐"고 말한다. 국민들 누구나 종교에 관계없이 마
음 내킬 때 찾아와 쉬어가며 마음의 평안을 찾을 수 있도록 서운암
4만 평을 제공한 것이다.

스님의 식물 생태에 대한 관심은 남다르다.

"보통 스님들은 운수납자(雲水衲子, 기운 옷을 입고 구름 따라 물
따라 다니는 선승)라 해서 한군데 정착하기보다는 떠도는 경우가 많
아요. 그러면 나무나 꽃은 그냥 지나가면서 보는 거지. 그런데 나는
통도사에서만 살았고 내가 직접 심고 키웠기 때문에 경내의 식물들
의 생태를 60년 동안 보았지요."

스님은 식물의 생태를 관찰하면서 그 안에서 생명의 순환과 자연의 변화를 시시각각 느끼며 삶의 이치를 깨닫는다. 그런 점에서 스님의 식물 이야기는 단순한 식물 그 자체에 대한 이야기가 아니다. 스님은 식물 이야기를 통해 '궁리(窮理)와 진성(盡誠)', '간단(間斷) 없는 정진(精進)'을 이야기한다.

식물을 가꾸는 것이야말로 스님의 일이고 공부다. '일하며 공부하며, 공부하며 일하며'라는 스님의 말씀이 어떤 의미인지를 짐작하게 하는 대목이다. 스님의 식물 이야기를 듣고 있으면 나뭇잎과 꽃잎을 어루만지며 미소 짓는 스님의 표정이 저절로 떠오른다.

차(茶)

성파 스님　　　통도사 주지를 할 때 통도사 사적기(寺跡記)를 보니까 차밭이 있었다는 기록이 나와요. 당시 한국일보 부산 주재 기자가 차에 대한 기사를 많이 쓴 기자라. 그 기자에게 사적기를 보여줬지요. 이 사람이 보고는 '통도사는 차의 요람이다' 이렇게 신문 전면에 실었어요. 사적기 사진도 찍어서.

그때 나는 기사에 '통도사 주지 성파 스님에 의하면'이라고 쓰라고 했어요. 아니나 다를까 그렇게 썼는데도 기사가 나가니 전국 사방에서 항의가 빗발쳤다는 거라. 차 시배지(始培地)가 따로 있는데, 통도사는 거기 뭐가 있냐고. 심지어는 신문에서 논쟁하겠다며 지면을 내달라고까지 했다고 해요.

기자가 "큰일 났습니다. 항의가 대단합니다. 지방 사람들이 서울까지 쳐들어온다고 합니다"라고 해요. 그래서 내가 기사에 '통도사 주지 스님에 의하면'이라고 썼지 않았느냐며, 항의하는 사람들

차씨를 구해 와서 흙과 모래를 살살 섞어 가매장해
놓았다가 심었더니 싹이 트고 잘 자라요. 3년 만에 첫
찻잎을 땄지. 차밭이 벌써 30년이 돼서 이젠 절에서
쓰는 의식용, 음다(飮茶)용으로 충분히 쓰고 있어요.

에게 "1,300년 전의 일인데, 통도사는 족보에 실려 있는 일이다. 그러면 아니라는 기록이 있느냐"고 물어보라고 했지요. 또 "나이가 몇 살이냐? 1,300살 됐냐, 당시에 봤냐" 물어보라 했지요. 그랬더니 그다음엔 아무도 항의 안 했대요. (웃음)

그 소동을 겪고 나서 나는 계속 관심을 가지고 차밭을 만들어야겠다 생각한 거라. 사적기에도 있으니까. 그러다가 실제로 통도사에 차밭을 만든 것은 주지 마치고 난 1989년이에요. 경남 산청 시천면에서 차씨를 받아 왔어요.

내가 식물에 관심이 많아요. 식물 연구도 좀 했지. 식물은 초본(草本), 목본(木本)이 있고, 목본 즉 나무는 키가 큰 교목(喬木)과 중간 키 관목(灌木), 키가 작은 아관목(亞灌木)이 있어요. 또 뿌리를 깊게 내리는 심근성(深根性), 얕게 내리는 천근성(淺根性) 식물이 있고요.

차나무는 뿌리를 곧게 내리는 직근(直根)에, 깊게 내리는 심근성입니다. 게다가 차나무는 이식이 잘 안돼요. 옮겨 심으면 잘 안 되는 거라. 씨앗을 뿌려서 잘 키워야 하는 거지. 그래서 옛날엔 딸이 시집갈 때 차 씨앗을 함께 보냈던 거라. 깊게 뿌리내려서 잘 살라는 뜻으로.

차씨를 구해 와서 흙과 모래를 살살 섞어 가매장해 놓았다가 심었더니 싹이 트고 잘 자라요. 3년 만에 첫 찻잎을 땄지. 차밭이 벌써 30년이 돼서 이젠 절에서 쓰는 의식용, 음다(飮茶)용으로 충분히 쓰고 있어요.

그런데 차나무를 심고 차를 재배하면서 보니 이것이 불교적인 식물이라. 전생(前生)과 금생(今生)이 서로 만나는 걸 보여줘요. 무슨 말이냐 하면 보통 식물은 꽃은 열매를 못 보고, 열매는 꽃을 못 보지 않아요? 꽃이 지고 열매를 맺으니까. 그런데 차는 꽃과 열매가 같이 만나요.

차는 가을 늦게 꽃을 피워요. 국화꽃 필 때 차꽃이 핍니다. 차꽃 안에 있는 씨방은 아주 작아요. 좁쌀보다 더 작아요. 차꽃이 피었다가 떨어지면 그 씨방이 붙어서 월동(越冬)을 합니다. 그러면서 조금씩 커져요. 동지(冬至)부터 시작해서 조금씩 자라기 시작하는 거라. 소한(小寒), 대한(大寒) 지나고 입춘(立春) 되면 조금 볼록하니 올라오거든요. 이 씨가 1년 내내 자랍니다. 가을 되면 새로 꽃이 피잖아요? 그때가 돼서야 씨가 떨어지는 거라. 그렇게 씨와 꽃이 만나는 거라. 꽃을 만난 다음에 '네가 새로 나왔으니 나는 간다' 이거지요. 꽃을 본 다음에야 씨앗이 떨어지는 거라.

그러니 전생과 현생이 만나는 겁니다. 말하자면 우리 눈으로 윤회를 볼 수 있는 거라. 이것은 내가 원래 알았던 것은 아니고 차를 심어 키우면서 관찰을 하며 알게 됐어요. 차는 말을 안 했지. 내가 보니 윤회라. (웃음)

나는 그 이전에는 차와 아무 인연이 없었어요. 그렇지만 세상 일은 나와 관계없다고 외면하면 다 남의 것이지만 내가 끌어당기 면 다 내 것이 되는 거라. 연구해서 하니 잘됐지요.

야생화

서운암 야생화는 2000년 무위선원을 열 때 단감나무를 심으면 서 시작했어요. 선농일치(禪農一致)로 선방(禪房) 스님들이 감 농사 도 지으면서 수행도 하자는 뜻으로. 곶감도 만들어 자급자족도 하 고. 당시엔 감나무 단일 농장으로는 전국에서 규모가 두 번째였어 요. 4만 평에 심었으니까. 그러면서 감나무 밑에는 야생화를 심었지.

야생화를 심은 것은 국민들 정서 함양을 위해서라. 1950년대 6·25전쟁 끝나고 1960~1970년대 새마을운동을 하며 조금이라도 먹고살게 되면서 1980년대 들어 관광이라는 게 시작됐어요. 시골 에도 마을마다 관광계(契)라는 게 다 조직이 돼요. 당시에는 주로 국내에 여기저기 놀러 다녔어요. 그 후엔 해외여행도 많이 갔지요. 사찰에도 많이 왔지. 내가 보니 앞으로 종교 문제가 '믿어라. 믿어 라' 해서 될 일이 아닌 거라. 풍선에 바람이 들어 있을 땐 살짝 건 드려도 터지듯이 미리 준비를 해둬야겠더라고요.

그런데 보니까 사람들 관광 코스가 항상 여행 → 구경 → 유흥 → 쾌락 → 타락으로 이어지는 거라. 이래선 안 되겠다 싶데. 그런데 인간들은 이래라저래라 하면 다 싫어해요. 그렇다고 그대로 놔두면 질서가 무너지고 타락하는 거라. 그래서 절에는 땅도 많고 하니 국민 정서 함양에 도움이 되는 일을 해보자 생각했지. 상구보리 하화중생(上求菩提 下化衆生, 위로는 깨달음을 구하고 아래로는 중생을 교화한다는 보살의 수행 목표)이 별거 있나. 서운암이 전국에서 아마 들꽃 축제를 제일 먼저 했을 건데? 불교 신자든 아니든 관계없이 부담 없이 절에 찾아와서 정서 함양을 할 수 있도록 해보자 해서 야생화를 심기 시작했지요. 절에는 땅이 넓으니까 부담 없이 올 수 있어요. 100일 기도 하는 것도 아니고 누구나 올 수 있지요.

들꽃이라는 것은 친화력이 있어요. 누구든 꽃 보고 성내는 사람은 없잖아요? 꽃은 사람을 보고 웃는데? 그런 것은 학교 선생님이 이렇다 저렇다 가르쳐주지 않아도 누구나 스스로 알 수 있는 거라. 불교뿐 아니라 기독교, 천주교 신자들도 다 올 수 있는 거고. '누가 절에 가나? 꽃 보러 가지' 하면 되거든요. 인간성이 삭막해진다, 인간성을 회복해야 한다 하는데 회복까지도 필요 없어요. 꽃을 보면 되는 거라.

한 300종(種) 심었는데, 봄에 많이 피어요. 여름엔 녹음이 많고. 그중 금낭화가 제일 재밌어서 금낭화를 많이 심었어요. 금낭화는 비단주머니꽃이라. 비단 금(錦) 자, 주머니 낭(囊) 자. 꽃의 우열을 가리려는 게 아니지만, 나는 금낭화를 좋아해요. 저것 특징이

불교 신자든 아니든 관계없이 부담 없이
절에 찾아와서 정서 함양을 할 수 있도록
야생화 300종을 심고 매년 야생화 축제를
벌였다.

일찍 자고 일찍 일어나는 거예요. 무슨 말이냐면 저것은 하지(夏至)만 되면 벌써 다 말라버리고 내년을 준비하는 거라. 그때부터 이미 꽃이 지기 시작하는 거라. 대신에 입춘쯤 되면 다른 꽃 피기 전에 먼저 피기 시작해요. 저것은 초본(草本)이니까 땅에서 자라는데, 꽃이 일찍 피니까 그늘의 영향을 덜 받아요. 상록수 밑은 안 되고, 낙엽수 밑은 초봄에 그늘 피해를 안 봐서 꽃이 만개하고. 저 꽃이 시들 무렵에 다른 나무들 나뭇잎이 나기 시작하는 거라. 금낭화는 햇볕을 가지고 다른 나무와 안 싸워요. 목본화와 초본화가 공존할 수 있는 종(種)이 바로 금낭화라. 그래서 내가 금낭화를 집단적으로 많이 심었지요. 야생화라도 아름다운 것은 귀하다고 볼 수 있지요.

그런데 문제는 귀한 것은 천한 것을 못 이긴다는 거예요. 쑥대라든지 이런 것에 할미꽃 같은 것은 녹아버려. 옛날에는 시골에서 소를 방목해서 키웠어요. 소는 묏등에서 풀을 많이 뜯어 먹어요. 그런데 할미꽃은 소가 못 먹어요. 독성이 있어서. 그러니 소가 할미꽃만 놔두고 다른 풀은 다 먹어요. 그러면 결과적으로 할미꽃을 소가 보호해 주는 셈이라. 풀이 많고 짙은 곳에선 원래 할미꽃이 잘 자라지 못하는데, 묏등에서는 할미꽃이 잘 자라는 거라. 소가 다른 풀을 다 뜯어 먹으니까. 근데 요새는 시골에도 할미꽃이 잘 없어요. 옛날처럼 소를 방목 안 하니까 그래요. 그러니까 생태라는 게 참 묘해요. 지금 사람들은 '요즘은 할미꽃이 잘 없다'고만 생각하지 왜 없어졌는지 몰라요. 연구를 해보면 다 관련이 돼 있어요.

원래 매년 4월 25일경에 야생화 축제를 했는데, 앞으로는 그만할까 싶어요. 지금은 야생화가 그리 많지 않아요. 관리하는 면적이 4만 평 되는 데다가 초화(草花) 위주로 하니까 일일이 잡초를 제거해 줘야 하는데 이게 큰일이라. 꽃도 야생이지만 쑥대나 억새 같은 것도 야생인데, 이놈들이 야생화를 이기는 거라. 그러니 김을 매줘야 하는 거예요. 처음에는 야생화를 한 300종 심어서 관리했는데, 하다 보니 10명이 4개월 정도는 잡초를 제거하면서 집중적으로 관리해야 하는 거라. 봄부터 가을까지. 처음엔 온 정성을 쏟아서 열심히 했는데 세월이 가니까 힘이 들어요.

그리고 야생화 축제 한다니까 오는 사람이 많았어요. 사람들이 많이 오는 건 좋은데 와서 많이 캐 가는 거라. 왜냐하면 야생화가 다 약초거든. '쑥 캔다' 하면서 야생화를 다 캐 가요. 처음엔 캐가지 말라고 싸우기도 했지만 싸우는 것도 힘들고, 좋은 일 하려다 핏대 올리며 싸우는 것도 안 맞고. 자기들이 욕하는 거는 생각 안하고 '중이 욕한다' 하고. 한 10여 년 열심히 하다가 그 뒤로 서서히 힘이 빠지기 시작한 거지요.

이밥나무

힘이 빠지기 시작한 데다가 어떤 문제가 있었냐 하면 장경각(藏經閣)을 새로 짓게 된 거라. 장경각을 지으려다 보니까 절은 주

위에 숲이 있어야지, 야생화 꽃밭, 감나무밭에 지을 수는 없잖아요. 그래서 장경각 지을 터 주변에 있는 감나무를 베어내고 이밥나무를 심게 됐지요. 표준말로는 '이팝나무'라 한다는데 나는 이밥나무라 불러요.

이밥은 쌀밥이라. 이밥나무 꽃이 쌀알처럼 보인다고 이밥나무예요. 이밥나무는 꽃피는 시기가 벼농사 제일 막바지 이앙기(移秧期)라. 이때가 되면 작년 가을에 추수한 쌀이 다 떨어지고 지금 심는 이것(모)이 쌀이 돼야 하는 제일 춘궁기라. 지금 심는 벼가 쌀이 돼야 쌀밥을 먹는 거예요. 그러니 배는 제일 고프고 일은 제일 힘들어. '빨리빨리 자라라' 농요를 부르면서 시름과 피로를 달래가는 이앙 막바지에 피는 것이 이밥나무 꽃이라. 우리 민족에게는 특별한 나무지요.

그렇게 심은 이밥나무가 지금은 숲이 됐어요. 그러면서 자연스럽게 초화(草花)에서 목화(木花)로 바꾼 거라. 야생화 축제를 하던 꽃을 완전히 없앨 수는 없고, 땅바닥에 있던 꽃을 나뭇가지 위에 피는 꽃으로 높이를 올린 거라. 그렇게 꽃 높이를 높여놓으니 저 꽃은 풀도 안 매도 되고 좋아요. (웃음) 나중에 알게 됐는데 이밥나무는 양산시의 시목(市木)이라 해요. 더 잘 됐어요.

요즘은 이밥나무를 가로수로도 많이 심고 공원에도 많이 심더라고요. 그런데 집단으로 이만한 면적에 심어놓은 경우는 우리 통도사밖에 없어요. 직경 10센티쯤 되는 묘목을 한 1,000그루 심었거든. 게다가 장경각이 약간 비탈진 언덕 위에 있으니까, 그 아래쪽에 심어놓고 멀리서 보면 이밥나무 숲이 좌대(座臺), 연화대(蓮花臺)라. 장경각을 부처님으로 보면, 부처님이 연화대 위에 앉아 계시는 거라. 그것도 나무나 돌로 깎아놓은 연화대가 아니라 살아 있는 이밥나무 연화대.

그리고 이밥나무가 꽃이 굉장히 작고 잘아요. 꽃이 피면 꽃송이가 셀 수 없이 무수히 많다는 말이지요. 불교에서 말하는 항하사수(恒河沙數, 갠지스강의 모래알 수라는 뜻으로 셀 수 없이 많다는 뜻)라. 헤아려보면 개수가 한이 없어요. 그런데 이게 또 멀리서 보면 한 덩어리 꽃, 일화(一花)라. 화엄 사상에서는 일즉일체 다즉일(一卽一切 多卽一), 하나가 많은 것이고 많은 것이 곧 하나라고 해요. 그런 점에서 나는 나무 심고 가꾸는 것으로 '화엄(華嚴) 조경'을 한 셈이라. 이 도량의 조경이 화엄 조경이 됐다 이 말이지요.

일본 교토에 가면 절 안의 정원이 국보로 지정된 곳이 몇 개 있어요. 그것은 차안(此岸)에서 피안(彼岸)으로, 즉 극락세계로 가는 것을 연상해서 표현한 건데, 나는 장경각에 화엄 정원을 조성한 거라. 세계에서 화엄 정원은 처음일 거라. 이 자체로 한 송이 꽃이지요.

그런데 재미있는 것이 서운암 주변에 먼저 감나무를 심은 바람에 장경각이 (건축) 허가가 났어요. 장경각 지을 때는 300평이 넘으면 도(道)에서 허가를 받아야 했거든요. 300평 이하는 시군(市

郡)에서 허가를 받아야 하고. 자연을 훼손하면 안 됐던 거라. 장경 각 여기는 300평이 넘으니 경상남도에서 조사가 나왔어요. 뭐 하 나라도 걸리면 허가가 안 나는 거라. 그런데 공무원들이 조사를 하 더니 하는 말이 '여기는 이미 자연림이 아니다. 그러니 새 건물 지 어도 된다'는 거라. 왜냐 하니 이미 감나무를 심어서 과수원이나 다름없다는 거지. 감나무 심을 때는 그런 규제가 없었거든. 그래서 장경각 건축은 수월하게 허가를 받았어요. (웃음)

사실 나는 잡목을 베고 감나무를 심을 때도 '수종(樹種) 갱신' 한다 생각했어요. 감나무 심은 게 선원 만들 때거든. 선방 수좌들 이 참선하고 감나무도 키우고 하면, 자급자족도 되고 선농일치도 되고 하는 차원에서 심었지요. 그런데 장경각을 짓게 되면서 다시 수종 갱신한다는 차원에서 이밥나무를 심은 거라. 감나무밭에 법 당이 있으면 이게 농막(農幕)이지 법당이 아닌 거라. 그래서 이밥나 무를 심었지요.

○

김한수
　　　　　　통도사의 종손(宗孫), 종부(宗婦)를 자임하
는 성파 스님은 통도사 경내의 수종(樹種)에도 큰 관심을 갖고 있
다. 과거에는 나무가 건축자재인 재목(材木)이나 연료 즉 땔감으로
만 쓰였지만, 미래에는 풍치 자원으로 그 가치가 무궁무진하다고
봤기 때문이다. 식물에 대해 공부한 것도 이 때문이다.

백송

　스님은 한때 통도사에 백송(白松)을 10만 그루쯤 심어서 백송
단지를 조성할 생각을 한 적도 있다고 한다. 내장산이 단풍나무로
유명하듯이 통도사를 대규모 백송 단지로 만들려는 꿈이었다.
　국내에서 서울 조계사, 경남 밀양, 경기 이천, 충남 예산 추사
(秋史) 고택 등지에 있는 백송은 대부분 천연기념물로 지정돼 있다.
그만큼 드물고 귀한 나무다. 일반 소나무의 줄기는 거북 등껍질 모
양의 껍질로 덮여 있지만, 백송은 줄기가 흰색으로 만질만질하다.
스님이 백송 10만 그루를 심는 '백송 단지'를 꿈꿨던 것은 스스로

백송 씨앗을 받아서 키워본 경험이 있기 때문이다.

성파 스님　　　　1970년대 초 청담 스님이 총무원장 하시던 시절, 조계사 중앙교육원에 교육을 받으러 갔어요. 조계사에 백송이 있잖아요? 그 전에도 조계사에 간 적이 있었지만 그런 생각을 안 했는데, 그때(교육받을 때)는 '저 백송 씨앗을 받아다 통도사에 심어봐야겠다'는 생각이 들더라고. 그 당시에도 조계사에 백송이 있는 것은 다 알았지. 그래도 그 씨를 받아서 키울 생각은 아무도 안 했지. 그런데 나는 심어서 키워볼 생각이 들었어요.

백송 씨앗 본 적 없지요? 솔씨가 어디 있냐 하면, 솔방울이 겹겹이 있잖아요? 그 안에 하나씩 솔씨가 끼어 있어요. 잣보다는 작고 보통 솔씨랑 비슷해요. 그래서 백송 솔방울을 가져다가 솔씨를 받아서 부산 금화사에서 발아시켜 열세 그루 정도 키웠어요. 김해에 대희 스님이라고 계셨는데 그분이 한두 그루 가져가고. 그때만해도 백송이 귀할 때라. 지금도 그렇지만 그때도 천연기념물이었지. 범어사에서 몇 그루 가져가고. 통도사에 두 그루 가져왔는데, 한 그루는 없어졌어요. 그래서 지금은 한 그루만 남아 있어요.

1970년대 초에 심었으니 이제 한 50년 됐지. 금화사에서 어느 정도 키운 백송을 우리 스님(월하 스님) 계시는 보광전에 기념으로

은사 월하 스님(왼쪽)과 이야기를 나누고
있는 성파 스님.

심으려고 가져왔어요. 그때 우리 스님이 보광전 선방에서 조실(祖室)로 계셨거든요. 그래서 스님하고 나하고 백송을 심고 기념사진도 찍었어요. (불교 사진가로 유명한) 관조 스님이 찍어줬지. 그때만 해도 스님들이 나무 심고 사진 찍는 건 흔하지 않았어요. 관조 스님이 그때 막 사진 찍기 시작할 때라 한 장 찍어달라 했어요. 그런데 그 사진이 어디로 갔나 몰라.

보광전에 심었던 그 백송은 통도사 안에서 이리저리 옮기는 바람에 덜 자란 택(셈)이라. 저게 한 50년 되면 몸뚱이가 희어집니다. 아직은 덜 희어졌으니 덜 자란 거라. 몸뚱이가 희어진다고 해서 중국에서는 '백피송(白皮松)'이라고 해요. 껍질이 하얗다고. 오래된 것은 나뭇가지 이파리만 빼고 잔가지까지 전부 하얗게 됩니다.

나는 나무 심는 것을 원래부터 좋아해요. 저거 말고도 내가 심은 나무가, 아름드리나무가 많아요. 이 도량에 다니면서 딴 사람들은 그냥 지나다녀도 나는 심은 나무들을 한 번씩 보면서 갑니다. 옛날에는 동진(童眞) 출가하잖아요. 어릴 때 출가해서 늙어 죽을 때까지 절에서 살잖아요. 그러면 도량의 나무들을 환하게 알게 돼요. 심은 것도, 안 심은 것도 다 알아요. 나는 동진 출가한 것은 아니지만 여기서 계속 살았기 때문에 도량의 나무가 눈에 익은 거라.

그 백송은 지금 해장보각 입구에서 굉장히 크게 잘 자랐어요. 앞으로는 거기에 백송 스토리 해설을 하나 붙일까 합니다. 그때 경험이 있어서 자신 있게 중국에서 대규모로 백송을 들여올 생각을 했지요. 예산 추사 고택, 밀양의 백송도 봤거든요. 내가 희귀 식물에 관심이 많아요. 그런데 백송 단지를 만드는 꿈은 접었어요. 여러 가지 문제가 있어서. 장경각 뒷산에는 좀 심었지. 그것들은 잘 자라고 있어요.

소나무

김한수　　　　　　스님의 나무 사랑 이야기는 통도사 입구의 명물 '무풍한송로(舞風寒松路)'로 이어졌다. 통도사 산문에서 일주문에 이르는 약 1.4킬로미터 보행로다. 스님이 출가하던 1960년 대에는 이 길에 마차가 다녔다고 한다. 당시만 해도 자동차가 많지 않던 시절, 젊은 사람들에게는 걷기에 좋은 산책로였지만 연세 많은 이, 노약자에게는 꽤 먼 거리다. 그래서 마차가 신평마을에서 통도사 일주문까지 왕복했다고 한다. 요즘으로 치면 일종의 '셔틀'이었던 셈이다.

이 무풍한송로 주변, 특히 개울 쪽 소나무들은 거의 쓰러질 듯 45도 정도의 각도로 개울 쪽으로 휘어 있다. 그 모습은 마치 소나무들이 춤을 추는 듯이 보인다. 통도사를 찾는 이들을 가장 먼저 맞이하는 것이 바로 이 소나무들이다.

성파 스님　　　무풍한송로 소나무들은 개울 쪽으로 휘어 있잖아요. 그건 식물도 자라면서 서로 경쟁하기 때문이라. 길 쪽으로는 나무가 많이 있는데, 개울 쪽은 비어 있잖아요. 그러니까 개울 쪽 빈 공간으로 많이 뻗는 거라. 그러니 그쪽으로 가지가 많이 뻗고, 서는 것도 빳빳하게 서지 못하고 기울어서 넘어질 듯이 자란 거라. 다른 나무들에게 치이지 않으려고. 그게 사람들이 보기엔 춤추는 것 같다고 하는 거지요. 그런데 그게 자연스러운 거라. 자연히 자연스럽게 되는 거라.

'송리지갈(松裏之葛)은 직용천심(直聳千尋)이라'는 말이 있어요. 솔밭에 있는 칡넝쿨은 천 길이나 똑바로 올라가는 거라. 나무에 의지해서 올라가니까. 모중지목(茅中之木)은 미면삼척(未免三尺)이라, 띠잔디밭의 나무는 석 자 이상 크기가 힘들다. 환경의 영향을 이야기하는 것이지. '맹모삼천지교(孟母三遷之敎)'라는 말도 있잖아요. 사람도 좋은 사람 밑에서 좋은 환경에서 커야 제대로 자란다는 말이지요. 맹모삼천지교나 식물로 비유한 것이나 일맥상통하는 거라.

애민여적자(愛民如赤子), 백성 사랑하기를 벌거숭이 어린아이처럼 대해야 한다는 뜻이지요. 아기는 아무것도 모르잖아요. 그러니 사랑만 줘야지 탓을 하면 안 돼요. 나무도 사람도 마찬가지라.

소나무는 또 후배를 아끼는 나무라. 무슨 말인고 하니, 소나무는 잎이 2년 만에 떨어져요. 금년에 새순이 나오잖아요? 그러면 그 솔잎은 내년까지 견뎌요. 작년에 난 솔잎이 올해 견디고 있는 거

라. 새잎 나올 때까지 지키고 있는 거라. 그러다 나온 지 2년 후에 떨어지는 거라. 그러니까 올해 나온 솔잎은 내년까지 지키고 있다가 새잎이 나오면 내명년에 떨어지는 거라. 후배를 키울 줄 아는 거지. 그러니 소나무는 항상 이파리가 있는 거라. 그래서 상록수라.

김한수 　　　　오랜 기간 중국을 오갔던 성파 스님은 중국의 백송 씨앗을 받아서 통도사에 심으려 했다. 중국 역시 한국보다 백송이 많기는 하지만 한 지역에 백송만 집단으로 서식하는 곳은 없다. 스님은 '수십만 평 땅에 백송 10만 그루쯤 심으면 100년쯤 후에는 지구상 최대의 백송 단지가 될 것'이라는 꿈을 꾼 것이다. 그러나 여러 사정상 현실화되지는 못했다.

'10만 그루, 100년 후 세계 최대 백송 단지'는 스님의 스케일과 시간관을 보여준다. 스님의 '꾸다가 만 꿈'의 흔적은 지금 서운암 장경각 뒷산에서 볼 수 있다. 아직은 줄기가 가느다란 어린 백송 수백 그루가 장경각 뒷산을 병풍처럼 감싸고 있다. 몇십 년, 몇백 년 후에는 천연기념물이 될지 모르는 나무들이다.

○

김한수 　　　　성파 스님의 스케일을 보여주는 또 다른
예는 보이차다. 10여 년 전부터 국내에서도 큰 인기를 끌고 있는
발효차의 한 종류다. 대부분 중국 운남성에서 생산됐다며 20년 숙
성, 30년 숙성 경력을 내세우는 경우가 많다. 지금까지 성파 스님
이 주로 관심을 갖고 정성을 다해 매진한 분야는 우리 전통문화.
보이차는 엄밀히 말해 우리 선조들의 문화는 아니다. 그래서인지
이번엔 성파 스님이 직접 재배하고 제조하는 것이 아니라 '수입업
자(?)'로 나섰다고 한다.

보이차

성파 스님 　　　　내가 한때 보이차를 수입한 적이 있어요.
지금도 우리나라에서 보이차가 인기 있잖아요? 내가 수입한 것은
보이차가 유행하기 시작한 초창기가 아니고 지금으로부터 한 10
년 됐나? 얼마 오래 안 됐어요. 이미 보이차가 유행한 이후라.

초창기엔 내가 보이차를 무시했지. 내가 중국에 있을 때 보니까 카바이드로 강제 숙성시키는 게 많은 거라. 그래 놓고는 20년 됐다, 30년 됐다 하고. 그래서 내가 무시했는데, 시간이 지나고 보니 전혀 손을 안 댈 수 있나 싶은 거라. 내가 그래도 명색이 수십 년 중국을 왔다 갔다 했는데 보이차를 아예 모른 척할 수는 없더라고요. 그래서 운남성에 가서 300~400년 된 오래된 차나무 고목에서 딴 찻잎을 수배해서 중국의 마을 사람들 시켜 보이차를 만들었지.

보이차가 딴 게 아니라. 중국 청나라 건륭황제 때 말이 생겼다고 해요. 차마고도(茶馬古道) 있잖아요. 운남에서 차를 수출하는 큰 길이 세 군데가 있는데, 그중에 하나가 북경으로 가서 황실에 바치는 길이라. '보이(普洱)'는 지명으로 중국어로는 '푸얼'인데, 땅이 넓고 차가 많이 생산되는 지역이에요. 여기서 차를 만들어 북경까지 가는 데 6개월이 걸린답니다.

황제에게 진상하러 차를 가지고 자금성 입구까지 왔는데, 싣고 온 사람 중에 대장이 거기서 갑자기 자살하겠다고 소동을 벌인 거라. 경비하는 사람이 이유를 물어보니, 싣고 오는 중에 비도 맞고 젖었다 말랐다 하면서 차를 버려놨다, 상했다 하는 거라. 그러니 자기는 자금성에 들어가도 죽고 안 들어가도 죽는다면서 사형감이라고 하는 거라. 경비가 사연을 보고하니 관리가 가져와 봐라 했대요. 그런데 차를 마셔보니 너무 좋은 거라. '이 좋은 차를 어디서 가져왔나?' '보이에서 왔다.' 그래서 보이차가 됐다는 거라.

그 후로 운남성 어디에서 난 차라도 발효차는 다 보이차로 부르게 됐다는 거라. 지금은 지역을 구분한다고 합니다. 어디까지는 보이차고, 나머지 지역에서 난 차는 다른 이름으로. 처음에는 전부 다 보이차라 했거든. 그러니 20년, 30년 묵은 것이 아니라 바로 따서 바로 발효시켜서 만들어도 보이차인 거지요.

한 10년쯤 됐나? 그때 100톤을 중국에서 가져와서 1년에 1톤씩 팔고, 매년 중국에서 1톤씩 더 가져올 생각이었어요. 그러면 여기에 항상 100톤은 유지되는 거라. 그것도 재미라. 1톤씩 가져올 돈만 있으면 되니까. 대한민국 땅 통도사에 보이차 100톤이 보관돼 있다 하면, 매년 1톤씩 팔아도 99톤은 항상 오래된 것이 남아 있는 셈이잖아요. 마지막 100년째 되는 해에는 100년 된 보이차가 1톤은 남아 있게 되는 거라.

그런데 결과적으로 10톤만 가져오고 90톤은 못 가져왔지. 나는 하다가 마는 것도 많아요. 저 창고에 (보이차가) 지금도 남아 있기는 하지만 많이 없어졌지. 여기저기 나눠주는 바람에. 그때는 정식으로 식품수입업 자격도 받았어요. 중국에서도 검역을 통과해서 수출한 거고. 중국 입장에서도 만약 다른 나라에 가서 불량품이 돼서 돌아오면 중국 국가 위신에도 문제가 되니까 정식으로 제대로 만든 것을 수출하게 하는 거지요. 우리나라에서도 세관에서는 통관돼도 식약청 검사가 오래 걸려요.

보이차 수입할 때, 그때 생각으론 그랬지. '중국, 너그(너희)들 앞으로 보이차는 나한테서 수입해야 할 거다'라고. 왜냐하면 중국에도 하도 가짜가 많으니 자기들도 못 믿거든요.

○

김한수　　　　　 성파 스님은 이룬 꿈도 많지만 '꾸다가 만 꿈'도 많다. 백송 단지가 그랬고, 산지습지공원의 꿈도 그렇다. 전체 면적이 670만 평에 이르는 통도사는 곳곳에 논밭이 있다. 과거엔 쌀을 생산하는 소중한 논이었지만 지금은 농사를 짓지 않는 '묵은 논'도 많다. 성파 스님은 이 묵은 논을 활용해 멸종 위기 식물과 희귀 식물이 자라는 거대한 생대 습지 공원을 꿈꾼 적이 있다.

생태 습지

성파 스님　　　　　 생태 습지는 내가 1985년 일본 갔을 때부터 생각했지. 일본 교토에 난젠지(南禪寺, 일본 왕실에서 세운 최초의 선종 사찰)라는 절이 있어요. 내가 그 옆에 방을 얻어 있었거든. 일본은 절에 거처를 못 해요. 자기(일본 스님)들도 출퇴근하거든.

난젠지 뒤 언덕에 길이 촥 있는데, 길 아래는 물 내려가는 보(洑)라. 이 길 이름이 '철학의 길'이라. 에도 시대부터 '철학의 길'을 걸으면서 사색을 해보지 않은 사람은 지성인 축에 못 끼는 거라. 심지어 저 북쪽 북해도에 사는 사람들도 교토에 '철학의 길'을 걸어보러 오는 거라. 그렇게 아주 유명한 길이라. 나는 거기 아침마다 올라갔거든요. 막상 보면 아무것도 아닌 걸 가지고 그런다 싶은 생각이 들어요. 그래도 그만큼 유명하고 역사성이 있고 그래요. 청춘남녀도 거기서 데이트를 안 하면 안 된다 하고, 여러 가지 그런 말이 많을 정도로 유명해요.

그때부터 나는 '우리 통도사는 면적이 600만 평이 넘는데, 거기다 뭘 하나 하면 이런 데 될까' 싶더라고. 일본은 교토에 있는 은각사, 금각사 정원이 국보로 돼 있거든요. 그 정원이 크지도 않아요. 너무 인위적으로 꾸며서 만든 것인데, 꾸미기는 잘 꾸몄지. 그래도 내 눈엔 '이걸 가지고 국보라 하나' 싶기도 하고 그랬지요.

그래서 나는 속으로 귀국하면 통도사를 앞으로 정원화해야겠다 싶었지요. 정원화를 하되, 일본 사람들은 99%, 100%를 조경으로 만든 자연이고, 나는 100% 자연에 10%도 안 되게 (인위적) 조경을 해서, 가장 자연에 가까운 조경을 해서 정원을 만들어야겠다고 생각했어요.

영축산 능선 아래로 보이는 땅이 전부 통도사 땅입니다. 유역 면적이란 게 있어요. 통도사는 유역 면적이 670만 평이라. 670만 평에 비가 오면 물이 한군데로 내려가요. 개울 폭이 10여 미터밖에 안 되는데 그리로 다 몰려요. 여간해선 넘치지도 않아서 물난리도 거의 없어요. 명산이라는 것은 원래 서출동유수(西出東流水)라. 서쪽에서 물이 나서 동쪽으로 흘러 빠져나가는 것이 명산의 조건이라. 통도사는 정서(正西)에서 정동(正東)으로 물이 흘러요. 여기 전체 면적의 물이 동쪽 산문 쪽으로 흘러요.

일본에서 가진 생각으로 서운암에서 수종 갱신도 하면서 출발한 거라. 내가 서운암에 와서 야생화도 그렇고 만든 게 많아요. 많아도 자연 상태 그대로 만들었기 때문에 자연을 훼손한 건 없어요. 습지는 습지에 맞게, 양지는 양지에 맞게 식물을 심고, 수종을 갱신하고, 관리하고, 없는 것은 보충하고 그렇게 만들었지요. 최대한 자연 그대로 만들었지. 그때부터 시작해서 (서운암 수변) 4만 평을 내 딴에는 조경을 한 택(셈)이고, 지금도 하고 있는 택이지. 통도사를 다 하고 싶은 생각이었는데 그럴 계제가 안 되고 해서, 내가 안 되면 다음 대에라도 할 수 있도록 본보기로 우선 서운암부터 한 거라. 앞으로 확대하는 것은 뒷사람에게 물려주는 것으로 하겠다는 뜻으로 했지요.

그런데 (통도사 방장에 이어 종정에 취임한) 지금은 내가 서운암 성파 스님이 아니잖아요? 통도사 성파 스님이잖아요. 그래서 지금부터는 서서히 통도사 전체로 넓혀서 생각해 볼 때가 된 거라. 지금까지는 서운암 안에서 오픈 게임을 해본 거라.

구체적으로 습지를 생각한 것은 귀국해서부터라. 귀국해서 오대산 월정사 주변, 순천 송광사도 가보고, 범어사도 가봤어요. 범어사는 산 위에는 습지가 있어도 절 안에는 습지가 없어요. 살펴보고 조사를 해보니 우리나라에서 습지가 제일 많은 곳이 통도사라. 산지 습지는 저 산 위에 있는 건데, 그건 인위적으로는 손을 댈 수 없어요. 그대로 보호해야 하는 거라.

내가 말하는 것은 이미 논으로 사용하다가 지금 묵어 있는 '묵논'(묵은 논)이라. 묵논은 이미 물이 다 차 있어요. 이건 순수 자연이 아니고 산지 습지로되 이미 인간이 논으로 쓰다가 방치해 놓은 거거든요. 이건 얼마 손을 안 봐도 산지 자연습지보다 산지 습지이면서도, 인위적으로 앞으로 손을 대도 모순이 안 되는 거라. 이미 논으로 쓰던 거니까. 물을 막는다든지, 조금만 보수하면 되니까. 옛날 같으면 논으로 농사를 지어 먹으니까 엄두를 못 내는데, 지금은 다 묵히고 있거든요. 그런 습지는 우리나라에서 통도사가 제일 많아요.

그래서 여기에 물을 막고 손을 좀 봐서 희귀 식물, 멸종 위기 식물, 수생 식물을 심어 완전히 산지습지식물 공원화하려고 했지요. 나무 덱도 놓고. 원래 그런 생각이었지.

그런데 최근에 생각을 바꿨어요. 생태 습지는 안 하는 게 낫다는 생각이에요. 왜냐하면 지구 환경 변화 때문이라. 나는 자연 생태계를 보존하는 생태 습지를 생각하고 있었는데, 이게 또 다른 개발이 되겠더라고. 여기도 수원(水源)이 점점 줄어들고 있어요. 전에는 개울에 물이 많았거든요. 물이 많아서 개울에 피라미 같은 것들도 많았고. 마을 사람들이 밤에 고기 잡으러 많이 올라오고 그랬어요. 그런데 지금은 고기가 없어요. 물이 줄어드니까. 생태가 많이 바뀐 거라. 전에는 습지가 많았는데 지금은 습지도 물이 많이 말랐어요. 그래서 지금 생태 습지를 만든다고 하면 오히려 또 다른 개발이 되겠다 싶어서, 현재는 생태 습지를 접었습니다.

그 대신 지금 있는 논을 벼농사만 하지 않고 다른 작물을 심는 용도로 활용하면 어떨까 생각하고 있어요. 나는 주지 살던 1982년에 경지 정리를 했는데, 그때부터 미나리를 생각했거든요. 미나리는 벼농사보다 3~4배, 최소 3배는 낫거든요. 여기는 오염물이 없어요. 산이 깨끗하고, 통도사 위에 마을이 있는 것도 아니고. 내가 미나리 생산지로 유명한 곳을 다녀봤어요. 그런데 통도사처럼 깨끗한 조건은 없어요. 여기는 해놓으면 청정 미나리가 가능하거든. 스님들이 다리 둥둥 걷고 미나리 재배하고 신도들이 나르고 하면 그림도 좋잖아요? 청정 식품에 대한 수요는 앞으로도 계속 늘어날 테니까.

○

김한수　　　2023년 봄 서운암의 또 다른 변화는 '진달래 동산'이다. 스님은 2022년 가을 서운암 작업실 옆 동산에 잡목을 걷어내고 진달래 묘목 3,000주를 심었다. 스님이 진달래 동산을 꾸미는 이유는 간단하다. 예전에는 흔했지만 지금은 거의 사라져버린 것들, 그러나 사라지도록 내버려두기엔 너무나 아까운 것을 되살리려는 것이다.

진달래 동산

성파 스님　　　진달래는 왜 심었냐. 초목도 변화가 많기 때문이에요. 산림 보호를 많이 하고 숲이 울창하니까 키 작은 놈들이 못 자라요. 녹아버리는 거라. 할미꽃이 풀 때문에 녹아버리는 것처럼. 진달래를 시골에서는 참꽃이라고 했거든요. 이 참꽃도 할미꽃이나 마찬가지라.

왜 '영변의 약산 진달래꽃' 그러잖아요? 참꽃은 봄에 일찍 피고, 꽃을 따 먹기도 하고, 봄맞이에 매화 이상으로 상징적인 꽃이라. 전통적으로 매화는 선비들, 문인들이 많이 즐겼고, 참꽃 이거는 서민들, 목동들, 나무꾼, 나물 캐러 다니는 사람들이 보고 즐겼거든요. 이런 서민들은 매화 보고 감상하고 이런 것이 없거든요. 매화는 옛날엔 많지도 않았고. 참꽃 이거는 아무 데나 있거든요. 우리나라의 민속적이고 서민적인 꽃이라.

그런데 요새는 숲이 우거져 참꽃이 드물어요. 잘 안 보입니다. 산에 있어도 악산(嶽山)에 바윗돌 같은 데 풀이 성하지 못하는 곳에나 있지, 낮은 지역에는 나무와 풀이 많아서 참꽃이 없어요. 서울 근교에도 진달래 많이 없을 거예요. 철쭉은 철쭉제, 축제도 하잖아요. 그거는 높은 산에서 자라거든. 높은 산에는 큰 나무가 없어요. 바람도 세고 하니까. 그러니 철쭉이 군락으로 덮여서 잘 자라는 거라. 그런데 참꽃 이거는 낮은 산에서 자라거든요. 낮은 데는 풀숲이 짙어가지고 참꽃 보기가 힘들어.

그래서 내가 여기다 진달래 동산을 만들었어요. 통도사에 산이 이리 많고 해도 요새는 진달래를 보기 힘들 정도로 드문드문 한 거라. 내가 (봄이면 진달래를 감상하는) 그런 정서를 시골에서 겪고 지금까지 시골에서 살고 있기 때문에 관심이 있는 거라.

이게 너무 귀해서 산에 드문드문 있어도 별로 맥을 못 추는 거라. 그래서 내가 잡초, 잡목 같은 거 다 쳐냈어요. 큰 나무는 놔두고. (진달래가) 워낙 드문드문 있으니 묘목 하는 곳에 부탁해도 잘 없어요. 어디 한 군데 있다 해서 인터넷 들어가 3,000본을 사서 심었어요. 진달래 동산을 만들었지요.

나는 '참꽃 동산'이라 하고 싶은데, 서울 같은 데서는 참꽃이라 하면 잘 모른다고 하데. '참꽃 동산'이라 해도 좋고 '진달래 동산'이라 해도 좋아요. 나는 지금 이 시점에는 '동산'이 필요하다, 이래 생각해요. 작년 가을에 심었어요. 넘(남)한테 자랑할 것은 아니고 내 혼자라도 만끽하는 풍류가 있어야겠다고. 여기 오는 손님들도 감상할 수 있겠지요.

지금 여기 진달래 동산에서 먼저 꽃을 피운 것은 원래 있던 진달래라. 작년에 심은 것은 아직 꽃이 덜 피었어요. 원래 있던 것들은 다른 풀하고 싸워서 견뎌낸 것들이라 키도 크고 꽃도 잘 피어요. 그런데 작년에 심은 것들은 겨우내 죽지 않고 생존하느라 힘을 다 써서 아직 키도 작고 꽃도 늦게 피어요.

올해 이 진달래가 꽃을 다 피우고 나면 가지치기를 할 거예요. 꽃 핀 가지에서 잘라주면 내년엔 가지가 옆으로 확 퍼지는 거라. 그렇게 계속 가지를 쳐주면 이 동산에 빽빽하게 진달래가 피는 거라. 진달래 동산이 빽빽하게.

○

김한수　　　　　　성파 스님이 식물과 관련해 시도하는 것
이 또 있다. 통도사의 명물 '자장매 자손 키우기'이다. 자장매는 수
백 년 된 매화나무로, 통도사를 창건한 자장 율사를 기념해 이름
붙였다. 매년 2월 자장매가 꽃을 피울 무렵이면 매화를 보러 오는
인파 때문에 통도사 일대 교통이 마비될 정도다.

자장매 자손 키우기

성파 스님　　　　　　매화도 옛날 선비들이 좋아하고 문인들이
이야기 많이 하잖아요. 향기도 꽃도 이야기할 수 있는데, 매화는
다른 식물과 다른 특별한 점이 있어요. 다른 식물들은 봄에 꽃이
피면 가을에 열매를 수확하지요. 사과, 배, 감, 뭐 대개가 그렇거든
요. 저거(매화)는 하지(夏至) 되기 전에 수확이 끝나요.

　식물들은 동지(冬至)에서부터 시작돼요. 동지는 1년 중 양(陽)
이 제일 작고, 음(陰)이 제일 성할 때거든요. 동짓날부터 일양(一陽)

이 시생(始生)이라. 양이 활동하기 시작하는 거라. 양이 커지는 것과 반비례로 음이 작아지는 거라. 양이 커지면 커질수록 음은 그만큼 작아지는 거라.

동지, 소한, 대한, 입춘, 이런 순이잖아요. 동지부터 다른 식물도 잠을 깨기 시작해요. 다른 식물들도 깨긴 깨지만, 매화는 그중 제일 일찍 깨요. 그때부터 깨서 소한, 대한이면 조금씩 몽우리가 자라는 거라. 꽃 몽우리가 맺어 나와. 입춘 되면 꽃이 필 정도라.

선비들이 눈 속에 다른 식물들이 아직 잠자고 있을 때 제일 먼저 매화를 보러가는 것을 탐매(探梅)라 하지요. 그다음은 찾을 심(尋) 자, 심매(尋梅)라 하지요. 그다음에는 매화꽃이 필 정도가 되잖아요. 그러면 상매(賞梅)라 그래요. 감상한다고. 그래가 인자(이제) 꽃이 필 때는 감상도 하고 하는데, 꽃이 오래 안 가거든요. 꽃이 지면 열매가 맺기 시작해요. 열매가 맺기 시작해서 우수, 경칩 되면 꽃이 다 지는 거라. 춘분, 입하, 망종, 하지, 이렇게 점점 자라서 하지 전에 마감하는 거라. 매실은 일생이 끝나는 거라. 동지에서 시작해서 하지에 다 끝나요. 하지를 안 넘기는 거라.

그래서 1년 24절기 중 반절을 딱 나눠서 전반기에 매화는 일을 다 보는 거라. 정확히 1년의 절반을 그렇게. 매화가 제일 일찍 기동하기 때문에 선비들이 다른 꽃이 나오기 전에 매화를 찾아다녔던 것입니다. 오죽하면 설중매(雪中梅)라는 말이 있잖아요. 옛날 문인들이 계절마다 감각을 느끼고, 계절마다 식물이나 동물을 감상하면서 정서를 함양하고 그랬잖아요.

여기 통도사는 평지 사찰입니다. 옛말에도 우리나라에 산지명
사(山地名寺)는 월정사, 야지명사(野地名寺)는 통도사라는 말이 있어
요. 통도사는 고도가 낮지요. 그래서 다른 절보다 매화가 일찍 피
어요. 지리산 자락에 있는 화엄사는 통도사보다 한 달쯤 늦게 매화
가 핍니다. 그리고 같은 해발(고도)이라도 큰 산 밑에 있는 지역은
꽃이 늦게 핍니다. 큰 산엔 늦게까지 눈이 남아 있고 춥거든. 그래
서 영향을 받습니다. 똑같은 해발(고도)이라도 차이가 있어요.

나는 금년에 자장매 씨를 받아서 심으려고 해요. 내가 그동안
엔 안 했는데, 산청에 남명매가 유명하잖아요. 그 남명매, 매화를
즐기는 분이 있어요. 그분이 남명매 씨를 심어서 키운 매화나무를
올해 여기로 가져올 거예요. 원래 남명매는 거기에 있고, 자손을
새로 가져올 거예요. 그 남명매는 기념으로 심고, 나는 자장매(자손
나무)를 만들려고 해요.

이걸 잘 키우는 방법이 있어요. 씨를 심어서 키우면 모든 식물
이 약간 퇴화합니다. 종자는 같은데 수명이나 열매 같은 것이 좀
퇴화합니다. 올해 자장매를 심잖아요? 그럼 올해 파종해서 키운
자장매는 잘 안돼요. 그래서 내년 봄에 원래 자장매 가지를 잘라서
씨를 심어 키운 가지에 접을 붙이는 거라. 그러면 씨도 자장매, 가
지도 자장매이거든. 온전히 자장매이거든. 그러면 퇴화가 안 되는

거라. 그냥 씨를 심으면 퇴화됩니다.

이렇게 접붙일 때 씨를 심어 키운 가지를 '대목'이라고 해요. 접붙이려고 가져온 가지는 '접수'라 해요. 접붙일 접(椄) 자, 이삭 수(穗) 자, 접수(椄穗). 다른 종류의 대목에 유사한 속(屬)이나 과(科)가 같은 가지를 붙여도 돼요. 그렇지만 나는 자장매 씨를 가지고, 자장매 접수를 가지고 접을 붙이려 해요.

접붙이려 할 때 대목에 물이 올라야 하거든요. 시기적으로 곤란할 수 있어요. 그래서 접수를 가을에 잘라서 땅에 매장해 두는 거라. 그냥 놔두면 말라 죽잖아요. 땅 속에 모래 섞어서 파묻어 두는 거예요. 그러면 겨우내 안 말라 죽어요. 봄에 접붙이기 딱 적당한 시기에 땅에서 꺼내서 접을 붙이면 잘 살아요.

왜냐하면 갑자기 봄에 잘라다가 접을 붙이면 나무가 놀래서 정신을 못 차려요. 접수를 겨우내 가매장해 놓으면 가지가 잘렸으니 살려고 겨우내 에너지를 축적하는 거라. 그러니 그 가지를 붙이면 그대로 기다렸다는 듯이 잘 자라는 거라. 목말랐을 때 물을 주면 물 한 방울이 감로수라. 갈시일적(渴時一滴)은 여감로(如甘露)라. 나는 감나무도 다 그렇게 접붙였어요.

○

김한수   성파 스님은 식물 이야기를 할 때면 아연
활기가 넘친다. 식물의 생태와 자연의 섭리를 비유하는 말씀도 자
주 한다. 스님은 자신이 식물을 좋아하는 이유를 이렇게 설명했다.

성파 스님   나는 산에 많이 살았기 때문에, 어릴 때부
터 시골에서 살았고 지금도 산에 살고 있으니까 제일 많이 접하는
것이 식물이라. 식물의 생태야 식물학자들이 더 많이 잘 알고 있지
요. 그렇지만 나는 식물을 보면서 자연의 변화를 봅니다.

우리가 허공을 봐서는 자연의 변화가 안 보이잖아요. 대상물이
있어야 보이는 거라. 대상물 가운데 눈으로 빨리 보고 빨리 알 수
있는 것이 식물이라. 하늘엔 하늘밖에, 바다엔 바닷물밖에 안 보이
지만, 식물을 보면 변화를 바로 알 수 있어요.

대자연은 변화의 현장입니다. 이 우주와 대자연은 자강불식(自
彊不息)이에요. 단 1초도 그냥 있지 않아요. 한순간도 멈추지 않지
요. 불교에서는 성주괴공(成住壞空)이라고 하지요. 탄생하고, 자라

고, 존재하고, 무너지고, 이런 거라. 순간도 쉬지 않아요. 계속 변하고 있어요. 우리가 비행기 타고 있는 것과 한가지라. 비행기는 가만히 있는 것 같지만 계속 움직이고 있잖아요. 변화하지 않으려 해도 변하지 않을 수가 없지요. 물아불이(物我不二), 사물은 나와 둘이 아니다, 하나다, 이거지요. 자연과 더불어 내가 하나라는 것이라.

이런 것은 관심을 가지면 다 보여요. 관심이 없으면 여가(餘暇)가 없고, 관심이 있으면 여가도 있어요. 관심이 없으면 안 보이고, 관심이 있으면 보이는 겁니다. 다들 바쁘다 바쁘다 하는데, 바쁘다는 느낌을 가지고 있는 것이 별로 좋은 일이 아닙니다. 뭐 때문에 바쁘겠노, 이거라.

모두 자세의 문제입니다. 어려운 문자를 쓰면, 종탈자재(縱奪自在)라 하는 거라. 놓을 종(縱) 자, 빼앗을 탈(奪) 자, 쉽게 말하면 내 마음대로라. 내가 쥐고 싶으면 쥐고, 내가 놓고 싶으면 놓고. 그렇게 되면 바쁠 게 없지요. 하시(何時)든지 쥐고 있다가, 하시든지 놓을 수 있거든. 종탈자재를 할 줄 알아야 되거든요. 실제로는 그렇지 않으면서 말만 그렇게 하면 안 되는 거라.

종탈자재라는 것은 전체를 포함하는 말이고, 부분적으로 말하면, 대장부는 당용인(當容人)이언정 무위인소용(無爲人所容)이라. 마땅히 남을 용납할지언정 남에게 용납당해서는 안 된다는 말이지요. 남에게 쥐여 있으면 내 마음대로 못 하잖아요. 내가 쥐고 있으면, 놓으려면 놓고 쥐려면 쥐잖아요. 남에게 쥐여 있으면 내가 놓으려 해도 남이 안 놓아주면 안 되잖아요. 그래서 종탈자재. 놓고 쥐는 것을 내 맘대로 할 수 있어야 한다. 선사들이 말은 그렇게 하셨지만, 실제는 그렇게 하는 게 쉽지 않지요.

종탈자재가 될 때, 그럴 때를 생력처(省力處)라 합니다. 득력(得力), 힘을 얻으면, 생력(省力), 힘이 안 든다는 겁니다. 자동차로 치면 탄력 붙으면 액셀러레이터 많이 안 밟아도 잘 가는 거라. 그래서 선사들이 '생력처가 어떠하냐, 도달했느냐'고 묻거든요. 그러면 아주 높은 경지에 있는 사람들은 그런 말을 서로 알아듣지요. 휘둘리는 것은 힘들지만, 생력처를 얻으면 그리 힘이 안 듭니다. 남 보기엔 죽어라고 하는 것 같아도 사실은 힘이 안 들어요.

공부도 그래요. 득력이 되면 큰 힘이 안 드는 거라. 가벼워야 하거든요. 고무풍선도 바람이 많이 들어가면, 팽팽하면 가볍다 아입니까(아닙니까). 자동차 타이어도 바람이 꺼져버리면 안 굴러가잖아요? 반대로 바퀴가 팽팽하면 그냥 잘 굴러가잖아요. 공부도 한가지라. 사람도 속에 공부가 차면 가벼워지는 거라. 자전거 바퀴에 바람 넣은 거나 한가지라. 득력이 안 되고 공부가 안 되면 바람 빠진 바퀴나 한가지고.

○

김한수　　　　　성파 스님은 뭔가 한 가지가 떠오르면 잊
지 않고 잘 간직한다. 마음속으로는 '저걸 어떻게 실현할까'를 궁
리하고 연구한다. 통도사의 역사를 기록한 책에서 차밭이 있었다
는 기록을 발견하면 시간이 걸리더라도 결국 차밭을 만들었다. 고
려 시대 이후 맥이 끊긴 쪽물 들인 한지, 감지의 전통도 되살렸다.
모든 시작은 작은 실마리였다. 남들은 놓치고 지나치는 실마리를
성파 스님은 결코 포기하지 않고 있다가 언젠가는 실현한다. 물론
엄청난 노력과 연구가 뒤따르는 일이다.

성파 스님　　　　나를 보고 식물에 대해서도 궁리(窮理)를
한다고들 해요. 그런데 궁리만 해서는 안 되는 거라. 궁리에 반드
시 따라붙어야 하는 게 진성입니다. 다할 진(盡), 정성 성(誠), 진성
(盡誠). 이치를 궁리하고 성의를 다해야 하는 거라. 이치를 궁리해
도 실행을 하지 않으면 아무것도 아니거든요. 정성을 다해야지, 궁
리만 해선 안 됩니다.

3
—

출
출
가
의 꿈

출출가,
스스로 리셋하다
제3의 길

"통도사 주지 마친 이튿날 일본으로 떠났어요. 그런데
거기선 말도 모르지, 아무것도 모르잖아요. 완전히
유치원생이라. 뭐든지 배워야 하는 거라. 거기서 내가
완전히 나 스스로를 백지화(白紙化)시켰어요. 백지화.
출출가."

○

김한수

　　'출출가(出出家)'. 성파 스님에게 처음 들은 단어다. 스님은 원효 대사가 처음 사용한 단어라고 했다. 처음 이 단어를 들었을 때 신선한 충격을 느꼈다. 보통 사람들에겐 속세에서 출가하는 것만도 대단한 결심이기 때문이다. 또한 출가해서 제대로 살기는 얼마나 어려운가. 출가 당시의 초심, 초발심을 되새긴다는 표현은 들어봤다. 출가 당시의 굳은 마음을 되새기는 것도 힘든 일이다. 살다 보면 타성에 젖고 매너리즘에 빠지는 것이 인지상정 아닌가. 그런데 거기서 한 걸음 더 나아간 출출가라니.

　　성파 스님이 말한 '출출가'는 '백지화'라는 의미였다. 요즘 말로는 '리셋(reset)'인 셈이다. 속세에서 20년, 출가해서 20년을 보낸 스님은 40대 중반의 나이에 '리셋'을 결심한 것이다. 말도 모르는 일본 땅에 스스로를 던져놓고 맨바닥에서 재출발했다. 기득권 하나 내세울 수 없는 조건 속으로 스스로 걸어 들어간 것이다. 어린 시절로 돌아갈 수는 없지만 어린이처럼 백지상태에서 새롭게 출가 인생을 그리기 시작한 것이다.

　　약 40년 전 성파 스님이 누른 '리셋' 버튼은 오늘날 불교를 넘

어선 전통문화의 보고(寶庫) 서운암을 만드는 출발점이자 원동력
이었다. 스님은 출출가의 핵심을 '잘 듣는 것, 그래서 배우는 것'이
라고 말했다.

'백지화'시켜 놓자 세상과 한국, 통도사, 서운암은 달리 보였
다. 한중일 동양 3국의 역사 문화 전통 가운데 한국의 자리도 보였
다. 우리가 가진 좋은 전통이 얼마나 많은지도 깨달았다. 해야 할
일이 보였다.

성파 스님　　　　내가 1985년도에 일본으로 갔어요. 통도
사 주지 마치자마자 그 이튿날 바로 떠났지. 일본에서 몇 년 지내
면서 내가 느낀 게 컸어요.

우선 뭐든지 모르잖아요? 말도 모르지, 아무것도 모르잖아요.
한국에서는 통도사 주지까지 지냈는데, 거기 가니까 뭐든지 몰라.
완전히 유치원생이라. 일본 말도 배워야지, 뭐든지 배워야 하는 거
라. 전에 이야기한 적 있지요? 출출가(出出家)라고. 거기서 내가 완
전히 나 스스로를 백지화(白紙化)시켰어요. 백지화. 출출가.

일본에선 자전거 하나 사가지고 골목골목 다니면서 사 먹기도
하고, 완전히 밑바닥 생활을 한 거지요. 일본의 풍속과 문화를 속
속들이 보면서. 겉으로 보는 문화 말고 속으로 보는 문화를 알아보
려고 그렇게 했지.

처음 일본에 가게 된 것은 사정이 좀 있었어요. 주지를 마치고
서운암으로 왔어요. 그때 통도사에서 서운암은 제일 낙후된 암자
라. 그래서 아무도 안 오려고 하는 암자였는데, 내가 왔지요. 주지

할 때 도자기 굽던 사명암의 도자기 가마도 철거하고, 여기엔 상좌 하나 맡겨놓고 나는 일본으로 갔지. 근거는 여기 놔두고, 발붙일 곳은 마련해 두고, 말하자면 주민등록은 여기에 두고 간 거지.

일본에 간 게 새롭게 눈을 뜨는 계기가 됐지요. 나 스스로를 백지화시키고. 내 개인적으로 생각하면 절집에 와서 주지까지 마쳤지만, 통도사 주지라면 우리나라에서도 큰절 주지인데, 마치고 보니까 윗질(윗길)도 못 가고 아랫질(아랫길)도 못 가겠더라고요. 윗질은 너무 어른들이고, 밑에서는 내가 어중간한 거라. 주지 마치고도 나이가 오십도 안 된 40대 중반이었으니 어중간한 거라. 그래서 이참에 나가보자 한 거지요.

내가 보고 듣는
전부 다 스승이다

그동안 출가해서 정신없이 절의 일을 배우고 절의 일만 잘하면 된다고 살아온 거라. 절 공부만 한 셈이지. 승려로서 제대로 자격을 갖춰야 한다고 생각하고 열심히 살았지. 그래서 주지까지 했는데, 주지를 마치고 보니 새롭게 생각이 드는 거라. 세속적으로 보면 시대에 뒤떨어지지 않았는지, 하는 생각이 든 거라. 내가 보니까 나스스로 시대에 뒤떨어진 거라. 공부는 나 혼자 했지만 학교로 보면 초등학교밖에 안 나왔고. 영어도 못하지, 일본어도 못하지.

생각해 보니 이래가(이래선) 안 되겠다 싶데. 그렇다고 새로 어릴 때로 돌아갈 수는 없고. 그래도 정신적으로 어릴 때로 돌아가서 새 출발을 해봐야겠다고 생각한 거라. 그래서 그때부터 뭐든지 익히려고 한 겁니다.

우리가 절집에 있으니 그렇지, 사회에 있으면서 초등학교밖에 못 나왔다 하면 아무짝에 못 쓰거든요. 그래도 그건 지나간 거고 새롭게 마음을 먹었지.

내가 존재하는 무대 자체가 우주무한대학이다! 내 발길 닿는 곳이 학교이고, 내가 보고 듣는 전부 다 스승이다. 이래가(이렇게) 완전히 새살림을, 어릴 때로 되돌아가서 새 출발을 하기로 작정했지요.

그래서 일본에서는 한국에서 통도사 주지까지 했다, 이런 거 일체 없이 자전거 하나 사서 골목골목 다니면서 말도 안 되는 말로 동네 사람들과 앉아가(앉아서) 이야기하고 하면서 다녔지. 뭐든지 배우려고.

처음엔 가나자와로 갔고, 그다음엔 교토에 가서 주로 거기 있었어요. 거기 있으면서 도래(渡來) 문화, 즉 한반도에서 건너온 도래 문화를 죽 보고 다녔어요. 제일 먼저 갔던 가나자와가 있는 이시카와현(일본 혼슈 동해안의 현)부터 시작해서 우리나라 동해 연안으로 다 가봤지. 거기 (한반도에서 온) 배가 먼저 닿았거든요. 그렇게 죽 다니면서 한반도에서 건너간 석공(石工) 후손들이 집단적으로 살고 있는 지역, 베 짜고 길쌈하는 기술을 가진 사람들 후손들이 사는 마을, 그런 데를 다 돌아다녔지. 나중에 전문 학자들이, 대학에서 전공하고 정식으로 배우고 한 사람들이 일본 유학 가서 답사도 다니고 논문도 쓰고 했지만 나는 그런 것 없이 다녔지. 정식 답사도 아니고 논문 쓰는 것도 아니고, 몸으로 부딪치고 눈으로 확인하고 체험하면서 다녔지. 머릿속으로 하나하나 다 공부한 거라.

그렇게 다니면서 일본에 왜 옻이 발달했는지도 알게 됐지요. 그 당시만 해도 일본 사람들이 왜 옻칠 공예를 발달시켰는지 (학계의) 설명이 잘 없었어요. 그런데 내가 살면서 다니며 보니까 일본에는 나무는 많은데 기후는 습하고 나무로 만든 기물은 잘 썩으니 일본 사람들이 옻을 발달시켰구나 하는 것도 알게 됐지요. 실제로 겪어보면서 저절로 터득이 된 거지. 그때는 이런 걸 누가 논리로 전개한 사람도 없었고.

공부할 때는 몸을, 자세를 낮춰야 합니다

그렇게 일본 생활을 해보니까 중국에도 관심이 생기데. 그때는 (한중) 수교하기 전이었거든요. 나는 일본에서도 중국에서도 밑바닥에서 생활했어요. 그래서 사찰하고도 교류 안 했어요. 일본에 가도 승려들은 다 지식인이거든요. 내가 거기 가서 가타카나, 히라가나 배워가면서 그 사람들하고 대화를 할 수는 없거든. 내가 지식이 없어서가 아니라 우선 말이 안 되니까. 말부터 배우고 일본의 풍속이나 역사나 이런 걸 배워야 하는 입장이라. 공부하는 사람은 나이를 먹든 젊든 항상 학생이거든요. 학생 신분에 그런 사람들하고 상대하면 안 되는 거라. 한국 불교 위신도 있지. 일체 (일본 승려들을) 안 만난 거라. 그렇게 기차 타고 자전거 타고 다니면서 내가 하고 싶은 걸 할 수 있는 거라. 그래야 알 수가 있는 거라. 밑바닥을 배워야 진짜 공부가 되는 거라.

큰 집을 무너뜨리려 할 때는 위부터 뜯으려면 힘들고, 밑에서 주춧돌을 파고 들어가면 큰 집을 무너뜨릴 수 있는 거라. 그런 작전을 쓴 거지.

강하비어백천(江河卑於百川) 고로 백천지수함집강하(百川之水含集江河)라. 여러 시냇물보다 강물이 낮기 때문에 여러 산골짝의 시냇물이 강으로 모이는 거라. 강하가 낮게 있으면 자꾸 물이 밀려오는 거라. 그런 거는 내가 미리 알고 있었거든. 알고 있는 것을, 책에서 본 것을 내 지식으로 삼는 데 그걸 응용해야 하는 거라. 알고 있는 것만으로 무슨 지식이고?

몸을, 자세를 낮춰야 합니다. 몸뿐 아니라 다 낮춰야 하는 거라. 나는 말하는 것보다 듣는 게 많아요. 많이 들어야 내 것이 되지, 내 쪼매 있는 걸 자꾸 내놓으면 들을 게, 모이는 게 없어요. 그것도 다 내 욕심이지 뭐.

전통문화의
불을 지르다
쪽 염색, 한지

"프랑스《르 몽드》패션 전문 기자가 나한테 물어요.
출가한 스님하고 염색은 거리가 먼 것으로 생각되는데,
출가 수행자 입장에서 염색은 어떤 의미냐고. 그래서
'딴 거 있나? 허공에 수놓는 거다'라고 답을 해줬지.
그 기자가 대답을 듣더니 울먹울먹하데."

○

김한수　　　　한지에 쪽물을 들인 감지(紺紙)는 오랜 기간 '사라진 기술'이었다. 감지에 금가루로 경전을 쓴 '감지금니(紺紙金泥) 사경'은 국보와 보물로 지정돼 전해졌지만 그것을 만드는 기술은 이어지지 않았다. 쪽물은 천을 염색하는 방식으로 이어졌다. 그러나 종이에 쪽물을 들이는 감지 기술은 단절된 상태였다.

성파 스님은 고려 시대 이후 단절된 그 기술을 복원했다. 쪽풀 재배와 쪽물 염색 방법을 찾아낸 데 이어 전통 한지 제조 기술까지 익히는 과정은 한 편의 다큐멘터리를 보는 듯하다. 스님이 단절된 감지 기술을 복원한 것은 그것이 과거 사찰을 중심으로 이어온 전통문화였기 때문이다. 쪽 염색은 성파 스님이 전통 염색으로 나아가는 첫걸음이기도 했다.

성파 스님　　　통도사 주지 시절인 1983년에 서울 세종 문화회관에서 '금니사경전(金泥寫經展)'을 했어요. 어려서부터 한학을 했고, 글씨야 출가 전부터 써오던 것이니 경전 사경(寫經)해서 전시하는 것은 자연스러웠지.

그런데 당시에 나는 검은 종이, 먹지에 썼어요. 백지에 쓸 수도 있지만 먹지에 썼던 거라. 우리가 국보 도록을 보면 감지금니 사경이라고 작품들이 있어요. 그런데 나는 그때까지 감지(紺紙)가 뭔지도 몰랐어요. 그래서 비슷한 색깔인 검정 먹지에 쓴 거지. 통도사에도 보물로 지정된 '감지금니(紺紙金泥) 대방광불화엄경'이 있지만 주변엔 감지가 실물로 없으니 알 도리가 없었지.

전시 후에야 우리 전통의 감지라는 게 있다는 걸 알았어요. '아, 감지에 금니 사경을 해야 하는데…' 싶데. 알아보니 고려 시대 때 감지에 금가루(금니)로 쓴 사경 작품은 최하가 보물로 지정돼 있는 거라. 근데 주변 전문가들에게 물어봐도 감지에 대해 아는 사람이 없어요.

그때 황수영(1918~2011, 동국대 총장과 문화재위원장 등을 역임한

고려 시대 때 감지에 금가루(금니)로 쓴
사경 작품은 국보나 보물로 지정되어
있다. 봉도사에도 보물로 지정된
감지금니 대방광불화엄경이 있다.

불교문화재 분야 석학) 박사가 살아계실 때인데, 전화를 걸어 물었어요. 감지를 어떻게 만드느냐고. 그랬더니 황 박사가 딱 막혀버린 거라. 당신도 감지라는 것은 예사로 알고 있지만, 어떻게 만드느냐고 여쭈니 말을 못 하는 거라. '우리나라에서 (문화재에 관해) 최고인데 모르시면 어떻게 해야 하느냐'고 하니 자기도 난감한 거라.

두 달인가 후에 황 박사에게 전화가 왔어요. 그때는 전화 목소리가 커요. 그래서 속으로 '아, 이 어른이 알아내셨구나' 싶었지. 그런데 답이 '감지는 한지에 쪽물 들인 거다'라는 거라. '아, 그러냐. 고맙다'고 했지요. 어떻게 물을 들이는지 그건 모르시는 거라. 더이상 물을 수도 없고. 그러면 쪽물만 알면 되겠다 싶었지요. 그게 염색의 시발(始發)이라. 자연 염색을 하려고 했던 게 아니라 그게 시발이라.

감지를 만들기 위해 쪽을 수소문하기 시작하다

그때부터 쪽을 알아보러 다녔지요. 그런데 아무리 물어봐도 아는 사람이 없어. 통도사 주지 그만두고 1990년 전후쯤이었지. 할매들에게 쪽을 수소문하기 시작했어요. 서운암 오는 보살들에게도 물어보고, 다니다가도 물어보고. 쪽이라는 걸 아느냐고. 노보살들만 있으면 '쪽에 대해 아느냐' 자꾸 물어봤지. 그런데 할매들도 쪽

그때부터 쪽을 알아보러 다녔지요. 그런데
아무리 물어봐도 아는 사람이 없어. 통도사
주지 그만두고 1990년 전후쯤이었지.
할매들에게 쪽을 수소문하기 시작했어요.

을 안다는 사람이 있긴 해도 물들일 줄은 모른다고 해요.

그때 여기저기 많이 다녔어요. 대구로 어디로 많이 다니면서 녹음기 들고 가서 녹취도 하고 이야기는 많이 들었는데, 여기 와서 직접 해달라고 하니 바깥출입하기 어려운 노인들이라. 녹취 내용만 가지고는 할 수가 없어요.

그때 범하(梵河, 1947~2013. 성보문화재 분야의 대표적 학승) 스님이 (통도사) 박물관장일 때인데 '쪽 하는 사람'을 알아봐 달라고 부탁했어요. 사방으로 알아보더니 서울에 한 사람이 있다 해요. 이름은 잊었네. 일본에서 자라고 일본에 다니면서 쪽을 해봤다는 거라. 씨앗을 좀 구해달라 해서 구했는데 몇 알 안 돼요. 열여섯 알인가 구했어요. 쪽씨가 굉장히 작고 잘아요. 어쨌든 이 쪽씨를 잘 파종해서 땅을 다지고 겨울에 햇빛 직사광선 안 받도록 해서 키웠지. 한 30센티씩 떨어지게 해서 심었지. 여남은 포기밖에 안 됐는데, 다행히 얼마나 잘 자라는지 옆으로 막 뻗어가는 거라.

서운암 종무소 옆에 심었는데, 하루는 어떤 보살이 이걸 유심히 보더니 "야야, 이거 쪽 아이가? 이거 어디서 나왔노? 이거 요새 없는데" 하는 거라. 지키고 있다가 할매한테 쪽을 아느냐 물으니 안다고 해요. '이제 됐다!' 싶데. 그래서 쪽물을 들여봤느냐 물으니 "될랑가 모르겠네. 처녀 때 어머니가 하는 것은 거들어봤는데" 하는 거라. 그래서 할매한테 일단 해보자 했지. 부산에 사는 분이었는데 차를 보내서 출퇴근시키고 여기(서운암)서 열심히 했거든.

근데 잘 안돼요. 보살이 자기도 골치 아파하는 거라. 분명히 어머니가 하는 건 봤는데 직접 하려니 잘 안되는 거라. 본인도 생땀을 내고. "아이고, 못 하겠다" 하고. 나는 그래도 괜찮다고 하면서 자꾸 붙잡았지요. 어쨌든 시간은 상당히 오래 걸렸지만 당년(그해)에 쪽물을 만들었어요. 천을 쪽물에 넣었다 빼니 염색이 잘돼요. 쪽물이 손톱 밑에 박히면 잘 안 빠질 정도였지. 그런데 양이 너무 적으니 염색할 양이 안 돼. 내가 목표하는 양이 안 돼.

그래서 또 알아보니 전라도에 쪽물 들이는 사람 있다 해서 갔어요. 그 사람은 진짜 업(業)으로 하고 있었어요. 윤병운(1921~2010, 중요무형문화재 115호 염색장) 씨라고. 그 사람은 직접 하더라고요. 그 당시에는 우리나라에서 유일하게 하는 사람이었어요.

그분에게 특별히 배운 것은 없지만 자신감을 북돋웠지. '이거 되는구나' 하고. 그래서 그해는 안 되고, 그다음 해에 쪽씨를 많이 심어서 많이 생산했어요. 한때 3,000평을 심었지.

그런데 그렇게 만든 쪽물 자체는 너무 묽어서 염색이 안 돼요. 여기저기 알아보니 잿물을 쓰면 착색이 잘될 거라 해요. 그것도 양잿물이 아니라 진짜 잿물. 나무 태운 것보다는 메밀대 태운 것이 제일 좋고, 그다음이 콩대 태운 재라고 해요. 그래서 강원도로 메밀대 구하러 가서 싣고 와 태우고, 콩대도 콩 많이 재배하는 (경북) 예천 가서 구해 와 태우고 했지요.

태우는 것도 그냥 태우면 안 되고 다 방법이 따로 있는 거라.

서운암 종무소 옆에 심었는데, 하루는 어떤 보살이 이걸
유심히 보더니 "야야, 이거 쪽 아이가? 이거 어디서 나왔노?
이거 요새 없는데" 하는 거라. 지키고 있다가 할매한테 쪽을
아느냐 물으니 안다고 해요. '이제 됐다!' 싶데.

성파 스님은 처음부터 자연 염색을 하려고
했던 게 아니다. 우리 전통의 감지를 만들기
위해 쪽물을 연구한 것이 염색의 시발이다.

다 탈 때까지 그냥 놔두면 재가 얼마 안 남아요. 그러니 타고 있을 때 소금물을 슬슬 뿌리는 거라. 서서히 태우면 재가 하얗게 되지 않고 잿물이 많이 우러나요. 재 장만하는 것, 잿물 내리는 것도 열심히 배웠지. 그렇게 해서 쪽물을 만들었지요. 잿물은 옛날식으로 종이 뜰 때도 쓰거든.

고려 장지를
복원하다

그런데 나는 천에 염색하려는 것이 아니고 감지를 만들려고 한 거니까, 종이에 염색을 해야 하는 거라. 그래서 이듬해에 전주 한지 좋은 것을 사서 침염(浸染), 담가서 염색하는 걸 했지요. 담갔다가 꺼내는데, 웬걸? 종이가 그만 축 처지는 거라. 아무리 좋은 종이, 비싼 종이를 사서 해도 똑같아요. 다 처져. 종이가 물을 머금으니 무게를 못 이기는 거라.

이젠 쪽이 문제가 아니라 종이가 문제인 거라. 처음엔 쪽에 대해 몰라서 시작했는데. 그래서 종이를 직접 떠야겠다고 마음먹었지. 고려 장지를. 그때부터는 종이 뜨는 사람을 수소문했어요. 일본에 종이 뜨는 데 가보고, 중국에 종이 뜨는 데도 가보고. 그래도 방법이 잘 안 나와요. 그래서 닥종이 한지에 대한 연구가 시작된 거라. 수년이 걸리도록. 원래부터 한지를 연구하고 복원하려고 했던 게 아니라.

이제 관심은 오로지 '옛날 장지 뜰 줄 아는 사람 찾아라' 이거였지. 그런데 옛날 장지 뜨는 사람을 만나 물어봐도 다 이젠 안 한다고 해요. 경남 의령 신반이라는 곳이 한지로 유명한 곳이라 거기도 갔지. 가니까 지금은 하는 사람이 없고 자기도 못 한다면서, 합천 어디 가보면 알 거라고 해요. 해인사 밑에 사는 사람 이름과 동네를 가르쳐줘. 찾아가 어르신에게 물었더니 요즘(현대식) 한지 만들지 옛날식으로 안 한다고 해요. 그래도 옛날 장지 해봤냐고 물으니 해보긴 했다고 해. '요즘 한지와 옛날 한지와 다른 점 뭐냐. 옛날 기술 아느냐'고 물으니 또 안다고 해요. 그럼 '왜 안 하냐, 왜 안 만드느냐' 물으니 생산가가 많이 든다는 거라. 수지타산이 안 맞는다는 거지.

그러면서 지금 옛날 장지를 못 만드는 건 재료를 쉬운 것을 쓰기 때문이라고 해요. 나는 종이를 만들어 팔려고 하는 사람도 아니고 조선, 고려 장지를 뜨기 위해서 하는 거라고 말하고 좀 도와달라고 했지요. 그랬더니 만드는 방법은 알아도 나이가 많아서 직접 만들지는 못하고 만드는 걸 시킬(가르칠) 줄은 안다는 거라. 그럼 됐다고 모셔 왔지. 모셔 와서 3년을 여기서 같이 한지를 직접 떴어요.

우리가 신라 때부터 종이를 떴잖아요. 그래서 경주 일원의 닥, 지리산 쪽의 닥을 모두 구해다가 떠봤어요. 자꾸 실패해도 나는 '하루에 한 장, 한 달에 한 장 떠도 괜찮다. 전통 방식 그대로만 해보자'고 했지. 결국 3년 만에 성공했어요.

김한수

성파 스님은 지금도 종이 떠내는 방법을 비롯한 전 과정을 생생히 기억하고 있을 뿐 아니라 사진과 도표로 정리해 두어 후대에 같은 작업을 할 사람들이 시행착오를 줄일 수 있도록 배려하고 있다.

성파 스님

그렇게 뜬 종이를 쪽물에 담가보니 오늘 담갔다가 내일 건져도 괜찮아. 안 처지는 거라. 보통 좋은 게 아니지. 그래서 이게 되니까 홍화염, 자연염 등 여러 방식이 있는데 이건 안 배워도 문리(文理)로 하게 되더라고. 성공하고 나니 알려야겠다 싶데요. 그때 KBS에 〈한국의 미(美)〉라는 프로그램이 있었어요. 거기다 연락해서 '이거야말로 한국의 미다. 와서 찍어 가라' 했지요. KBS가 방영하니 서운암 전통 염색, 쪽염으로 알려진 거지.

방송에 나오고 알려지니 공개강좌를 열었어요. 나만 이거 알아봐야 뭐 하노 싶어서. 내가 직업으로 삼아 감지 기술자 될 것도 아니고, 여러 사람과 공유해야지요. 나는 불붙이는 사람이거든요. 쪽 염색 배우러 온 분들에게 '큰 산 하나도 성냥 하나로 다 태우듯이 함께 불 지르는 사람이 되자'고 했지요. 대학교수들도 많이 왔어요.

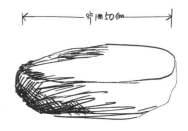

약 1m 50cm

딱구시 (딱돌)   〈사진참조〉

재료 : 주로 돌바닥을 이용
용도 : 딱을 두들길때 쓰임

16 딱채 (방)

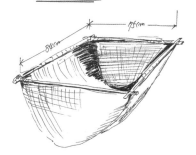

175cm

84cm

재료 : 방、나무
크기 :
용도 : 딱물건 씻을때

성파 스님은 전통문화 복원의 과정을 사진과
그림, 도표로 모두 기록해 두고 있다. 같은
길을 걷고자 하는 후학의 시간 낭비를
줄여주기 위해서다.

○

김한수   감지를 재현하기 위해 시작한 쪽 염색 덕분에 성파 스님은 프랑스 파리의 세계적 패션쇼에 VIP로 초대받은 일화가 있다. 한복 디자이너 이영희(1936~2018) 씨의 초대 덕분이었다.

이영희 씨는 1993년 한국인 최초로 프랑스 파리의 기성복 패션쇼인 프레타포르테 무대에 서는 등 한복을 세계에 알린 디자이너다. 프랑스《르 몽드》수석 패션 기자 로랑스 베나임은 이영희의 작품을 "바람을 옷으로 담아낸 듯 자유와 기품을 한데 모은 옷"이라고 평하기도 했다. 이 씨는 자신의 한복 작품에 쪽을 염색하기 위해 성파 스님의 서운암 작업실을 찾아와 함께 작업하기도 했다.

성파 스님   이영희 씨 덕분에 파리 패션쇼에도 한번 가봤지요. 이영희 씨가 여기 와서 작업하기도 했지요. 자기 작업실에서도 할 수 있지만 여기가 여러 면에서 여건이 좋으니까. 그분은 한복을 전문으로 하는 분이니까 한복에 천연 염색이, 쪽 염색이 들어가는 게 좋으니 접목을 하려 한 거라.

파리 패션쇼에 간 것은 이영희 씨가 하도 가자고 해서. 파리에서 1년에 한 번씩 10월에 정기적으로 세계적인 행사를 한다고 해요. 하도 가자고 해서 따라간 적이 있지요.

그 무렵에 《르 몽드》 기자가 여기 서운암까지 와서 취재를 해간 적이 있어요. 이영희 씨가 연결을 해줬지. 패션 전문 기자라 하던데, 여기 와서 이영희 씨하고 나하고 작업하는 걸 찍기도 하고 취재를 했지. 그 기자가 나한테 물어요. 출가한 스님하고 염색은 거리가 먼 것으로 생각되는데, 출가 수행자 입장에서 염색은 어떤 의미냐고. 그래서 나는 "딴 거 있나? 허공에 수놓는 거다"라고 답을 해줬지. 그 기자가 대답을 듣더니 울먹울먹하데.

○

김한수　　　쪽 염색에 대한 성파 스님의 탐구는 이렇게 일단락됐다. 그렇지만 한지에 대한 연구는 계속됐다. 스님은 평소 "출가자는 절에서 출가하면서 새로 태어난다. 절에는 전통문화, 문화재, 문화유산이 가득하다. 출가자는 문화재 속에서 태어나 문화재 속에서 살다가 떠나는 사람들이다. 문화가 자연스럽게 배어 있을 수밖에 없다"라고 말한다. 스님이 말하는 문화재는 불상이나 건물, 탑 등 눈에 보이는 것에 한정되지 않는다. 무형의 자산까지 포함하는 것이다. 그 가운데 대표적인 무형 문화재가 종이 제조다.

일반적으로 흔히 쓰는 표현 중에 '이판사판'이란 말이 있다. 요즘은 '막다른 데 이르러 어찌할 수 없게 된 지경'이란 뜻으로 많이 쓰인다. 그런데 이판사판은 원래 불교 용어다. 그것도 한국 불교에만 있는 용어다. 이판(理判)은 수행하고 경전 공부하는 스님, 사판(事判)은 종무 행정, 즉 살림을 맡는 스님을 일컫는다.

조선왕조는 숭유억불(崇儒抑佛)을 표방했다. 억불의 시대엔 이판과 사판의 구분도 필요 없었다. 승려는 모두 천민(賤民)으로 전락

했다. 이판사판 모두 억압의 대상이었던 것. 지금도 일부 불교 종단에서는 출가를 '득도'라고 표현한다. 이때의 득도는 '도를 깨쳤다'는 '득도(得道)'가 아니라 승려 신분증인 도첩(度牒)을 받는다는 '득도(得度)'이다. 그 신분증은 천민이라는 신분증이다. 스님들은 한양 도성 출입도 제한됐다. 스님들의 도성 출입이 다시 허가된 것은 구한말 이후이다. 이렇게 억압받는 계층이 된다는 의미에서 '이판사판'의 뜻이 '궁지에 몰린 지경'이라는 부정적 의미로 변질됐다는 것이 일반적 해석이다.

억불은 동시에 사찰 경영의 강제적 자급자족 전환을 의미했다. 고려 시대에 국교(國敎)로 대접받던 불교는 이제 도심을 떠나 산중에서 겨우 명맥을 유지하게 됐다. 시주에만 의지하는 사찰 경영은 기대하기 어렵게 됐다. 이런 상황에서 이판승이 근근이 불법(佛法)의 맥(脈)을 이어나갔다면, 살림살이는 사판승이 도맡아야 했다. 이판과 사판을 겸하는 스님들도 많았다. 사판승들은 온갖 잡역(雜役)을 하면서 절을 지켰다.

사판승들이 했던 일 중에는 기름, 신발 제작 등이 있었고, 가장 중요한 일은 종이 만들기였다고 한다. 궁궐과 관가, 유생들의 요구에 따라 종이를 만들어 사찰을 유지했다는 것이다. 한때는 종이 제작 요구가 너무 가혹해 사찰이 폐사될 지경에 이른 적도 많다. 한마디로 종이 제작은 사찰에서 이어져 온 전통문화, 전통 기술인 동시에 조선왕조 500년 동안 불법(佛法)이 끊어지지 않고 이어올 수 있었던 처절한 생명줄이란 상징적 의미가 담겨 있는 셈이다.

성파 스님이 쪽 염색은 일단락 지었지만 한지 제작은 놓지 않는 이유도 이와 관련이 있다. 스님은 전통 한지 제작과 함께 새로운 시도도 하고 있다. 지난 2020년에 만든 가로 3미터, 세로 100미터짜리 초대형 한지가 그런 경우다. '세계 최대'를 표방한 한지다. 이를 위해 스님은 장경각 앞마당에 대형 비닐하우스를 설치하고 한지 공방을 만들었다. 가로 3미터, 세로 25미터짜리 초대형 종이 뜨는 틀을 만들고 여기에 물을 채우고 닥죽을 풀어 떠낸 작품. 이 종이는 가로로 4장 연결하면 가로 12미터, 세로 25미터짜리 한지가 되고, 세로로 4장을 연결하면 가로 3미터, 세로 100미터짜리 한지가 되는 것. 실로 국내는 물론 세계적으로 그 유례를 찾기 힘든 초대형 종이다. 스님이 이 종이를 만든 것은 초대형 괘불을 만들기 위한 것. 그 방식도 전통을 잇되 현대적, 창의적으로 만든다는 생각이다.

전통 괘불은 사찰에 큰 행사가 있을 때 세우는 대형 걸개그림이다. 보물로 지정된 통도사 괘불은 가로 5미터, 세로 12미터에 이르는 대작. 현대의 아파트로 쳐도 4~5층 높이에 해당하는 대작이다. 근대 이전의 백성들이 절에 와서 이런 대형 괘불을 직접 목격했을 때 느꼈을 감동과 신선한 충격은 짐작하기 어렵지 않다.

스님이 초대형 한지를 이용해 만들려는 괘불은 전통 괘불과는 방식이 좀 다르다. 전통 괘불은 비단에 그림을 그리고 한지를 뒤에 붙여 배접하는 방식으로 제작됐다. 그러나 스님은 앞뒤를 바꿔 한지에 그림을 그리고 비단으로 배접할 계획이다.

스님은 "과거엔 한지를 이렇게 크게 만들지 못했기 때문에 비단에 그림을 그려서 연결한 것"이라고 했다. 즉, 여러 장의 비단에 그림을 그린 후 그림의 가장자리 올을 풀어 연결해 대형 불화를 만들었다는 뜻이다. 그런데 섬유로 된 그림은 힘이 없어 휘어버리기 때문에 뒷면에 한지를 붙여서 빳빳하게 만들어 걸개그림으로 사용했다는 것이다. 한마디로 기술 문제였다는 것. 그러나 이제 종이 자체를 초대형으로 제작할 수 있게 됐으니 그림은 종이에 그리고 뒷면에 비단을 배접하겠다는 계획이다.

100미터짜리 초대형 한지는 '보여주기 위한 것'이다. 우리의 한지도 이렇게 초대형으로도 만들 수 있다는 것을 보여주기 위한 용도이다. 스님이 천착하는 것은 전통 한지, 고려 장지다. 이를 위해 스님은 서운암에 다시 전통 한지 공방을 차려 종이 제조의 전통을 이으려 한다.

성파 스님　　　　　　100미터짜리는 전통 한지가 아니라 현대식이에요. 닥죽이라는 것을 사다가 표백제 넣어 삶아서 하얗게 만든 것이니. 그건 실험이지. 한지로 100미터짜리도 만들 수 있다는 걸 한번 보여준 거지, 저걸 계속할 생각은 없어요.

나는 고려 장지, 신라 때 고려 때 뜨던 장지를 만들 거라. 우리 전통 장지는 섬유질이 파괴되지 않아서 질겨요. 얇아도 질깁니다. 전통으로 하지 않는 것은 재료와 종이 뜨는 형태는 똑같아도 표백할 때 표백제로 삶아버리니까 섬유질이 파괴돼 질기지 않아요.

옛날 통도사는 한지 때문에 폐사(廢寺)될 정도까지 됐다고 해요. 하도 수탈이 심하니까. 그래서 닥나무를 눈에 안 띄게 다 없앨 정도였다는 이야기도 있어요. 재료가 없으면 종이 만들라는 요구도 줄어들 테니까. 오죽했으면 그랬겠나.

그런데 지금 시대에야 종이 때문에 통도사가 폐사될 정도는 아니잖아요? 신라 때부터 떠오던 종이를, 한때는 원수였던 종이를 이제는 시대가 다르니 절에서, 통도사에서 다시 이어가려고 하는 거라. 저 작업실 앞에 있는 게 닥(나무) 껍질입니다. 반은 우리가 생산한 겁니다. 여기 서운암에 닥밭을 만들었어요.

감나무 30년 넘은 것은 베고 닥밭으로 만들고 있어요. 다시 수종 갱신하는 거지. 경주에서 나는 닥이 적당히 질기고 종이 만들기 적당해서 경주 닥을 많이 심고 있어요.

쪽풀, 닥나무와 함께 딱풀(닥풀)도 심고 있어요. 딱풀은 황촉규라고 종이 뜰 때 필요한 풀이라. 딱풀 뿌리에서 점액이 나와요. 닥 껍질을 두드리면 섬유가 되잖아요? 거기에 딱풀 점액을 섞으면 고루 풀어지고 응고제 역할도 하고 그래요. 그러니 닥나무와 딱풀이 같이 있어야 종이를 뜰 수 있는 거라. 감지 만들 때부터 쪽풀도 키우고 있고요. 나는 내가 심어놓은 것만 보고 다녀도 1년이 후딱 가요.

나는 그때 여기서 어르신 모시고 종이 뜨는 걸 3년 익혔으니, 누구를 지도해서 만들 수 있는 수준으로 됐지. 종이 뜨는 사람도 한 사람 구했어요. 전문 기술을 가진 분들이 다 나이가 많아 돌아가시고, 몸을 못 쓰고, 다른 일로 전업해서 사람 구하기 어려웠는데, 다행히 한 사람을 구했어요. 70대 노인인데 처사(處士)로 모셔오기로 했지. 종이 뜨는 건 1년 내내 하는 게 아니라 겨울 한 철만하니까 평소에는 여기서 절의 일 이것저것 거들어주기로 하고.

이번에 종이 작업실 차리면 지속할 거라. 아까도 이야기했지만, 우리는 신라 때부터 사찰에서 종이를 떴어요. 불국사 석가탑에서 나온 무구정광대다라니경이 있잖아요.

원래 이판사판이라 할 때 사판은 종이 뜨는 스님을 가리켰거든요. 그런데 절에서 종이 만드는 게 사라지고, 왜정 때에는 민간에서 종이를 떴지요. 통도사에서 우리가 만들면 앞으로 통도사 한지도 좀 뜨지 싶어요. (웃음) 스님들도 배워서 잇는 사람이 나올 거 같아요.

버려진 항아리로
전통 된장,
간장을 살리다

옹기, 발효식품

"지금까지는 '서운암 된장'이라고 했는데, 앞으로는
새로 공장 짓고 정식 가동하면 명칭 자체를 '통도사
된장'이라 해서 판매하고 수입은 통도사 살림으로
할 거라. '1,375년 전통 통도사 된장' 이래(이렇게)
상표를 붙일 거라."

○

김한수 　　　　　 통도사 서운암을 찾는 방문객을 가장 먼
저 맞이하는 것은 장독대다. 삼천불전 옆과 종무소 뒤엔 수백 개의
항아리가 줄지어 놓여 있다. 성파 스님에게 '서운암 된장 스님'이
란 별칭을 부여한 그 장독이다.

　항아리가 줄지어 서 있는 모습은 마치 거대한 설치 미술 작품
을 연상시킨다. 방문객들도 이 장독대를 배경으로 기념사진을 촬
영하곤 한다. 인터넷에 '서운암 된장'을 입력하면 사진이 끝도 없
이 나온다. 그만큼 일반 대중들에게 '서운암 된장'은 통도사의 트
레이드마크로 인식돼 있다.

●

성파 스님　　　　항아리 수집은 1980년대부터 시작했어요. 주지를 마치고 서운암 올 무렵부터 시작했지. 그때는 어땠냐 하면, 전국에 아파트가 붐을 이룰 때라. 서울뿐 아니라 부산, 경남에도 아파트가 많이 생겼지. 특히 여자들은 다 아파트 살고 싶어 하니까 단독주택에서 아파트로 많이들 이사 갔지.

그러다 보니 무슨 문제가 생겼냐 하면, 장독이 버려지는 거라. 그 전까지는 대부분 단독주택에 살았으니까 집집마다 장독대가 있었거든요. 집집마다 메주콩을 가지고 직접 된장, 간장도 담가 먹었고. 그런데 아파트에 이사 가니 항아리를 놔둘 수가 없는 거라. 그러니 골목마다 버리고 간 항아리가 넘쳐나요. 아무도 챙기지 않으니 막 깨지고. 내가 보니 '이건 아닌데' 싶데.

우리가 고려청자, 조선백자 이런 걸 자랑하지만 청자, 백자는 옛날 왕실이나 양반들이 썼지 백성들은 구경도 못 했거든요. 그런데 옹기는 빈부귀천이 없어. 우리 백성 모두가 다 썼던 거라. 궁궐에서도 장을 담글 땐 옹기를 썼고, 가난한 백성들도 다 옹기에 장을 담가 먹었거든. 요즘 말로 하면 생활문화유산이라. 귀천(貴賤)도 없고, 보편성도 있고. 수천 년 동안 시어머니가 며느리에게, 그 며느리가 또 며느리에게 물려주면서 대대로 이어져 온 것이 장독대고 된장, 간장인데, 그렇게 대대로 옹기를 가지고 이어져 온 생활문화인데, 불과 얼마 전까지 집집마다 다 있던 생활필수품이 이렇게 천덕꾸러기가 돼서는 안 되겠다 싶데요. 그래서 모으기 시작했지.

50년 이상 된 큰 항아리만 수집하다

그런데 처음에 옹기를 모으기 시작할 때부터 나는 기준이 있었던 거라. 만든 지 50년 이상 된 것. 고물상들에게 '50년 이상 된 항아리를 모아 오면 사준다. 50년 이상 된 것이 아니면 가져와도 안 받는다' 했지. 크기는 한 섬. 큰 항아리라야 된다 이 말이지요.

왜 50년 이상이라 했느냐. 그건 이유가 있어요. 왜정 때부터는 항아리에 유약 대신 광명단이란 걸 발랐어요. 광명단은 납 성분이 많은 거라. 구울 때 온도를 덜 올려도 만들 수 있고요. 거기다가 반질반질 윤이 나요. 그러니 옹기 만드는 사람들 입장에선 만들기도 쉽고 잘 팔리니까 이게 유행을 했어요. 그렇지만 납 성분이 있어서 몸에 해로운 데다가 공기가 잘 안 통해요. 전통 옹기는 윤기가 덜해서 보기엔 투박해 보이지만 미세한 틈으로 공기가 통하는데, 광명단 쓴 독(항아리)은 일종의 밀봉(密封)이라.

192

통도사 서운암을 찾는 방문객을 가장 먼저
맞이하는 것은 장독대다. 삼천불전 옆과
종무소 뒤엔 수백 개의 항아리가 줄지어
놓여 있다.

'항아리가 숨 쉰다.' 이런 말이 있잖아요. 어떤 교수들은 택도 없는 소리라고 하기도 하지. 미신처럼 몰기도 했잖아요? 그런데 해보니까 옹기가 숨 쉬더라고. 내가 장을 담가보니까 그래요. 일제 때 광명단 바른 것하고 옛날 유약 바른 것하고 달라요.

내가 시험 삼아 도자기로 독을 만들어봤거든요. 유약도 발라 도자기로 구워서 독 형태로 만들었어요. 그렇게 만들어서 장을 담 갔더니 안 돼요. 내가 담가봤다니까. 맛이 형편없어요. 옛날 독의 맛이 완전히 달라요. 그때 도자기는 멋지게 좋게 잘 구웠거든요. 그런데 (된장) 맛이 안 나는 거라. 그러니까 독은 독대로 기능이 따로 있는 거라. 옹기와 도자기는 만드는 흙도 다르고, 유약도 다르고, 굽는 화도(火度)도 달라요. 도자기보다는 (옹기가) 화도가 낮지.

어쨌든 나는 보면 알거든요. 이게 50년 이상 된 건지 아닌지. 이렇게 고물상에게 소문을 내놓으니 그 사람들이 열심히 모아서 가져왔어요. 한 5,000개 모았지. 그 가운데는 50년이 아니라 100년 넘은 것들도 많아요. 내가 1980년대부터 모으기 시작해서 벌써 40년 정도 됐으니 그때 50년 된 것도 지금은 벌써 90년이 넘은 거지. 그런 항아리를 열심히 모았어요.

모으기 시작할 때는 이걸 가지고 뭘 하겠다는 생각까지는 없었어요. 그냥 '이렇게 버리면 안 되는데' 하는 생각뿐이었지. 사람들은 이제 쓸모가 없어졌다고 버리지만 나한테는 이게 아주 소중하고 귀한 거라. 절에는 땅도 넓으니 모아두기도 좋고. 그리고 뭐

특별히 보관하는 게 어렵지도 않잖아요? 관리하는 게 힘든 것도 아니고. 누가 가져가려고 해도 힘들고. 그래서 그냥 모았어요. 처음엔.

그런데 불과 얼마 안 지나서 이 항아리들의 쓸모가 생긴 거라. 아파트로 이사 간 사람들이 항아리가 없으니 이젠 된장, 간장을 사 먹게 된 거라. 항아리가 없으니 집에서 된장, 간장을 담가 먹을 수가 없게 되니까. 내가 듣자 하니 그때 여기 부산, 경남에 일본에서 된장, 간장이 들어온다고 했어요. 왜된장, 왜간장이 들어온다는 거라. 그건 아니다 싶데. 우리가 왜정 때 얼마나 고생을 했는데, 이제 와서 된장, 간장을 일본 것 수입해다가 먹는다는 게 말이 되느냐 이거라.

그래서 그동안 모아놓은 항아리를 활용했지요. 여기에 된장, 간장을 담그자. 그래서 전통식으로 된장, 간장을 만들기 시작했어요. 우리 콩을 가지고 직접 띄워서 된장 담그고 간장을 뽑았지. 그리고 신문, 방송을 불러서 이걸 알렸어요. 그랬더니 전국에서 전통 된장, 간장 만들던 사람들이 힘을 낸 거라. 전국에서 전통 된장, 간장이 막 나오는데, 맛이 좋거든. 그 덕에 일본 된장, 간장은 발을 못 붙이고 물러갔지요.

우리도 서운암 된장, 간장을 판매했어요. 절에서 스님들이 만든 된장, 간장이라 하니까 사람들이 믿고 산 측면도 있지. 그 된장,

간장 덕분에 여러 가지 할 수 있었어요. 나는 원래 자급자족에 관심이 많아요.

○

김한수

인터넷에 '한국향토문화전자대전'이 있다. 여기에 그냥 '서운암 된장'도 아니고 '서운암 약(藥)된장'이란 항목이 있다.

"서운암 약된장은 경상남도 양산시 하북면 지산리에 있는 통도사 서운암 주지인 승려 성파가 개발한 전통 식품 중의 하나로 한약재를 첨가한 된장이다. 각종 인공 조미료 대신 순수 한약재를 첨가해 만들기 때문에 찌개를 끓여 놓으면 깔끔하고, 맛이 담백하다"라고 설명한다. 성파 스님의 '지적재산권(?)'을 명기한 설명이다.

'연원 및 변천'에는 "1,300년의 전통을 지닌 통도사와 함께하는 서운암 약된장은 농사를 지으며 수행하는 '선농일치사상'의 실천을 위해 스님들이 부식으로 사용하기 위해 직접 담근 것이 시작이었다. 그 뒤 승려 성파가 대중에게 자연식을 베풀고 사찰의 재원도 마련하기 위해 지난 1998년 서운암 약된장을 일반인들에게 보급하면서 알려지게 되었다"라고 설명한다.

이어 '제조방법 및 특징'으로는 "우리나라에서 재배한 해콩을 무쇠 가마솥에 장작불을 지펴 삶고, 황토와 짚으로 지은 전통 가옥에서 발효시킨다. 그런 다음 전라도 서해안에서 가져온 천일염을 3년 동안 간수를 뺀 후, 음력 정월에 양산 영축산 천연 약수에 오미자, 구기자, 산수유, 감초 등 10여 가지 한방 생약재와 함께 50년 이상 된 옹기(甕器)에 담아, 적당한 일조량과 온도를 조절해 가며 숙성시킨다. 특징은 색깔이 노랗고 맑게 빛나며, 일반 가정 된장의 떫은맛이나 씁쓸한 맛, 역한 냄새가 일체 없다"라고 설명하고 있다.

또 인터넷에 '서운암 된장'을 검색하면 사업주로 성파 스님의 속명(俗名)이 나오고 사업자등록번호도 나온다. 말하자면 성파 스님이 사장인 회사다. 스님은 버려지는 전통 항아리를 모아 전통 장류(醬類)를 보급하는 회사를 만든 셈이다.

성파 스님 된장 담그는 데 특별한 비법(秘法)은 없어요. (인터넷에 나온 '서운암 약된장' 내용을 읽어드리자) 그렇게 써놨어요? (웃음) 그 이야기는 사실이라. 콩은 우리 해콩을 쓰고, 소금은 굴비 나오는 데 (전남) 영광, 내가 거기까지 가서 천일염을 몇 차(대)씩 실어 왔지. 천일염을 재어놓고 3년 이상 간수를 빼야 하거든요. 간수를 빼야 쓴맛이 없어지거든. 비법이랄 건 없지만 그래도 내가 뭐 이거저거 연구를 하긴 했어요. 시간도 걸렸지.

비법은 원래 말 안 하는 게 비법인데. (웃음) 말하자면 우선 콩이 좋아야 하고, 메주 띄우는 걸 잘 띄워야 해요. 메주를 띄운다 할때 '뜬다' 하는 거와 '썩는다' 하는 거는 차이가 애매하거든요. 뜨는 건 썩는 과정이거든. 그 썩는 과정에서 조금 지나면 진짜로 썩어버려요. 그때를 맞추기가 어렵지요. 그래서 잘 띄워야 하는 거고. 그다음엔 간수를 뺀 소금을 써야 하고. 간수는 맛이 쓰거든.

메주를 잘 띄워서 담을 때, 소금물을 타서 거기에 메주를 넣거든요. 이때는 소금의 염도(鹽度)를 잘 맞추는 게 중요해요. 요새는 염도 측정기가 있어서 독에다 측정기를 넣고 재면 쉬운데, 옛날에는 계란을 띄워서 염도를 측정한 거라. 생계란을 썼지. 소금물에 생계란을 넣어놓고 물을 살살 부어가며 희석시키면서 염도를 맞추는 거라. 염도가 맞으면 계란이 폭 안 잠기고 빼쪼롬하니 떠 있어요. 완전히 잠기지도 않고 완전히 뜨지도 않고 적당히 떠요. 그러면 되는 거라. 요새는 염도 측정기가 있어서 그렇게 안 하지.

서운암 된장의 비법

아까 비법을 물었는데, 우리 서운암 된장의 비결이라기보다 다른 데와의 차이점은 소금물을 탈 때라. 물에다 소금을 타는데 나는 그 물 자체를 옻을 삶은 옻물을 쓰는 거라. 말하자면 옻장(醬)이지. 나는 지리산 벽송사 있는 쪽에 부탁해서 옻나무 껍질을 사다가 물에 넣어서 삶아요. 거기선 옻나무 껍질을 묶어서 팔아요. 해마다 그걸 많이 사다가 푹 고는 거라. 그러면 옻이 우러나서 물이 시커매져요. 그렇게 삶으면 물은 검어 보이는데, 막상 장을 담가놓으면 안 검어요.

이 옻물이 천연 방부제거든. 부패를 막고 곰팡이 같은 걸 막아요. 그냥 메주를 담가놓으면 메주내(냄새)가 나거든. 좀 뜬내가 나거든. 그런 군내를 옻물이 다 없애주는 거라. 방취(防臭)까지 해주는 거라. 옻나무를 삶아놓은 게 그게 최고라. 옻을 삶아서 그 물에 소금을 타면 군둥내, 잡내가 안 나는 거라.

서운암 된장은 조미료를 넣어서 맛을 내는
것이 아니라 원맛을 해롭게 하는 것을
옻물로 제거해서 맛을 낸다.

그러니 서운암 된장은 조미료를 넣어서 맛을 내는 것이 아니고, 원맛을 해롭게 하는 놈을 제거해서 맛을 내는 거라. 오미자니 구기자니 이런 약초는 많이 안 넣고 조금씩만 넣어도 되는 거라. 제일 중요한 건 옻물이라. 나는 처음부터 서운암 된장은 옻물로 만들었어요. 이건 공개해도 돼요. (웃음)

지금 서운암 앞에 있는 항아리는 다 빈 항아리라. 왜냐하면 지금 법이 된장을 만들어도 공장에서 생산해야 판매할 수가 있어요. 절에서 생산하면 판매할 수가 없는 거라. 음식이기 때문에 공장에서 생산해야 팔 수 있는 거라. 세무서에도 신고해야 하고, 위생 검사 같은 걸 하려면 공장에서 해야 한다는 거라. 그래서 여기 항아리는 빈 거고, 나머지 항아리는 다 공장에 가 있어요. 원래 내가 항아리를 5,000개 모았지만 된장 담그는 데 5,000개를 다 쓴 건 아니거든요. 그래서 된장 담그는 데 쓰는 항아리는 공장에 보내고, 여기는 설치 작품처럼 항아리를 전시해 놓은 거지.

된장 같은 발효식품은 우리나라뿐 아니라 중국에도 일본에도 다 있어요. 중국, 일본도 된장이 있기는 한데 우리 된장만 못해요. 숙성이 다르지. 중국 사람들도 우리 된장을 좋아해요. 일본은 우리보다는 좀 빨리 숙성시켜서 빨리 먹는 거고, 우리는 오래 숙성시키는 게 다른 거라. 발효식품은 중국에도 있고 일본에도 있는데, 우리 한국이 가장 발달해 있어요. 김치, 된장, 장아찌, 젓갈류처럼 오래 저장해 놓고 먹으려고 발효가 발달했지. 김치나 장아찌와 같이 소금에 많이 절여서 먹는 걸 절임 식품이라 하는데, 중국에도 시엔차이(咸菜)라고 있어요. 그것도 조선족들이 많이 해요. 일본에서도 젓갈 같은 발효식품은 우리 교포들이 많이 하고, 김치공장 같은 데 보면 조선 할매들이더라고.

아까 이제는 된장을 공장에서 만든다고 했는데, '통도사 된장' 그게 (얼마 전에) 허가가 났다고 합니다. 내가 예전에 모아놓은 항아리, 그걸 통도사 된장공장에 갖다 놓고 거기서 장을 만들어야지. 지금까지는 '서운암 된장'이라고 했는데, 앞으로는 허가가 났으니 공장 짓고 정식 가동하면 명칭 자체를 '통도사 된장'이라 해서 판매하고 수입은 통도사 살림으로 할 거라.

'1,375년 전통 통도사 된장' 이래(이렇게) 상표를 붙일 거라. 우리 통도사 된장은 200년, 300년 종부(宗婦)는 문제(비교)가 안 돼요. 통도사는 한 번도 폐사된 사실이 없고, 해마다 한 번도 장 안 담가 먹은 적이 없는데? 자장(慈藏) 스님이 시조(始祖)면 나는 종손(宗孫)이라. 종손이 1,375년 전통을 이어가지고 담갔다 하는데 누가 뭐라 말하겠노. (웃음) 세계적인 브랜드가 될 수 있지요.

통도사는 가람 배치도 그대로라. 창건 이후로 가람 배치가 그대로라. 여기는 (부처님 진신사리를 모신) 금강계단(金剛戒壇)이 있으니 금강계단을 중심으로 가람이 배치돼 있거든요. 사찰 건물이 없어져서 다시 지을 때에도 가람 배치는 크게 안 바뀌고 원래 법당이

통도사는 가람 배치도 그대로라. 창건 이후로
가람 배치가 그대로라. 여기는 (부처님 진신사리를
모신) 금강계단(金剛戒壇)이 있으니 금강계단을
중심으로 가람이 배치돼 있거든요.

있던 자리에 법당을 짓게 돼 있거든요. 그런데 통도사는 폐사된 적도 없으니 가람 배치도 전부 다 1,300년 역사 그대로라. 공양간, 장독대 모두 그 자리라. 우리 장독대에도 오래된 항아리가 많아요.

도자기로 독을 만들어봤다 했는데, 난 된장 가지고 실험도 해봤어요. 지금은 안 하고 있는 건데, 곰(곰국)이라고 있지요? 뼈다귀 곤 거. 한번은 곰물(곰국)에 옻 껍질을 삶아서 한 독을 해봤어요(된장을 담가봤어요). 실험으로. 곰국 물에 옻을 삶아 거기에 소금을 타서 한 독 담가봤다니까. 곰국 기름도 걷어내고 해서. 근데 이게 진짜 맛이 더 있어요. 더 좋데. 된장이 원래 구수한 데다가 곰국이 또 구수하니까 진짜 구수한 게 맛이 좋아. 이건 해도 되겠다 싶더라고. 그런데 이걸 내 마음대로 할 수는 없어. 나이 먹고 (사람들에게) 자꾸 이거저거 해보자 할 수도 없고. 손대고 있을 수도 없고, 넘(남)보고 자꾸 시킬 수도 없고. 그냥 재미로 한번 해본 거지.

내가 김치도 한번 해볼까 생각하는데…. (웃음) 절의 김치가 맛있다는 말을 해요. 왜 그러냐 하면 한꺼번에 많이 담가서 큰 독에서 익히거든. 한꺼번에 많이 하면 맛있어요. 그러니 원가로 재료를 사 와서 여기서 같이 만들어 나눠 먹으면 좋겠다 싶은 거라. 파는 건 아니고.

배추 한 포기당 원가가 있을 거 아녜요. 양념 얼마, 소금 얼마 해서. 단체로 사 와서 담그는 거라. 전체(수요)를 파악해서 나누면 되거든. 여기서 같이 담그고 익었을 때 가져가라 하면 되잖아요. 공동 김장처럼. 그렇게 김치를 담가서 여기 독에 넣어 익히는 거라. 여기서 먹을 수 있는 정도로 익었다 싶으면 각자 연락해서 가져가라 하면 되지요. 그러면 한꺼번에 많이 담가서 맛도 좋고, 각자 필요한 만큼 가져가니 좋고. 좋을 거 같아. 이런 생각은 하고 있는 일이 많아서 손을 못 대고 있어요. (웃음)

나는 효소(酵素)도 직접 만들어 먹어요. 뭐라도 해보면 된다니까. 효소 저게 참 좋거든요. 효소가 한때 대유행하다가 요즘은 좀 뜸해졌다고 하데? 효소가 좋다고 해서 그냥 (물에) 타 먹기도 하는데 그냥 타 먹으면 너무 강해서 안 좋은 거라. 음식 조리할 때 조미료로 넣으면 최고라. (엄지손가락을 치켜올리며 웃음) 효소가 한창 유행할 때 몸에 좋다고 물에 타 먹으라 했거든요. 그런데 타 먹는 건 안 좋은 거라.

내가 만드는 건 천연 식물성 효소라. 만능 조미료라고 보면 돼요. 약초 스무 가지 정도로 만들지. 어떻게 만드느냐 하면, 약초를 한 독 가득 눌러서 넣어요. 꽉꽉 채워서. 여기에 물을 넣으면 썩는 거라. 그래서 썩지 않게 하려고 설탕물을 타서 넣거든요. 설탕물은 방부 효과가 있는 거라. 그러면 약 성분은 다 우러나고 썩지는 않지. 우려먹는 택(셈)이라. 보통은 설탕을 많이 넣는데 너무 많이 넣으면 안 좋아요. 잘 맞춰줘야 하는 거라. 그것도 자꾸 연습을, 실험을 해봐야 하는 거라. 이렇게 맞춰서 놔두고 몇 달 후가 되면 탁 우러나거든. 그러면 건더기 건져서 버리고 남은 물 자체가 효소라. 액체, 물 자체가.

자꾸 효소가 좋다고 물에 타 먹고 했는데, 그러면 안 되고, 음식에 넣으면 조미료로 최고라. 만능이라. 약으로 먹는 게 아니라 생활에서 음식에 넣는 게 최고라. 설탕 넣어야 할 때 설탕 대신에 넣고, 나물 무칠 때도 효소를 넣으면 좋아요. 맛이 좋아요.

김한수   스님은 효소에 대해 설명하다가 작업실 입구 항아리 뚜껑을 열어 자신이 만든 효소를 직접 떠서 맛을 보여 줬다. 맑은 액체에서 시큼하면서 달큼한 향이 났지만 설탕 맛은 거의 느껴지지 않았다. 필자가 '신맛이 나고 약간 알코올 도수가 있는 것 같다'고 말씀드리자, 스님은 '발효되는 과정에서 약간 도수가 생긴다'고 말했다. 그러면서 스님은 '물에서 불이 나오는 이치'를 설명했다.

성파 스님   오미(五味)가 '산함신감고'거든요. 산(酸)은 신맛, 함(鹹)은 짠맛, 신(辛)은 매운맛, 감(甘)은 단맛, 고(苦)는 쓴맛이라. 동양의 오행이라는 걸 옛날 거라고 무시하는데, 자연의 이치

라. 현대 문화, 현대 과학 하는 사람은 이걸 너무 배제하는데, 오미는 오행에 해당하거든요. 동서남북은 춘하추동에도 해당해요. 오행, 오미, 오색, 오방, 이런 것이 자연 과학이라.

오미 중 봄은 방위로 말하면 동쪽이고, 오행으로 말하면 목(木), 맛으로는 산(酸)이라. 동쪽은 소생하는 것이거든요. 그러니까 산(酸)이 생명의 제일 큰 원천이라. 거기서 시작되는 거라. 식물 중에 산이 제일 많은 것이 솔, 소나무라. 송차(松茶)는 담아놓으면 술이 돼버리는 거라. 조금 더 있으면 초가 돼버리고. (오행의) 목(木)이 산이기 때문에 나무 열매 이런 건 얼추 다 산이라.

예를 들어 송차를 담으면, 이 산은 술도 산이라. 술도 유산균이라. 유산균과 효모균이 작용을 일으키면 발효라. 발효가 되면 주정(酒精)이 나오거든. 주정이 한 단계 넘어서면 초(醋)가 돼요. 초가 한 단계 넘어서면 아미노산이 되거든. 아미노산이 한 단계 넘으면 암모니아가 되거든. 암모니아가 한 단계 넘어가면 가스가 돼요. 가스가 한 단계 넘어가면 불이 붙는 거라. 그래서 물에서 불이 나오는 원리가 있는 거라.

보통은 물과 불은 상극이기 때문에 물에서 불이 나온다는 거는 생각을 못 하는 거라. 그러나 산이 씨가 되어서 심지어 불까지 나오는 거라. 그런 단계를 내가 다 알고 연구하기 때문에 발효식품을 어떻게 하면 되는지를 맞춰서 하면 되는 거라. 다 발효라.

○

김한수   서운암 된장의 시작은 버려지는 장독이
안타깝고 아까워서였다. '이래선 안 되는데'라는 안타까움이 시작
이었다. 그러다 항아리뿐 아니라 전통 된장, 간장까지 사라질 지경
이 되자 또 안타까움에 시작한 것이 서운암 된장, 간장이다. 그 밑
바탕에는 선농일치, 자급자족의 정신이 깔려 있었다. 신도들의 시
주에만 의지하지 않고 자급하려는 노력이었다. 스님은 "된장만 가
지고 서운암 살림을 자급자족하지는 못했지만 여러 가지 일을 하
는 데에 도움이 된 것은 사실"이라고 말했다. 이제 얼마 후면 '서운
암 된장'은 '1,375년 전통의 통도사 된장'으로 변신한다.

성파 스님의 '이래선 안 되는데'는 지금도 수집 항목을 바꿔서
이어지고 있다. '종이책 무한대 모으기 운동'이다. 처음 항아리를
모을 때처럼 종이책 모으기도 특별한 목적이 있어서가 아니다. 그
저 '저렇게 버려져서는 안 되는데'라는 안타까움 때문에 시작한 일
이다. 현재 40만 권쯤 모였다. '땅도 넓은 통도사에 이 시대 지구상
어느 나라에서 나온 책이든 모든 책을 모으겠다'는 스님의 원력은
또 다른 통도사의 명물을 예고하고 있다.

입문 3년 만에
중국미술관 입성
산수화

"중국 산수화의 대가 왕문방 선생을 소개받아 첫 대면에
'산수화를 배우고 싶습니다'고 하니 대답이 걸작이에요.
'그림은 배우는 것이 아니라 본인이 그리는 것'이라는
거라. 불교의 선문답(禪問答)으로 치면 내가 한 방 맞은
거지."

○

김한수   도자기 작업이 예술로 통하는 문의 열쇠였다면, 산수화는 스님에게 중국과의 인연 그리고 옻칠과 민화의 세계를 연결해 준 관문이었다. 스님은 2000년대 초반 중국으로 건너가 산수화를 본격적으로 배웠다. 시작은 이성자(1918~2009) 화백의 권유였다. 이 화백은 1951년 6·25전쟁 중에 아무 연고도 없는 프랑스로 단신 유학을 떠나 혼자 힘으로 현지 화단에서 인정받은 여장부 화가이다. 프랑스와 한국을 오가며 비행기 창밖으로 본 하늘의 풍경을 담은 추상 작품으로도 잘 알려졌다. 그 작품들은 한국에 남겨둔 자식들에 대한 애틋한 모정을 담은 것이기도 했다.

이 화백은 노년에 성파 스님과 인연이 닿아 서운암에 머물며 도자기 작업을 하기도 했으며, 성파 스님으로부터 '일무(一無)'라는 호를 받기도 했다. 성파 스님은 '일무'의 의미에 대해 "우주는 하나이며, 동시에 무한하다. 하나여도 끝이 없다. 우주는 하나이며, (끝이 없으니) 그마저도 없는 거다. 일무(一無)는 하나밖에 없다. 하나. 그것도 없다"라고 설명했다. 그런 인연이 있는 이성자 화백이 성파 스님에게 그림을 권유한 장본인이다.

성파 스님　　　　　그림을 그리게 된 것은 이성자 화백의 권유 때문이었어요. 서운암 신도 중에 이성자 화백과 진주여고 동기 동창이 있었어요. 그분이 "제 친구 중에 이성자라고 프랑스에서 활동하는 화가가 있는데, 한국에 올 때 서운암에 같이 와도 될까요"라고 물으셔서 그러시라 했어요. 그랬더니 얼마 후 진짜 모시고 왔어요. 그냥 오신 게 아니라 진주여고 동기생 6명이 동창회를 하듯이 함께 오셨어요. 내가 편하게 지내시라 했더니, 이분들이 진짜 여고 시절로 돌아간 듯 밤늦도록 이야기꽃을 피우며 즐겁게 지내시더라고.

　　그때 내가 도자기 굽고 글씨 쓰고 할 때인데, 이성자 화백이 나보고 그림을 그려보라 권하는 거라. 자꾸 충동질(?)을 하시니 나도 모르게 '그럼 한번 그려볼까?' 싶은 생각이 슬며시 들데.

　　이 화백은 여간 적극적이지 않았어요. 아예 프랑스에 와서 그림을 배우라는 거라. 그래서 일단은 가보자 싶었지. 그런데 내가 나이도 있고 서양미술은 도통 몰라서, 한 번 보고는 깊이 이해하지도 못하고 시간 지나면 잊어버릴 거 같았지. 그래서 내가 이사장으로 있던 부산 해동고의 미술 교사인 옥영식 선생에게 '프랑스 가보셨나?' 물었더니 안 가봤다는 거라. 당시 옥 선생은 부산, 경남 지역에서는 알아주는 미술 평론가였거든. 《국제신문》 이런 데에도 평론을 싣고 하던 분이었어요. 그런데 정작 프랑스도 못 가보고, 서양미술 명작들을 실물로 보지도 못했다고 해요. '나랑 같이 가보자. 대신 가는 곳마다 꼼꼼히 기록해서 나중에라도 잘 설명해 달라' 했지요. 옥 선생 여행 비용은 내가 다 대기로 했고.

그렇게 해서 드디어 파리 공항에 내렸더니 이 화백이 차를 몰고 마중을 나왔어요. 일단 파리에 왔지만 서양미술이 범위가 얼마나 넓은데 어디서 어디까지 봐야 하는 건지. 기간은 한정돼 있어서 효율적으로 서양미술을 공부하려면 계획을 짜야겠더라고. 이 화백, 옥 선생과 의논해서 '일단 피카소를 위주로 보자. 거기에 곁들여서 다른 작가의 작품들도 보자'고 결정했지.

그래서 우선 파리에서 바르셀로나로 날아간 거라. 거기서 피카소 유년 시절 작품들을 보고, 간 김에 후앙 미로 작품들도 보고. 그러고는 다시 파리로 돌아와서 피카소의 장년 시절 작품을 보고 다른 것도 보고, 니스로 날아가서 말년 시절 작품들까지 다 봤지. 그때 이 화백, 옥 선생이 상세하게 피카소의 생애와 작품 세계까지 설명해 주신 덕분에 피카소에 관해서 많이 공부했지요.

그렇게 한 바퀴 돌고 나니 이 화백이 '여기서 그림 공부하시라'

고 해요. 그림을 그리고 싶긴 한데 좀 난감하데요. 왜냐하면 나는 순수 한국 토종이거든. 어릴 때부터 농촌에서 태어나 자랐고, 어릴 때부터 한학을 공부했고, 사는 곳도 산으로 둘러싸인 절에서 살고 있고. 유교, 불교, 한학이라. 천생 토종인데 그림을 그린다 해도 서양화로 시작하기는 뭣한 거라. 그래서 동양화를 좀 하고 서양화를 해야겠다 생각했지. 동양화야 같은 붓을 가지고 쓰면 글씨고 그리면 그림이니까. 이 화백에게는 돌아가서 좀 생각해 보겠다고 말씀드리고 일단 귀국했지요.

중국으로 건너가
산수화를 배우다

귀국해서 동양화를 배우려면 어떻게 해야 하나 생각해 보니 아무래도 산수화로 시작하는 게 좋겠다 싶어요. 문제는 배울 만한 곳, 스승이 마땅치 않은 거라. 그때 나이도 육십이 넘은 데다 통도사 주지까지 지낸 입장에서 아무 데서나 배울 수가 없었거든. 그건 비단 내 개인의 문제가 아니라 통도사, 한국 불교의 위신과 격(格)이 걸린 문제라.

그래서 중국 쪽 아는 사람들에게 그림 선생을 알아봐 달라고 부탁했지. 조건은 '나보다 한 살이라도 많은 분, 중국에서도 산수화에 관해 다섯 손가락 안에 드는 분'이라야 한다고 걸었지. 위신

귀국해서 동양화를 배우려면 어떻게 해야
하나 생각해 보니 아무래도 산수화로
시작하는 게 좋겠다 싶어요. 문제는 배울
만한 곳, 스승이 마땅치 않은 거라.

과 격이 있으니까. 나는 1990년대 초 중국과 수교할 무렵부터 중국을 꾸준히 다녔어요. 중국 말도 틈틈이 배웠고. 그래서 그림 공부를 중국에서 할 엄두가 났던 거지.

얼마 후 연락이 왔는데 화조(花鳥)의 대가와 산수(山水)의 대가가 있다는 거라. 산수화 선생님으로 알아봐 달라고 했어요. 그래서 만난 분이 북경화원의 왕문방(王文芳) 선생입니다. 나이가 나보다 정말 딱 한 살 많데. (웃음)

북경화원은 청나라 황실 화원으로 출발한 곳이라. 여기 선생들은 교수라고 부르지만 일반 학생을 가르치는 것이 아니라, 국가에서 월급 받고 만리장성 같은 데서 나라의 큰 행사가 있을 때 나라의 그림을 그리는 사람들이라. 그러니 대학이라 할 수도 없고, 교수라 할 수도 없는 독특한 위치라. 교수들은 대부분 이가염(李可染, 1907~1989)의 수제자들이라. 이분들은 또 각 성(省)의 대표급 화가들이 그린 작품을 평가하고 지도해 주는 분들이라. 기본적으로 개인 지도는 안 하는 분들이지.

어쨌든 왕 선생을 소개받아 첫 대면에 "산수화를 배우고 싶습니다"라고 하니 대답이 걸작이에요. "그림은 배우는 것이 아니라 본인이 그리는 거다" 이러는 거라. 불교의 선문답(禪問答)으로 치면 내가 한 방 맞은 거지. 거기다 두말을 붙일 수가 없어요. 그러더니 "매주 월요일 첫 시간에 만나자. 다음 주 월요일까지 그림을 그려 오라"는 겁니다. 막막하데. 그림을 안 그려본 사람에게 그림을

그려서 오라니까. 그렇지만 다시 말을 붙일 수도 없고 해서 알았다
하고 나왔지.

그래도 그림을 그리러 여기까지 왔는데 하는 생각에 머리를
썼지. '왕 선생과는 매주 월요일 한 번만 만나니, 나머지 화수목금
토일은 다 내 시간이다. 그 외의 시간엔 다른 데서 또 배우면 되지'
하고 생각했지요.

그래서 북경대학으로 찾아갔어요. 그런데 북경대 미술대에는
국화(國畵), 즉 중국화 전공에 전통 산수화를 가르치는 선생도 없고
학생도 없다는 거라. 유화는 있는데. 그다음엔 청화대 미대로 갔
지. 여기도 디자인과는 산업디자인, 무슨 디자인 해서 다양한 과가
있고 유화는 있는데, 산수화는 안 가르친다는 거라.

그다음엔 인민대학에 갔습니다. 그랬더니 인민대에는 있어
요. 서비홍(徐悲鴻, 1895~1953) 이름을 딴 서비홍미술관에서 산수화
를 가르친다는 거라. 잘됐다 싶어서 청강생으로 입학했지. 수업료
를 주고 정식으로 청강생으로 입학했지. 수업을 가보니 옛날 그림
책을 주곤 베껴 그리라고 해요. 서예로 치면 스승의 글씨를 그대로
베껴 쓰는 임서(臨書)랑 한가지잖아요. 베끼는 거야 자신 있지. '이
제 됐다!' 싶더라고. (웃음)

그렇게 월요일에는 왕 선생에게 배우고, 주중에는 인민대에

서 그림 배우고, 토요일과 일요일에는 스케치를 다녔지. 중국은 우리보다 먼저 주 5일제를 하고 있었어요. 북경 인근에 안 가본 곳이 없을 정도로 다녔지.

그때 나는 제대로 그림을 배우겠다고 작정하고 아파트를 한 채 장만해서 거처 겸 화실로 삼고, 지프차를 한 대 사고 운전기사까지 고용했지. 근데 재미있는 것은 그 운전기사가 현직 공안(公安)이었던 거라. 신분은 공안으로 유지하고 출근은 안 하는 일종의 휴직 상태라. 공안 월급이 적으니 이 친구가 자기 월급은 상사에게 바치고 나한테 월급 받아서 기사 노릇을 한 거라. 한국의 기사 월급에 비하면 반도 안 됐지만 그 사람에겐 공안 월급보다 훨씬 많았거든. 당시만 해도 그래(그렇게) 허술했어요.

그 친구랑 중국에서 안 가본 곳이 없어요. 그 친구는 나랑 다닐 때 공안 옷을 가지고 다녔지. 비상용으로. 공안 딱지 빨간 카드도 차 앞 윈도에 붙이고 빨간 불 들어오는 방망이도 가지고 다녔지. 게다가 북경 번호판이라. 지방에서는 북경 넘버만 봐도 잘 통했거든. 그때만 해도 중국엔 차도 별로 안 많았어요. 고속도로도 없었고. 그때 산동성에 고속도로가 가장 먼저 생겼고, 다른 지방은 고속도로를 닦는 중이라.

내몽골 쪽으로 갈 때는 말도 탔어. 초원에서 말을 달렸지. 그러니 우리는 출발할 때 화구(畵具)와 마구(馬具)를 같이 챙기는 거라. 신발, 모자, 장갑 같은 걸 챙겼지. 그렇게 둘이 스케치하러 많이 다

넜지. 텐트도 싣고 다니면서 경치 좋으면 텐트 치고 자면서. 운남성까지도 차로 다녀왔어요. 나는 출근이 없으니까 시간이 많은 거라.

그때는 한 성(省)을 3개월 동안 계속 도는 걸 기본으로 삼았어요. 산동성을 제일 많이 다녔고, 신장성도 갔다 왔지. 신장은 북경서 차를 가져간 것이 아니라 기사만 데리고 가서 거기서 차를 렌트했지. 한 달 동안. 현지에서 신장성 미술대학 교수가 안내를 다 맡아줬어요. 이 사람이 신장에서는 교수지만, 북경에 있는 중앙미술학원 박사과정을 밟고 있었던 거라. 중앙미술학원의 지도교수가 제자에게 (나를 안내해 주라고) 지시한 거지. 그러니 샅샅이 성의껏 안내를 해주더라고요. 책임자에게 연락해서 일반인한테는 보여주지 않는 것도 다 열쇠 열어주고, 잠도 편하게 자고 그랬지.

중국에는 '꽌시(關係)'라고 있잖아요. 북경대, 청화대, 인민대에서 정년 퇴임한 교수들과 내가 잘 알았거든요. 그러니 전국에 이 사람들 제자들이 있는 거라. 내가 지방 간다고 하면 지방 미협 같은 데 서기들이 다 북경의 교수들 제자들이라. 그러니 보통은 안 보여주는 것도 다 볼 수 있고 그랬지.

타클라마칸 사막 있잖아요? 그때 횡단 도로가 개통한 지 얼마 안 됐어요. 그 사막이 계란 모양으로 타원형이거든. 짧은 쪽 횡단 도로가 500킬로미터라. 그걸 다 돌았거든요. 23일 동안 신장성에만 있었어요. 곤륜산, 파미르고원, 화염산 다 돌았어요. 천산산맥에는 백두산 천지처럼 호수가 있어요. 거기도 가보고.

투르판이란 데에는 화염산이라고 있어. 거기 갔더니 43도나 되는데, "오늘은 시원하다"고 하는 거라. 43도인데 시원하냐고 물었더니 "기온은 같은데, 오늘은 바람이 불어서 좀 시원하다"는 거라. 지하에 강이 흐르는 것도 봤지. 설산에서 눈 녹은 물이 지하로 흐르는 거라. 지구상에서 당도가 가장 높은 과일이 거기서 나는 거라. 일조량이 길고 1년 내내 비 한 방울 안 오니까. 그런 지역이라. 작물이 어떻게 자라나 봤더니 설산 물이 있으니까 자라더라고.

타클라마칸 사막이 타원형으로 생겼는데, 위로는 천산산맥, 아래로는 곤륜산맥이 있는 거라. 가운데가 사막이고. 한반도보다 훨씬 큰 사막이지. 곤륜산에 관해 천자책(《천자문》)에 구슬 옥(玉), 날 출(出), 메 곤(崑), 메 강(岡), '옥출곤강'이라고 나오거든요. 그런데 곤륜산에서 진짜 옥이 많이 나오는 거라. 큰 비가 지나가고 나니 온 지방 사람이 개울에 다 모이는 거라. 산에서는 (옥 채굴이) 금지돼서 못 캐거든. 그러니 큰비만 오면 개울 바닥에 사람이 다 모이는 거라. 산에서 떠내려온 옥을 주울라고(주우려고). 비가 지나가면 개울에 물은 한 방울도 없어요. 사람만 바글거리는 거지.

그때 '따그닥'이라고 하는 무선 전화기도 가지고 다녔지. 요새 핸드폰처럼 카메라 달린 거 있었으면 내가 사진도 많이 찍었을 건데, 그때는 사진 한 장 남기지 않았어요. 그냥 스케치만 했지.

요즘 시진핑 나올 때 배경에 보이는 큰 그림이 왕 선생 그림이

왕문방 선생(왼쪽)에게 산수화를 배우는
성파 스님.

라. 그 사람 그림은 표가 나요. 왕 선생은 서북 풍경을 그리는 거라. 북경에서 서북 풍경을 즐겨 그린 사람으로는 왕 선생이 유일한 거라. 내가 중국에 있을 때는 등소평이 있었는데, 등소평은 서북 풍경을 별로 안 좋아했어요. 근데 시진핑은 서북 쪽 풍경을 좋아하는 거 같아요. 그래서 서북 그림을 시진핑이 골라서 건 거 같더라고. 그런 걸 느꼈어요.

왕 선생은 사연이 많은 사람이라. 중앙미술대학에 다녔는데, 거기서 한 여학생을 너무 좋아해서 결혼하려 했다고 해요. 이 처녀 집안은 잘나가는 집안이었는데, 왕 선생은 지주 아들이었던 거라. 그래서 집안이 문화혁명 때 절딴났다고(결딴났다고) 해요. 부모님은 돌아가시고, 이 양반도 촌에 하방(下放)돼서 고생을 엄청스레 한 거라. 그런데 결혼 이야기가 나오니까 처녀 집에서 신분이 안 좋은 사람과는 절대 안 된다고 한 거라. 그래가(그래서) 결혼을 못 하게 됐어요. 그 여성은 다른 데 결혼하고.

근데 이 두 사람이 졸업 후 한 직장에 다니게 됐대요. 북경화원에. 왕 선생 이 사람은 결혼 못 한 뒤로는 평생 여자 손목도 한 번 못 잡아봤다고 해요. 독종이라. 유명해요. 북경에서 괴팍한 사람을 '꽈이(怪)'라 하거든요. 이 사람은 '북경 3대 꽈이'라. 그런데 한 직장에 다니던 이 여성이 애 낳다가 산후 무슨 병으로 죽었대요. 일찍 죽었다고 해요. 영화 같은 이야기지. 주변 사람들 이야기가 그래요.

이 사람은 친구도 안 사귀고, 친구들이 전시한다고 해도 절대 안 가고. 보통 길흉(吉凶) 있으면 들여다보고 그러잖아요. 이 사람은 경사도 흉사도 안 가는 거예요. 저 혼자 있고, 저 혼자 그림 그리고. 그래서 다른 사람들이 '스님 같다' 이거라. 평생 혼자 살면서 여자 손목도 안 잡아봤다고. (웃음) 옆의 사람들이 그랬어요.

여하간 그렇게 여행 다니면서 스케치한 것을 바탕으로 그림을 그려서 가져가면 왕 선생이 그걸 보고 옛날 화법 그대로 상세히 잘 가르쳐줘요. 그러면서 왕 선생이 재미있어해요. 그렇게 괴팍한 양반이 나하고 친하게 지내니 주변 사람들이 다 신기해했어요. 어떻게 그렇게 친하냐고.

북경의 중국미술관에서 전시회를 하다

그렇게 3년을 공부한 후 조그맣게 화집을 한 권 냈어요. 그러고선 왕 선생에게 중국미술관에서 전시회를 하고 싶은데 어떻게 생각하느냐고 물었지. 그랬더니 뜻밖에도 한번 해보라고 하는 거라. 그때 북경의 중국미술관은 중국 화가들에게도 선망의 대상이었지. 아무나 전시회를 허락해 주지 않거든. 전시 신청도 개인이 아니라 국가 기관이 추천해 줘야 가능했고. 나는 왕 선생 덕분에 북경화원 명의로 전시 신청서를 낼 수 있었지.

그런데 절차가 여간 복잡한 게 아닌 거라. 북경화원이 중국미술관에 신청서를 내면, 북경시 문화국을 거쳐 중국 정부 문화부로 올라가요. 거기서 심사를 해서 다시 북경시 문화국을 거쳐 중국미술관으로 내려오는데, 꼬박 1년이 넘게 걸렸어요. 어쨌든 간에 허락이 난 거라. 한국 국적으로는 중국미술관에서 첫 개인전이라고 그랬지.

전시회는 크게, 대대적으로 준비했지. 개막 다음 날엔 중국 미술계의 유명한 평론가와 논객 40명이 '성파 산수화 학술 세미나'를 했어요. 발표하고 토론하고 막 굉장했지.

우선 북경 시내에 있는 유명 호텔 우의반점의 1,200석 연회장을 테이프 커팅 피로연장으로 예약했지. 국제행사를 많이 하는 호텔이었어요. 인민대회당을 예약하려 했는데, 다른 행사가 있다고 안 된다고 해서 우의반점으로 했어요.

개막식에는 이가염 선생의 부인과 서비홍 선생의 아들을 비롯해서 당대 중국 화단의 대표적 인물들이 다 오신 거라. 한국대사관에서도 대사는 6자 회담인가 때문에 못 왔지만 영사랑 다 왔지. 당시 김두관 씨가 노무현 대통령 정무특보였는데 마침 다른 일로 북경에 왔다기에 연락해서 오시라 했지요. 김 씨가 개막식에 참석하니 중국 사람들은 '얼마나 대단한 스님이기에 한국 대통령이 비서를 전시장에 보냈나' 이렇게 소문이 난 거예요. 물론 김두관 씨도 축

사 순서에 넣었지요. 사실은 그리 대단한 일이 아니었는데. (웃음)

그다음에 대구, 부산의 상좌들에게 연락해서 신도 600명이 왔어요. 물론 내 전시회 때문에 일부러 온 것은 아니고 중국 불교 성지 순례 일정에 내 전시회 개막식을 맞춘 거지. 대구에서는 신도 400명이 비행기를 대절해서 날아왔고요. 한 팀은 오대산 같은 데를 돌고 나서 한국에 가기 전에 전시장으로 오고, 다른 팀은 중국에 도착하자마자 전시장 구경하고 성지 순례하는 식으로 계획을 짰지요. 나는 상좌들에게 '개막식에는 신도들이 한복을 입고 참석하도록 준비하라'고 했지. 500명이 한복 입고 행진하는 광경을 상상해 보소. 한복을 입으면 사람이 얼마나 커 보여요? 중국 사람들 눈이 휘둥그레졌지.

내가 다니던 인민대 학생회장에게도 부탁했어요. 그런데 이 친구가 굉장히 활동 능력이 있는 친구라. 북경의 각 대학 미술과 반장들에게 '차를 학교에 보내줄 테니 개막식에 참석하라. 점심 식사도 제공한다'고 사발통문을 돌린 거라. 학생들 입장에서는 성파 스님 그림을 보러 가는 게 아니라 다른 작가들 상설 전시를 보러 가기 위해서라도 반드시 견학 가야 하는 곳이 중국미술관이라. 그런 중국미술관 견학을 가는데 편의까지 다 제공해 준다니 가지 않을 이유가 있나. 인민대 학생회장은 북경 시내버스의 비번인 버스들을 동원해서 이 학생들을 실어 날랐어요. 이렇게 해서 개막식 하는데 1,000명이 넘게 모였지. 그만한 인원이 모인 게 미술관 생기고 처음이라고들 했지요.

중국미술관은 천안문 광장에서 가까운 곳에 있는데 개막식 날 천안문 일대 교통이 마비됐다고 해요. 전시 개막에 참석하러 온 사람들 때문에. 빨간불에서 파란불로 바뀌어도 차가 못 가고 그랬다고 해요. 거기에 한복 입은 여자들까지 모였으니 북경이 뒤집어졌지. (웃음) 이가염 선생 부인도 화가인데 축사하고. 중국 미술계에선 권위가 대단했어요.

그렇게 거창하게 개막식을 하고 만찬장으로 이동했지요. 축하연도 거창하게 했어요. 1,200석 연회장이 꽉 찼는데, 경기민요 명창과 제자 5명을 초청해서 식사하는 내내 공연을 했지. 중국에선 연예인이 굉장히 인기가 있는데 '국가 명창'이라고 하니 대단히 관심 있게 들었어요. 연회 마지막엔 〈아리랑〉을 불렀는데 참석자 전원이 자리에서 일어서서 합창을 한 거라. 대단한 장관이었지.

○

김한수

2005년 11월 북경 중국미술관 전시에서 성파 스님이 발표한 작품은 모두 71점에 이른다. 세로 98센티미터, 가로 57센티미터짜리 감지(紺紙)에 탑 모양으로 칸을 나눠 반야심경을 써넣은 〈심경(心經)〉으로 시작해, 한지에 한문으로 반야심경을 적은 서예 작품 〈심경(心經)〉으로 끝나는 전시였다. 한국의 불교 승려로서의 정체성을 분명히 보여준 셈이다. 당시 스님은 전시 도록 머리말에 이렇게 적었다.

"길은 사람을 멀리하지 아니하고 예술은 국경을 가리지 않는다. 이에 나는 수행에 전념하면서 그림을 배우기로 뜻을 세웠다. 옛날 사람들이 이르기를 뱀은 물을 마시면 독을 만들고 소는 물을 마시면 젖을 만든다고 하였다. 또 이르기를 마음이 없으면 보고도 보지 못하고 듣고도 듣지 못하며 음식을 먹어도 그 맛을 모른다고 하였다. 나는 오로지 마음으로 사물을 관찰하고 그리려고 노력하였다."

〈심경〉을 비롯해 작품들은 대부분 불교적 정신세계를 담고 있다. 제목부터 '월인천강(月印千江)', '백척간두 진일보(百尺竿頭 進一步)', '불조미생공겁전(佛祖未生空劫前)', '진광불휘(眞光不輝)', '자타일시성불도(自他一時成佛道)', '물아무이(物我無二)' 등이다. 작품은 단색 수묵이 아니라 채색화로 중국의 산수를 배경으로 한국의 통도사 극락암과 자장암, 범어사 일주문, 은진미륵, 법주사, 표충사, 경주 남산이 펼쳐진다. 스님은 "중국 풍경에 우리 절들을 집어넣었지, 뭐"라며 웃는다. 정통 중국 산수화도 아니고 정통 한국 산수화도 아닌 성파류(流)의 창작 산수화였다.

중국 평단의 반응은 경이로움이었다. 평론가 손극(孫克)은 '그림 밖의 그림을 보고 인연 외의 인연을 맺다'라는 제목의 글에서 자신이 보여드린 옛 그림의 화제(畵題)에 적힌 한문 행서와 초서를 막힘없이 술술 읽어낸 스님의 한문 실력에 먼저 감탄했음을 토로했다. 또한 스님이 이렇게 늦은 나이에 시작해 이렇게 빠른 성취를 이뤄냈음에 대해 "일초직입여래지(一超直入如來地) - 돈오(頓悟)의 경지에 이르러, 그의 그림은 사람들의 사색을 불러일으키는 이치가 담겨 있다"라고 평했다.

또 다른 평론가 양열포(楊悅浦)는 '산수의 맑은 정기를 얻고 천지의 극치를 보다'란 제목의 평론에서 스님의 작품을 '청(淸)'과 '정(淨)'의 두 단어로 정리했다. 그는 "성파 스님은 세속의 잡념과 탁기(濁氣)가 없다. 마음이 맑으니 그림의 의미도 당연히 맑다", "붓의 흐름이 선명함과 씩씩함을 드러내고 가냘픔을 피했으며 먹과 물의 사용이 깨끗하고 얼룩이 보이지 않는다. 그의 그림은 깨끗해서 새로우며 깨끗해서 보는 사람들의 눈을 즐겁게 해주면서 마음의 잡념을 씻어내게 하고 있다"라고 평했다.

중국 평론가들은 한국의 큰 사찰 어른인 성파 스님이 아무 인연이 없는 중국에서 새로운 장르에 도전하는 모습을 호기심으로 대했다가 막상 작품을 접하고는 놀라움을 감추지 않았다.

성파 스님은 산수화를 배운 과정을 모두 쉽게 술술 풀린 듯 회고했지만 준비 과정은 치밀했다. 우선 스님은 50대에 들어서 중국어와 일본어를 마스터했다. 한국 정신문화의 보고인 불교의 승려로서 동양 삼국의 문화를 알고 익혀야겠다는 원대한 꿈이었다. 종교, 문화, 철학을 꿰뚫고 싶었다는 이야기다. 스님은 "한국을 주불(主佛)로 가운데 세우고, 중국과 일본을 좌우 협시불(脇侍佛)로 삼아 볼 생각이 있었다"라고 말했다.

중국 평론가 손극 선생도 처음 만났을 때 스님의 유창한 중국어 실력에 놀랐음을 감추지 않았다. 여기에 더해 중국 지식인들은 문화대혁명을 겪으며 끊어지다시피 했던 자신들의 전통문화에 대해 해박한 지식을 가진 스님을 경탄의 눈빛으로 바라볼 수밖에 없었다. 스님은 "중국의 명승고적을 보러 가면 나는 주련(柱聯)이며 한자로 적힌 편액 등을 전부 중국어 발음으로 읽고, 중국어로 뜻을 해설해 줬어요. 중국 사람들은 문화대혁명 이후로 옛날 한자를 못 읽으니 내가 얼마나 대단해 보였겠어요?"라며 웃었다.

이런 철저한 준비가 있었기에 불과 3년여의 짧은 기간에 익힌 산수화 실력으로 중국미술관 전시라는 업적을 이뤄낼 수 있었던 것이다.

스님은 "처음 산수화를 시작할 때 늦은 나이라는 생각은 하지 않으셨냐"는 질문에 "나는 무엇을 시작할 때 스스로 늦은 나이라고 생각해 본 적이 한 번도 없다"고 했다. 대신 스님은 일단 시작하면 무섭게 집중한다. 산수화 역시 마찬가지였다. 얼마나 열심히 집중 했는지 두문불출하며 당시 대부분 사람들과 거의 연락을 끊고 지 냈다고 한다. 물론 서운암에서 진행하는 일들이 있기 때문에 정기 적으로 귀국했지만 되도록 용무만 보고는 다시 중국으로 돌아가 그림에 매진했다.

통도사 서운암 스님의 작업실 뒤에는 큰 창고가 있다. 하루는 스님이 창고를 보여줬다. 창고엔 그동안 스님이 작업한 작품이 가 득 보관돼 있다. 그중에서 스님은 '먹지'를 꺼내 보였다. "이게 뭔 지 아시겠나?" 아무리 봐도 그냥 먹지 같았다. 그러나 빛에 비춰 보 니 그냥 먹지가 아니었다. 무수한 먹선이 가로세로 빈틈없이 그어 져 있었다. 스님은 "남는 종이에 선 그리는 연습한 것"이라고 했다. 세필 가는 선부터 굵은 선까지 긋고 또 그은 흔적이었다. 남들이 보지 않는 곳에서 이렇게 혼자 갈고닦은 실력이 산수화 입문 3년 만에 중국미술관에 입성하게 만든 동력이었다.

스님의 평소 지론은 "나는 작품을 누구에게 주도(주지도) 팔도(팔지도) 않는다"이다. 그의 서운암 창고에는 '먹지'뿐 아니라 오래된 수첩들도 수십 권 있었다. 스님은 "피카소를 보니까 온갖 메모지까지 다 모아뒀데. 그래서 나도 자료는 하나도 안 버리고 웬만하면 다 모아뒀다"라고 했다. 스님 마음속 그림의 라이벌(?)은 피카소인 것이다.

스님이 프랑스 여행에서 피카소를 위주로 작품을 공부한 것도 사실은 오랜 마음속 계획이었다. 스님이 통도사 주지를 맡던 시절에 '걸레 화가'로 유명한 중광 스님이 피카소 화집을 선물했던 것. 피카소가 동경에서 전시회를 열 때 만든 화집인데 주로 도자기 그림들이다. 성파 스님은 지금도 그 화집을 소중히 보관하고 있다.

이렇게 그림에 몰두하는 동안 스님은 처음 자신에게 그림 공부를 권했던 이성자 화백에게도 연락하지 않았다고 한다. 연락하는 걸 잊은 것이다. 그림 공부가 끝나고 전시를 마치고서야 이 화백 생각이 났다고 했다. "그동안 이성자 화백이 여러 번 저를 찾았다고 해요. 그런데 저는 중국에서 그림 공부에 몰두하느라 정작 이 화백 생각을 못 하고 지냈지요. 고맙고 미안한 마음입니다."

이렇게 몰두해서 중국미술관 전시를 마친 스님은 산수화를 '일단락' 지어버렸다. 스님은 말한다.

"나는 한 번 했던 것은 다 일단락 짓습니다. 다른 것도 해야 하니까."

과연 스님은 중국미술관 전시 후엔 서울 조선일보미술관에서 한 번 더 작품을 선보인 후 산수화를 떠났다. 다른 것도 해야 했으므로. 이후 스님은 옻칠 민화 등 새로운 분야를 개척했다. 성파 스님은 "산수화를 버린 것은 아니다. 산수화는 내 주머니 속에 있다"라고 말한다.

은하수를 깔고 앉아

옻칠 민화

"우리 미술사를 보세요. 전부 수묵화이지, 진채(眞彩)는
원래 우리 그림에 없어요. 절 말고는. 조선 500년
동안 한국 미술에서 처음으로 민화에서 진채, 컬러가
나타납니다. 그래서 나는 민화가 절에서 나왔다고
주장해요."

○

민화

김한수　　　"한 민족이나 개인이 전통적으로 이어온
생활 습속에 따라 제작한 대중적인 실용화."

한국학중앙연구원이 발간한 한국민족문화대백과사전은 '민화
(民畵)'를 이렇게 정의하고 있다. 이어서 "일반적으로 민속에 얽힌
관습적인 그림이나 오랜 역사를 통하여 사회의 요구에 따라 같은
주제를 되풀이하여 그린 생활화를 말한다. 비전문적인 화가나 일
반 대중들의 치졸한 작품 등을 일컫는 말로 쓰인다. 하지만 넓은
의미에서는 직업 화가인 도화서(圖畵署)의 화원(畵員)이나 화가로서
의 재질과 소양을 갖춘 화공(畵工)이 그린 그림도 포함시켜 말하고
있다"라고 설명한다. 민화에 대한 설명에서 거의 빠지지 않고 등장
하는 표현이 '치졸', '유치'이다. 도화서 화원이나 선비들이 그린 것
이 아니라 무명의 작가가 그린 그림, 한마디로 '족보가 없다'는 얘
기다.

최초로 '민화'라는 용어를 사용한 것도 일본인 야나기 무네요시(柳宗悅, 1889~1961, 일본의 미술 평론가)이다. 그만큼 우리나라에서는 민화를 제대로 대접하지 않았다. 야나기는 민화를 "민중 속에서 태어나고 민중을 위하여 그려지고 민중에 의해서 구입되는 그림"이라고 정의했고, 민속학자 조자용(趙子庸, 1926~2000)은 "서민·평민·상민·민중 등 사회 계층이나 신분의 구별 없이 도화서 화원은 물론 모든 한국 민족들이 그린 그림"이라 해석했다.

　　그러나 아직까지 민화가 어떻게 탄생했는지에 대해서는 정확한 통설이 없다. 신석기 시대의 암벽화(암각화)에서 기원을 찾기도 하고, 백제의 산수문전(山水文塼) 등 산수화도 민화의 연원 중 하나로 거론되기도 한다.

　　민화의 작가로는 도화서 화원과 화원의 제자, 화원이 되지 못한 화공 등 다양하게 추측하고 있다. 분명한 것은 어느 학설도 민화가 사찰에서 비롯됐다고 보고 있지는 않다는 것이다. 오히려 한국민족문화대백과사전은 '불교 계통 민화'라는 항목에서 "예배의 대상인 탱화(幀畵)로부터 교리와 설화의 내용, 고승의 초상화를 원초적 형상과 강렬한 원색, 유치한 구도로 나타낸 그림은 민화적인 요소가 짙다"라고 설명한다. 즉, 민간에서 시작된 민화가 사찰 그림에도 영향을 미쳤다는 설명이다.

　　성파 스님은 그러나 "민화는 절에서 나왔다"고 주장한다. 성파 스님은 "민화 이전까지는 사찰 외에 한국 그림에서 사용된 적이 없는 컬러, 진채(眞彩)가 민화에서 비로소 나타났다는 것이 그 증거"
라고 말한다. 성파 스님은 여기서 한 걸음 더 나아가 "민화를 한국
화로 불러야 한다"고 주장한다. 중국화의 영향을 받은 전통 회화와
달리 민화야말로 한국만의 전통 회화라는 것이다.

　성파 스님은 주장만 하는 것이 아니라 실제로 민화를 그린다.
2000년대 초반 중국 북경화원에서 산수화를 배워 북경과 서울에
서 전시회를 연 후 산수화에서는 손을 놓았다. 대신 민화를 그린
다. 그것도 옻칠이라는 재료와 결합한 민화를 그린다. 산수화를
4~5년 그렸다면, 옻칠 민화는 20년 가까이 그리고 있다. 스님이
평생 작업 숙제로 삼았다는 이야기다. 스님은 옻칠과 민화의 결합
에 대해 '영구성'을 말한다. 민화 자체로도 그 가치가 충분하지만,
전통 옻칠을 재료로 함으로써 영구적으로 보존할 수 있게 된다는
것이다.

　성파 스님의 옻칠 민화 작품 중 대표작으로 〈미륵존〉이 있다.
밤하늘을 배경으로 슬며시 미소 짓는 미륵불을 그린 작품이다. 이
작품을 보고 있으면 은하수 가운데 미륵불이 둥둥 떠 있는 느낌을
받는다. 미륵불 표면엔 이끼도 살짝 낀 것처럼 보인다. 스님이 왜
'옻은 채색화 그리기에 가장 좋은 재료'라고 강조하는지 실물로 보
여주는 작품이다. 색깔은 물론 자개와 돌가루 등 온갖 재료를 다
받아들이는 미술 재료가 바로 옻인 것이다.

통도사 서운암 성파 스님의 작업실 한쪽 벽엔 금강산을 그린 병풍이 서 있다. 옻칠로 그린 그림이다. 스님은 맑은 색 옻에 돌가루를 뿌려 금강산의 무수한 바위 봉우리를 표현했다. 스님은 "옻이 접착제 역할을 해서 돌가루를 붙잡고 있다"고 말한다. 금강산 일만 이천 봉이 옻과 돌가루를 통해 재현된 것이다. 실제로 금강산 그림 표면을 만져보면 거칠거칠한 돌가루가 느껴진다. 성파 스님은 "막 문질러도 돌가루가 안 떨어질 거다"라고 말한다. 실제로 문질러보면 돌가루가 아주 단단히 붙어 있다.

작업실엔 성인 허리만 한 높이의 항아리도 있다. 검정 바탕에 꽃과 잉어가 그려진 민화풍 작품이다. 이 항아리도 도자기를 구운 것이 아니라 삼베에 옻을 입혀 만든 작품이다.

이런 작품들은 삼베에 옻칠을 입힌 건칠 작품이다. 건칠은 옻칠에 토분(土粉), 즉 흙가루를 섞어서 칠하는 것이다. 스님은 "칠에 흙을 배합해서 발라 마르게 되면 굉장히 질기다. 시멘트보다 더 질기다"고 말한다. 스님에 따르면, 중국에서는 건칠 기법이 양자강을 경계로 강남과 강북이 다르다. 양자강 북쪽에서는 토분을 사용하고, 남쪽에서는 와분(瓦粉) 즉 기왓장을 갈아서 만든 가루를 사용한다.

성파 스님　　　　중국 강남의 기왓장은 우리로 치면 초벌 구이 기와 정도밖에 안 돼요. 거기 지역은 춥지 않거든. 동파(冬破)

238

걱정이 없는 거라. 그러니 초벌구이 정도 기와라도 얼어서 갈라지지 않는 거라. 그런데 우리는 지역을 막론하고 동파를 막기 위해서 기와 구울 때 화도(火度)를 높여서 구워요. 그래서 중국 강남의 기와가 초벌구이라면, 우리는 재벌구이 정도가 돼요.

그래서 우리 기왓장을 가지고 건칠을 하는 것은 전 세계 어디에도 없어요. 토분보다, 중국 와분보다 우리 한국 와분이 좋은 거라. 오래된 기와를 바꿔 갈아주는 것을 번와(飜瓦)라 해요. 우리(서운암)가 옛날 기와를 다 사니까 번와하는 절이 있으면 업자들이 다 우리한테 연락을 해요. 가루가 굉장히 곱지요. 모래보다 훨씬 가늘고 고와요. 이걸 반죽해서 바르면 시멘트보다 더 야문 거라.

김한수　　　　　서운암의 스님 작업실 바닥은 더욱 놀랍다. 전체가 검정색 바탕에 모래알 같은 작은 결정들이 반짝반짝 빛난다. 모두 옻칠 작품이다. 옻을 겹겹이 칠하고 표면에 자개 가루 등을 뿌려 굳힌 작품이다. 스님은 이 바닥을 '은하수'라고 부른다. 실제로 한 걸음 떨어져서 이 바닥을 보면 밤하늘에 수놓은 은하수처럼 보인다. 스님은 "세상에 은하수 깔고 앉은 놈 봤나?"라며 호탕하게 웃는다.

통도사 서운암 성파 스님의 작업실 한쪽
벽엔 옻칠로 금강산을 그린 병풍이 서 있다.
스님은 맑은 색 옻에 돌가루를 뿌려 금강산의
무수한 바위 봉우리를 표현했다.

성파 스님　　　　　　나는 민화(民畵)가 사찰에서 나왔다고 봐요. 왜냐하면 민화가 출현한 것이 19세기 무렵이거든. 녹두장군 싸우고 하던 동학 무렵, 그 이후에 민화가 나왔거든요. 민화를 '이름 없는 선비들이 그렸다'고 하는데, 당시에는 이름 없는 선비가 아니라 이름 있는 선비도 물감을 쓴 일이 없어요. 물감 쓰는 법도 몰랐고. 그림을 그려도 수묵화이지 채색화는 안 그렸거든요. 먹으로만 그리지 색깔을 안 썼어요. 그것만 봐도 알 수 있어요.

　그때는 양반, 상놈이 막 뒤바뀔 시기거든요. 상놈들이 돈을 주고 양반을 사고. 양반들이 보면 기가 차던 시절이라. 그렇게 혼란할 때인데, 사찰에서는 상대적으로 불사(佛事)가 잘 안되는 거라. 세상이 어지럽고, 사회가 혼란하고, 경제 자체가 어려우니까. 시주가 없으니 단청 불사고 뭐고 할 여유가 없는 거라. 그렇게 사찰에서 단청 불사를 하던 사람들이 일시에 실직 상태가 된 거라.

　당시에 단청하던 사람들은 개인이 작품 활동을 한 게 아니라 집단으로 일했거든. 그런데 불사가 없으니 벌어먹을 데가 없잖아요. 그때는 일반적으로 집단 노동 체제가 없었어요. 순수 농경시대

242

이기 때문에 산업이 없으니. 당시에는 사찰에서 일하는 게 가장 큰 집단 노동이라. 궁궐 짓는 거 빼고는. 그런데 궁궐은 자주 짓는 게 아니잖아요.

그러다 보니 사찰에서 일하는 게 집단 노동 체제라. 단청하는 사람들도 떼로 하고, 목수들도 큰일 있으면 함께했고. 거기에 지역별로 조직이 짜여 있는 거예요. 다른 지역에서 못 오도록. 그 지역에서 하는 일은 자기들이 맡아서 해야 하는 거라. 그래서 통도사에 무슨 일이 있더라도 충청도에서 단청하는 사람은 못 오는 거예요. 그렇게 지역화돼 있었어요. 지역색이 있었던 거지. 완전히 뚜렷하진 않지만, 늘 같은 일을 하니까. 노동운동 연구하는 분들도 그 당시 노동을 연구할 필요가 있어요.

사회에서는 상놈이 양반 되고, 없는 사람이 있는 사람 되는 혼돈의 시대이고. 사찰에서는 불사가 안 될 때이고. 그러니까 이 사람들이 단청하던 솜씨와 재료를 가지고 민간에 나와서 그린 것이 오늘날의 민화라. 그때는 마을(민간)에 채색화가 없었어요. 우리 미술사를 보세요. 전부 수묵화이고 채색이 있는 것도 담채(淡彩), 옅은 색깔이라. 컬러는 진채(眞彩)예요. 진채는 진한 컬러라. 진채는 원래 우리 그림에 없어요, 절 말고는. 조선 500년 동안 한국 미술에서 처음으로 민화에서 진채가, 컬러가 나타납니다.

그것만 봐도 알 수가 있고, 또 민화가 나오기 이전에 사찰 벽화를 보면 그런 그림이 많이 있거든요. 그래서 '이건 단청 불화 하던 사람들의 솜씨다'라는 걸 증명할 수 있어요. 민화가 나오기 전에 소위 '민화'가 사찰에 다 있었으니까 거기서 나온 거 아닌가 하고 말할 수 있어요.

또 한 가지 특징이 뭐냐 하면, 민화가 조선 팔도에서 동시에 나왔다는 겁니다. 제주도에서도 민화가 나오고, 함경도까지 민화가 동시에 다 나왔어요. 제주도는 좀 풍(風)이 다르지만. 중국에도 남화(南畵)가 있고, 북화(北畵)가 있어요. 원래 그림이란 것이 그렇게 지역별로 다른 거라. 그런데 민화의 화풍을 어떤 사람이 창안하고 제자를 길러 조선 팔도에 퍼지게 하려면 몇백 년이 걸려야 하는 거라. 그래야 이치에 맞지요. 생각해 보세요.

더군다나 교통 통신이 잘 안되던 시대에 거의 동시에 민화가 나왔다? 이건 비슷한 조건이 있었다고 봐야 하는 거라. 즉, 절에서 그림 그려 먹고살던 사람들이 절 살림이 어려워지면서 절 밖으로 나왔다고 봐야지. 이것만 봐도 그 지역의 단청 불화 하는 사람들이 지역별로 이걸 민화화했다는 걸 알 수 있어요. 돈이 되니까.

그럼 이 민화를 누가 샀느냐. 상놈이 양반 돼서 집을 꾸며놓고 살려니 그림이 필요해서 사는 거라. 시장이 생긴 거라. 그러니 단청 그리던 사람들은 밥벌이가 되니까 그리게 되고. 그래서 나는 내가 실제로 목격한 것은 아니지만 목격한 거나 마찬가지 아니냐는 거지요. 어떻게 조선 팔도에 동시에 민화가 나오느냐는 말이라. 누가 가르쳐서 나오려면 몇백 년이 걸리는데. 그런 솜씨 있는 사람들이 민간에 나가서 민간에 맞게 그린 거라.

우린 어릴 적부터 짜장면 먹었는데, 중국 가서 짜장면 찾으니 없어요. 우리나라 짜장면은 중국 사람들이 와서 만든 거라. 한국식 중국 음식 짜장면을 만든 거지요. 마찬가지로 불화를 그리던 사람들이 불화를 민간에 맞게 민간화시킨 거라. 그 당시엔 민화라고 부르지도 않았고. 일본의 유종열(야나기 무네요시)이라는 사람이 '조선의 민화'라 해서 민화가 된 거지, 그 당시에는 민화도 아니었던 거라.

민화는 불교미술에서
나왔다

그러니까 나는 민화는 불교미술에서 나왔다고 말하지요. 그리고 그림의 내용 자체도 전부 다 절에서 축원하는 내용이라, 부처님 보살님들께. 축원은 생축(生祝)과 망축(亡祝)이 있습니다. 생축은 살아 있는 사람에게, 망축은 영가(靈駕)에게 하는 축원이라. 그 축원의 내용이 전부 민화화됐어요. 자손창성 부귀영화(子孫昌盛 富貴榮華), 병고자 즉득쾌차(病苦者 卽得快差), 원행자 무사귀환(遠行者 無事歸還) 등 이런 민간의 염원을 담은 것이 축원인데, 그것이 민화에 다 녹아 있는 거라. 그래서 백성들이 선호할 수 있도록. 자기들이 희망하고 소망하는 것이 오늘날 민화가 된 거라.

민화가 처음 나올 때는 미술계에서 가치 없이 여겼는데, 지금은 민화 인구가 워낙 많으니까 국전(대한민국미술대전)에도 민화 부문이 있어요. 미협(한국미술협회)에도 민화 분과가 있을 정도로 인구가 많아요. 지금은 민화를 무시 못 해요. 처음에는 거들떠보지도 않았거든. 그런데 나는 민화가 더 확산될 거라고 봐요. 그러면 그것이 한국화로 정착할 것이다, 민화가 바로 한국화다, 나는 그렇게 생각하지요.

산수화는 동양화고 중국 사람들은 중국화라 하고, 일본 사람들은 일본화라고 있거든요. 한국화는 제대로 없어요. 이것도 1980년대부터 미대 교수들이 '우리도 한국화로 하자'고 해서 한국화라는 이름을 지은 거지, 그 전에는 동양화라 했거든요. 교수 몇몇이 한국화 전공한다고 해도 붐이 안 일어나는 거라. 그래서 민화, 이게 한국화인 거라.

그런데 이런 말만 해가지고는 '저 사람이 괜히 저런 소리 한다'고 생각하거든. 나는 산수화를 배워서 중국에서 전시회를 열고 난 후에 산수화는 일단락 지었어요. 그 대신 돌아와선 민화를 그렸어요. 그것도 옻칠로. 손 안 대려고 하다가 '기왕 하는 거 새로운 분야라야 어필하겠다' 싶어서 옻칠로 민화를 그렸지. 옻칠 민화는 새로운 분야거든.

거듭 이야기하지만 한국 미술의 근간은 불화이고, 불화에만 머

한국 미술의 근간은 불화이고, 불화에만
머물러선 안 되니까 사회화시킨 것이
민화이고, 그래서 한국 미술 전체의
근간은 불교미술이라.

물러선 안 되니까 사회화시킨 것이 민화이고, 그래서 한국 미술 전체의 근간은 불교미술이라.

내가 한국전통문화연구원이라고 오래전에 만들어서 소극적으로 했는데, 앞으로는 활성화해서 제대로 하려고 합니다. 이런 것은 꼭 불교만이 아닙니다. 나는 '불교문화'라고 규정하지 않습니다. '전통문화'이지. 다 포함돼 있으면 되는 거지, 불교문화라고 할 이유가 없는 거라.

○

옻칠

김한수

통도사 서운암 언덕 위 장경각. 16만 도자 대장경을 모신 장경각 마당에 서면 정면으로 저 멀리 영축산, 일명 '영남알프스'라 불리는 연봉들이 병풍처럼 파노라마로 펼쳐진다. 이 장경각 앞마당에 2021년 가을 새 명물이 등장했다. 옻칠 자개로 재탄생한 반구대 암각화와 천전리 암각화의 수중 전시회다. 장경각 앞마당엔 대형 수조(水槽) 2개가 있다. 각각 가로 세로 8×4.5 미터, 9×3.5미터에 이르는 작은 수영장만 한 수조다. 여기서 세계 최초의 수중 전시회가 열리고 있다.

각각의 수조엔 반구대 암화화와 천전리 암각화를 옻칠과 자개로 재현한 작품이 잠겨 있다. 이들 작품은 성파 스님의 '모델 하우스'다.

아무리 '옻은 방수, 방습, 방충이 된다'고 백날 이야기해 봐야 실제로 한 번 보여주는 것만 못 하기 때문이다. 성파 스님은 옻으로 칠한 반구대 암각화와 천전리 암각화를 물에 담가놓고 "자, 봐라. 내 말이 맞지 않느냐?"고 묻고 있는 것이다.

수중 전시된 반구대 암각화와 천전리 암각화의 제작 과정에는 스님이 30년 이상 천착해 온 옻칠 기법의 정수가 담겨 있다. 스님은 옻칠 된 나무판에 겹겹이 옻을 칠한 삼베를 10차례 이상 덧붙였다. 이렇게 붙이면 굳기는 돌이나 쇠보다 단단하고 물이 스며들지 않는다. 벌레 먹지 않는 것도 당연하다.

특히 반구대 암각화는 고래를 비롯해 소, 호랑이, 표범, 사슴 등이 오색의 자개로 수놓아져 있다. 물속에 있지만 빛을 받아 영롱하게 반짝이는 그림을 보면 7,000년 전 신석기 시대 사람들의 생활상과 세계관, 우주관을 한눈에 짐작할 수 있다.

성파 스님은 수중 전시를 공개하는 자리에서 이렇게 말했다.

"추수공장천일색(秋水共長天一色, 가을 강물과 긴 하늘 한가지로 푸르다)이라 하듯 물에 가라앉히면 물과 하늘이 둘이 아닌 하나가 된다. 암각화가 바위에 새긴 그림이라면 이번 작품은 허공에 새긴 그림인 셈이다. 암각화 속 고래가 물을 만나서 새로운 생명으로 거듭나 7,000년 전 암각화를 현재로 끌어온다는 의미도 있다. 7,000년 전 이런 문화가 있었다는 게 놀라울 따름이다. 대한민국의 자긍심이 돼야 할 것이다."

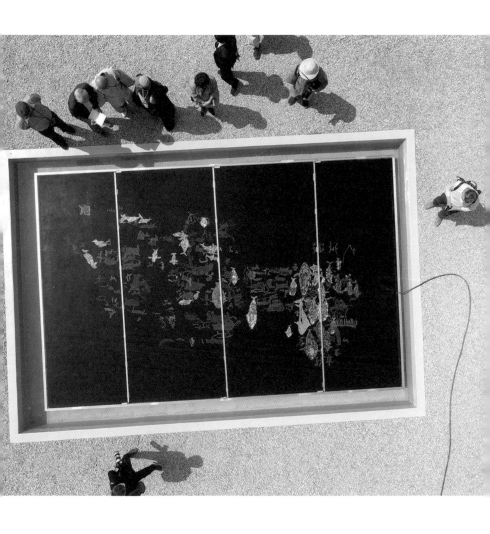

수중 전시된 반구대 암각화는 고래를 비롯해
소, 호랑이, 표범, 사슴 등이 오색의 자개로
수놓아져 있다. 성파 스님이 30년 이상
천착해 온 옻칠 기법의 정수가 담겨 있다.

여기서 성파 스님의 '의도'를 발견할 수 있다. 반구대 암각화는 댐 건설로 인한 침수 때문에 보존 논란을 겪고 있다. 명시적으로 이야기하지 않지만 스님은 이 수중 전시를 통해 "반구대 암각화가 물에 잠기는 것이 걱정되는가? 그렇다면 물에 넣어도 아무 걱정 없는 옻칠 자개로 영구불변의 암각화를 이 시대에 재현하겠다. 7,000년 전 선사 시대 사람들이 보았던 바다와 하늘을 장경각 앞마당에서 보여주겠다"고 웅변하는 듯하다.

　　반구대 암각화 수중 전시는 성파 스님이 지난 반세기 동안 도자기를 비롯해 산수화, 간장과 된장 그리고 항아리(옹기), 쪽을 비롯한 천연 염색, 야생화 등 무수히 많은 전통문화를 되살려 온 가운데 옻칠 문화에 대한 탐구를 놓지 않고 있을 뿐 아니라 더욱 발전시키겠다는 다짐이기도 하다. 스님은 2022년 봄 서운암에 옻칠 작업실을 새로 열었다.

성파 스님   옻에 대해서도 관심이 많았지요. 어렸을 때, 해인사 밑에 살 때 속담 중에 '꿈에 중만 봐도 옻이 오른다'는 말이 있었어요. 그만큼 절에서 옻을 많이 썼던 거라. 옻은 스님들 발우(鉢盂, 밥그릇)뿐 아니라 기둥, 대들보, 서까래에 전부 썼고 단청에도 옻칠을 했지. 사찰이 옻을 제일 많이 썼던 거라. 이런 기술이 궁궐 지을 때도 쓰인 거지요. 그러니 직접 보는 것도 아니고 꿈에 중을 보기만 해도 옻이 오른다 한 거지.

그런데 지금은 절에서도 옻을 직접 만들고 칠하지 않고 발우에나 쓰는 정도라. 발우도 사서 쓰고. 나는 그렇게 옻에 관심을 가지고 있었지만 본격적으로 옻에 대해 연구하고 직접 다루게 된 것은 옻칠 민화를 하면서부터라.

중국과 베트남에서 옻을 연구하다

옻은 중국이 전 세계 생산량의 80% 이상을 차지해요. 많이 생산할 때는 1년에 300톤까지도 생산해요. 중국 사람들은 자연 속에 있는 옻나무에서 채취하거든요. 중국에 옻나무가 심어진 면적이 남북한 합한 것보다 5배 정도 더 넓어요. 그 정도로 분포돼 있거든요.

중국은 땅이 국가 소유니까 행정구역별로 관청의 산림과(山林課) 같은 데서 입찰해서 옻 채취권을 줘요. 우리로 치면 여기 양산시 관내에 있는 산의 옻 채취권은 양산시 산림과에서 입찰해서 불하하는 거라. 채취권을 낙찰받으면 그 지역의 옻은 전부 내가 채취한다 이거지. 그러면 산림과에 기본으로 얼마를 내고 일꾼들 삯 주고, 나머지는 전부 자기 거라.

그런데 현장에 가보니 채취업자는 전부 원래 직접 채취하던 전문가 일꾼이라. 일꾼 중에서 업자가 나오는 거라. 직접 해보지 않은 사람은 지시 감독하지도 못해요. 전문가가 시키는 거 아니면 일꾼들이 말도 안 듣고.

중국엔 운남성·귀주성·사천성에도 옻이 있고 성(省)마다 옻이 있는데, 서안(西安)이라고 거기가 집산지라. 거기 다 모이고 거기서 시장이 형성되는 거지요. 서안에서 좀 떨어진 데에 중국 국립 생칠 연구소가 있어요. 연구소도 있고 집산지이고, 서안이 옻에 관해서는 중심이지요.

귀주성, 사천성에 있는 옻 채취하는 데를 가봤어요. 가보면 그 사람들은 굉장히 넓은 산에 비닐을 좍 쳐놓고 작업해요. 우리로 치면 지리산 같은 데를 전부 비닐로 덮어놓고 옻을, 수액(樹液)

을 채취하는 거라. 거기서 먹고 자면서 채취하는 거라. 나는 그런 채취장에 가서 같이 자요. 채취하는 것도 직접 보면서. 해발 1,300~1,600미터에서도 채취되는 데가 있어요. 그런 데에도 올라갔지.

그렇게 다니면서 생칠 생산에 관한 것을 다 배워 왔어요. 다 경험한 거라. 그런데 지역별로 조금씩 옻칠이 달라요. 기후와 토질이 다르니까. 그건 세밀하게 따질 때 그렇다는 것이고. 나는 그런 데 다니면서 채취하는 것을 다 보고 전 과정을 다 파악한 후에 업자에게 사서 수입하거든요. 중간 상인들이 파는 걸 사면, 그 사람들이 중간에 뭘 섞었는지 알 수가 없는 거라. 그런데 원산지에서 채취하는 사람을 잘 알아서 직접 사니까 그 사람들이 신용을 지키는 거라.

한중일 3국 말고도 옻을 물감으로 쓰는 나라가 있어요. 베트남이 그래요. 베트남도 가봤어요. 베트남은 프랑스 식민지 기간이 길어요. 우리는 (식민지 기간이) 35년이라 하는데 저쪽(베트남)은 훨씬 더 길어요. 그 식민지 시절에 베트남의 칠공예하고 프랑스의 서양화를 접목한 미술이 나온 거라. 우리도 왜정 땐 일본 유학 갔잖아요. 일본 사람도 우리나라 들어왔고. 그것과 같은 거라. 베트남 사람도 프랑스에 가고, 프랑스 사람도 베트남에 오고. 그래서 베트남 서양화(西洋畵)가 일본이나 중국보다 앞섰어요. 그리고 옻칠로 그림을 그리는 것도 베트남이 중국이나 일본보다 앞섰어요. 그것도 서양화 기법까지 합해져서.

베트남도 옻 생산 때문에 답사했지요. 옻 생산량은 중국이 제일 많지만, 베트남에도 옻이 있어요. 그런데 베트남 옻칠은 중국 것보다 질이 안 좋아요. 지구상에서 옻나무는 베트남하고 버마하고 중국하고 한국하고 일본밖에 없어요. 다른 데는 없어요. 아메리카고 유럽이고 없어요. 나무 자체가 없어요. 그런데 옻나무가 또 상한선(북방한계선)이 있어요. 위도가 더 올라가면 없는 거라. 같은 중국이라 해도 북경에는 없어요.

옻나무를 대신할 수 있는 중간치로 카슈가 있어요. 카슈도 식물 이름이라. 옻보다는 따뜻한 지역에서 자라는 식물이에요. 카슈는 수액(樹液)이 아니라 열매의 기름을 짜서 써요. 옻 대용이지만 옻보다 질이 낮아요. 카슈보다 더 남쪽으로 가면 고무나무가 있어요. 고무나무도 상처를 내서 수액을 받거든요.

기후가 추워도 안 되지만 따뜻해도 옻나무가 안 되는 거라. 기후로 보면 고무나무하고 옻나무하고 그 중간이 카슈라. 그래서 카슈를 옻 대용으로 쓰는 거라. 옻나무가 생산되는 지역 중 제일 남쪽이 베트남이에요. 그래서 거기까지 가봤지요. 중국이나 한국보다는 질이 못해요. 고무나무와 성질이 가까운 거라. 한국 것도 옻나무는 좋아요.

그러면 한국에도 옻나무가 있는데 왜 직접 키워서 채취하지 않느냐. 그렇게 할 필요가 없는 것은 아닌데, 너무 장기 계획이라. 옻나무를 심어서 내가 채취하려면 다음 생이라(생에나 가능하다). 그렇게 오래 걸려요. 심어서 잘 키우면 한 10년 후에나 채취할 수 있는데, 언제 그걸 키워서 채취하겠노. 게다가 우리나라는 옻나무가 있어도 채취를 많이 못해요. 왜냐하면 채취한 옻값보다 인건비가 더 비싼 거라. 일본도 그래요. 그래서 일본도 옻나무가 있어도 절대 채취 안 해요.

중국은 도자기의 나라, 일본은 옻의 나라예요. 일본은 옻이 발달한 원인이 있어요. 옻 자체는 이쪽(한반도)에서 들어갔는데 옻을 일본이 세계에서 가장 발달시켰어요. 그 원인을 누가 말 안 했는데, 내가 답사하면서 느끼고 알았어요.

우리는 토기로부터 시작해 도자기가 있으니까 음식을 담아서 씻어내면 돼요. 그런데 일본은 나무의 나라예요. 해양성 기후에 강우량 많고 습도도 높아 나무가 잘 잘라요. 그 대신 돌은 화산석이고 화산재로 된 땅이라. 이래서 도자기 만들 흙이 잘 없어요. 도자기는 잘 안되지만 나무는 잘 자라니 나무로 모든 생활용품을 만들었어요. 집도 그릇도.

그런데 목기의 결점이 물을 먹고 썩는 거라. 그 결점을 보완할 수 있는 것이 바로 옻이라. 목기에 옻칠을 하니 물도 안 먹고 썩지도 않아요. 음식이 묻어도 싹 닦아내면 되니 이건 완전히 금덩어리

라. 그런데 옻이 귀해서 황실이나 귀족이 쓰는 거지, 서민들은 생각도 못했어요. 그런데 일본이 명치유신 이후로 경제력이 나아지니 일반에게도 옻이 보급된 거라.

미술 재료로는
옻이 최고다

지금 현재 미술 재료로는 옻이 최고라. 물에다 집어넣어도 방수되지, 썩지도 않지, 물감을 섞어서 다양한 색깔을 낼 수 있지. 최고예요. 그렇게 옛날에 많이 쓰던 것이지만, 시대가 변한 지금도 이걸 가지고 다양한 표현을 할 수 있다는 거지요.

옻은 그 자체로는 컬러가 아니에요. 색소를 넣어서 컬러 물감을 만드는 거라. 유화 물감처럼 만들어서 튜브에 넣어 씁니다. 온갖 색을 다 만들 수 있어요. 조색(調色)이라고 하지요. 삼원색만 있으면 무슨 색이든 만들 수 있잖아요? 그 원리랑 똑같아요.

(스님은 이 대목에서 작업실 선반에 놓인 유리병 몇 개에서 내용물을 꺼내 보여주며 설명했다.)

이건 칠 가루라. 옻칠 가루. 옻에 색깔을 입힌 후 종잇장처럼 얇게 굳혀서 마른 걸 믹서에 넣어 돌린 거예요. 믹서에 보면 '분쇄'가 있고, '커트'가 있잖아요? 이건 커트로 돌린 거라. 분쇄를 하면 너무 가는 가루가 돼버리는 거라. 커트를 하면 적당한 굵기의 가루가 되는 거라. 나는 이렇게 직접 다 만들어서 써요. (스님은 옻칠을 액체 상태로 칠하는 것뿐 아니라 굳혀서 가루로도 사용한다.)

이건 자개 조각이라. 자개라는 것은 전복 껍데기로 만들어요. 옛날에 자개장 많이 썼잖아요? 거기 쓰는 자개라. 공장에서 자개를 좋은 부분은 다 가공하고 찌그래기(찌꺼기) 남은 거라. 내가 자개를 가공하지는 못하니까 자개 공장에서 얼마씩 주고 싸게 사요. 이걸 갈아버리면 또 고운 빛깔 자개 가루가 되는 거라. 자개 가루를 옻칠이 마르기 전에 뿌리기도 하고, 붙이기도 하고, 자개 조각을 뚝뚝 분질러서 붙이면 되는 거라.

요즘엔 옻이 검정색인 줄 아는 사람들이 많던데, 옻을 나무에서 받을 때 색깔은 하얀 우윳빛이에요. 칠의 원래 성질은 백여유(白如乳)라. 이걸 받아놓고 공기 중에서 산화가 되면 홍여혈(紅如血), 붉은빛, 핏빛이 되는 거라. 그다음에 시간이 더 지나면 흑여철(黑如鐵)이라. 쇠, 무쇠 색깔이 나는 거라. 완전히 검지는 않고.

옻이 나무에서 처음 나올 때는 흰데, 중간에 붉은색, 나중에 검은색으로 변하는 거지요. 그런데 완전히 검게 하려면 흑칠을 해서 검게 만들어야 해요. 이거는 칠에다 산화철을 넣어 완전히 삭게 만들어버리는 것, 즉 화학 처리를 하면 그렇게 돼요. 그것을 확 저어 놓았다가 가라앉아서 벌건 물이 나오면 따라내고, 또 물을 따라서 말간 물이 나올 때까지 따라내고. 남은 칠에 색깔을 입히면 완전히

지금 현재 미술 재료로는 옷이 최고라. 물에다 집어넣어도
방수되지, 썩지도 않지, 물감을 섞어서 다양한 색깔을 낼 수 있지.
최고예요. 그렇게 옛날에 많이 쓰던 것이지만, 시대가 변한 지금도
이걸 가지고 다양한 표현을 할 수 있다는 거지요.

흑색이 나오는 거라.

이 상태를 생칠이라고도 하고 원칠이라고도 해요. 처음에 채취해서 통에 담을 땐 이 색이 안 나와요. 놔두면 그냥 흰색이에요. 칠을 해서 공기랑 닿아 산화되면 이런 색이 나와요. 원칠, 생칠을 정제하거든. 수분을 날려버리면, 10킬로그램 가지고 정제해도 4킬로그램은 날아가요. 분말처럼은 아니지만 수지(樹脂)라. 나무의 기름이라. 그러니 찐득찐득한 상태가 돼요. 수분을 날리는 것은 풍만성을 돋우고 광택을 돋우는 기능을 해요. 원래 기름이기 때문에 광택이 있거든. 거기서 광택을 더 나게 하는 것이죠. 정제된 것을 가지고 색소를 넣어요. 색소를 넣어서 색칠을 하지요.

(작업실의) 〈금강산도〉는 석분(石粉), 돌가루라. 옻칠은 접착제 용도로만 쓴 거예요. 만져보면 꺼끌꺼끌합니다. 돌가루를 발랐기 때문에. 돌가루니까 흰데, 저기에 다른 칠을 하면 돌가루가 색깔을 입어요. 흰 칠로 선을 그어놓고 돌가루를 뿌리면 돌가루 색이 제대로 나오는 것이에요. 석채니 분채니 수입해서 쓰잖아요. 나는 그런 거 다 만들어서 써요. 간단해요. 돌가루에 염색, 색깔만 넣으면 간단한 거라.

(스님은 작업실 바닥을 가리켰다. 검정 바탕에 모래알 같은 알갱이가 반짝반짝 빛을 내고 있다.)

이런 바닥은 몇 번씩 옻을 칠하고 마르기를 반복하고 마지막에 옻칠이 마르기 전에 자개 가루를 뿌리면 착 달라붙어요. 내가

벼슬을 못해서 방장밖에 못했기 때문에 내가 제일 높은 데 앉으려
고 만들었지. 우주, 은하수 위에 깔고 앉은 놈보다 더 높은 놈 있
나? (웃음) 제일 높은 자리라.

○

김한수
　　　　　　옻으로 민화, 항아리 등 생활 용기, 반구대 암각화 등을 두루 실험한 스님은 요즘은 침금(沈金) 사경(寫經)을 시도하고 있다. 스님이 예술에 첫발을 디딘 것이 '감지금니 사경'이었다. 1980년대 초 당시엔 감지를 만드는 법을 몰라 먹지에 사경을 한 후 감지 제조에 뛰어들었던 스님이다. 중국에서 산수화 전시회를 열 때도 감지 사경 작품을 빼놓지 않았다. 쪽물을 들인 감지에 탑 모양으로 선을 긋고 칸마다 반야심경 글자를 써넣은 작품이었다. 재료는 바뀌었어도 출가자로서 경전을 베껴 쓰는 사경(寫經)은 스님의 영원한 숙제인 모양이다. 은하수가 뜬 것 같은 표면에 한 글자씩 금가루를 입힌 침금 사경은 어떤 느낌일까?

성파 스님
  공예에서 표면을 가는 선(線)으로 파내고 그 파낸 자리에 다른 물질을 집어넣는 기술의 명칭이 분야별로 달라요. 도자기에서는 상감(象嵌)이라고 하고, 금속에서는 입사(入絲)라 하지요. 옻칠 공예에서는 그걸 침금(沈金)이라 해요.

  표면을 가는 선으로 파내고, 판 자리에 옻칠을 하면 옻이 들어가는 거라. 그러고 나서 그 면은 싹 닦아내요. 패인 부분에 옻이 들어가 있는 상태로 살살 말려야 해요. 금방 금을 넣으면 옻이 너무 축축해서 안 돼요. 살짝 말랐을 때 금분을 잘 묻히면 그 파낸 선 안에 딱 접착이 돼요.

  이때도 무명이나 헝겊으로 문지르면 안 돼요. 헝겊에 금분이 다 묻어버리거든. 그렇게 하면 손실이 많아요. 또 솜 같은 것으로 문지르면 옻이 찐득찐득하기 때문에 솜에 다 묻어버려요.

  그러면 무엇으로 해야 하느냐. 누에고치 솜이 있거든요. 누에고치 솜은 질기거든요. 그래서 옻이나 금가루가 잘 옮아 붙질 않아요. 누에고치 솜으로 하면 금분은 잘 밀려 들어가고, 윗부분은 잘 닦이고, 솜도 안 붙고 좋아요.

이 기술 자체는 일본이나 중국에도 있고, 우리나라에서도 더러 해요. 그런데 보통은 꽃문양이나 그런 문양을 해요. 나는 사경(寫 經)을, 침금 사경을 하려고 하지요. 사경을 옻으로 침금으로 하는 거라. 이건 아직 일본이고 중국이고 우리나라고 누가 하지 않은 거 예요. 나는 남이 하는 거는 피해서 하지요. 침금 사경은 내 특기라.

시조는 진짜 순수 한국문학이다

시조 문학상과 백일장

"내가 보기엔 시조가 진짜 순수 한국문학이라. 내가
민화를 한국화라 하듯이. 옛날 한시(漢詩)가 수묵화면,
시조는 민화라. 1970~1980년대엔 사람들이 우리 것,
전통문화를 우습게 생각하고 싫어하는 풍조가 있어서
좀 육성해 보자 하는 마음으로 상(賞)을 만들었지."

○

김한수   성파 스님은 주로 시각예술 분야에 깊은
관심을 보여왔다. 산수화, 옻칠 민화, 도자기 등이 그렇다. 그렇지
만 성파 스님은 문학, 특히 시조를 40년 가까이 지원해 온 후원자
이기도 하다. 성파 스님은 통도사 주지를 맡고 있던 1984년 '성파
시조문학상'을 제정해 매년 가을 시상하고 있다. 이듬해인 1985년
부터는 전국 시조 백일장을 개최해 지금까지 이어오고 있다. 백일
장은 부처님오신날 직전에 개최해 새봄이 왔음을 알리고 문학의
새싹을 키운다. 가을엔 기성 시조 시인들의 업적을 기리며 한 해
의 결실을 수확한다. 2003년부터는 시조 전문 잡지인《화중련(火中
蓮)》의 발간을 지원하고 있다.

성파 스님은 시조를 '진짜 순수 한국문학'이라고 말한다. 스님
이 민화를 '한국화'라 부르는 것과 같은 맥락이다. 민초들의 순수
한 예술혼이 담겨 있는 전통문화로 보는 것이다. 그래서 직접 시조
작품을 발표하지 않는 스님이 자신의 이름을 걸고 시조 문학상을
제정한 것. 스님은 매년 수상자들에게 직접 구운 도자기에 수상자
이름과 수상작을 붓글씨로 써서 상패 대신 시상한다.

성파 스님   통도사 주지 할 때부터 시조 상(賞) 만들었
지. 나는 시조 안 써요. 그런데 시조 안 쓰는 사람이 시조 문학상을
줘야지, 쓰는 사람이 주면 좀 그렇지 않아요? 시조 안 쓰는 사람이
상을 줘야 그게 진짜지.

내가 시조를 쓰지는 않아도, 나는 초등학생 때 우리나라의 명
(名)시조 100수를 그냥 외웠어요. 시조 100수를 외운 경력이 있어
요. 내가 특출난 게 아니라 그때 사람들은 그냥 다 외웠어. 시조도
외우고, 전화번호도 외우고, 다 외웠지. 그렇게 외웠던 시조가 좋
았어요. 우리 전통 문학이 왜 좋은지 시조를 외우면서 저절로 알게
된 거라.

내가 보기엔 시조가 진짜 순수 한국문학이라. 내가 민화를 한
국화라 하듯이. 옛날 한시(漢詩)가 수묵화면, 시조는 민화라. 그래
서 시조를 좀 육성해야겠다 생각했지요.

그렇게 시조에 대한 관심이랄까 그런 게 남아 있었던 거지. 요
즘은 젊은 사람들도 우리 것을 많이 찾지만 1970~1980년대에는
사람들이 우리 것, 전통문화를 우습게 생각하고 싫어했어요. 그런

풍조가 있었어요. 그래서 고전문학이라든지 이런 거 싫어하고 시조도 안 쓰고 그랬지. '이건 아닌데' 싶데.

그래서 시조를 육성해 보자는 마음으로 상을 만들었지. 부산, 경남을 중심으로. 부산, 경남에 국한해서 여기서 활동하는 문인들을 격려하는 차원에서 만들었지요. 나는 그때도 《뿌리깊은 나무》 같은 문화 교양지도 보고 그랬거든요. 우리 문화에 대해 관심이 쭉 있었으니까.

그때 시조를 육성해야겠다는 생각을 가지고 시조 상을 만들었지요. 기성세대는 성인들이니까 결실의 계절인 가을에 시상을 하고, 봄에는 씨 뿌리고 농사지을 때이니 백일장을 해서 초등학생부터 시작해서 시조 씨앗을 길러야겠다 생각했지. 가을에는 수확, 봄에는 농사, 이런 기준으로. 백일장은 한 해 늦게 시작했어요.

백일장을 봄에 하는 것은 계절이 봄이기도 하고 새싹을 키우는 것도 되지만, 봄에는 사팔(초파일) 부처님오신날이 있으니까 봉축 행사의 일환으로, 사팔에 제일 가까운 첫 일요일에 백일장을 열었어요. 초등부, 중·고등부, 일반부 이렇게, 대학은 일반부에 넣어서 백일장을 하는 거라.

내가 만든 상이고 백일장이지만 응모 자격에 불교는 안 넣었어요. 다만 시제(詩題)를 부처님오신날 전야 봉축이니까 불교에 관계 되는 것을, 그것도 전부는 아니고 하나씩 넣는 거라. 초등부, 중·고등부엔 안 넣고, 대학·일반부에만. 그것도 탑이면 탑, 종(鐘)

기성세대는 성인들이니까 결실의 계절인 가을에 시상을
하고, 봄에는 씨 뿌리고 농사지을 때이니 백일장을 해서
초등학생부터 시작해서 시조 씨앗을 길러야겠다 생각했지.
가을에는 수확, 봄에는 농사, 이런 기준으로.

이면 종을 넣는 거라. 꼭 불상(佛像) 같은 것은 아니라도 시조 쓰는 동안 잠깐이라도 불교와 절 생각 좀 하라는 뜻에서.

시조 문학상과 백일장을 하는 것은, 시조가 우리 문학이기 때문에 우리 문학을 육성·발전시키는 면도 있고, 불교의 문학 포교를 할 수도 있겠다 싶었어요. 문학적 차원에서 불교를 포교하는 거지. 이것이 20년, 30년, 100년 쌓이면 이 시대의 불교문학이 돼요. 불교문학을 따로 안 해도 불교를 시제(詩題)로 삼아 자꾸 쓰고 이것이 쌓이면 불교문학이 되는 거라. 미리 불교문학을 하자고 내걸고 하는 것이 아니라 이렇게 해서 결과적으로 나중에 수확기에 추려서 불교문학을 만들어버리면 되는 거라.

처음부터 시조 문학상 명칭은 '성파시조문학상'이라고 내 이름을 넣었어요. 보통은 시조 시인으로 유명한 노산 이은상이라든지, 이런 사람들의 명의로 시조 문학상을 만들지요. 대개는 상 이름을 유명한 시인을 기려서 짓는 거라. 시조 근처도 안 간 사람이 상을 제정했다 하면 우스운 일이라. 그래서 기성 시조 시인들은 '성파시조문학상'이라고 하면 안 받으려 할 수가 있어요. 왜냐하면 자기 위신 문제거든. 성파가 시조 문학으로 유명하면 당연히 받겠지만, 이름도 성도 없고 시조 근처에도 안 간 사람이 시조 문학상을 만들었으니.

그래서 상을 만든다고 하니까 초기에 대가들, 나이 많은 사람들은 망설이는 것 같더라고. 말은 안 하지만 받을까 말까 망설이는 것 같더라고. 그래서 내가 '받기 싫으면 받지 말라 해라. 받을 사람 천지다. 나중에 못 받았다고 후회하지 말라' 이렇게 흘렸지요. (상을 받으면 위신이 떨어진다는) 그런 생각 자체가….

원래 싸움하는 사람은 마당에 나와서 싸움을 붙는데, 심판하는 사람은 저쪽에 앉아서 하는 것이라. 점두(點頭)라는 게 있어요. 점두는 고개를 끄덕끄덕하는 거라. 원래 대가는 점두만 하는 거지 직접 싸울 일이 있나? 그래가 내가 시조 잘 쓴 사람을 보고 심사해서 고개를 끄덕해서 그 사람 상을 주면 되는 거지.

원래 모자라는 놈이 떠드는 거지, 고수는 점두만 하는 거라. (성파시조문학상) 1회에는 부산일보 김상훈(1936~2020) 사장과 최재호(1917~1988) 시인에게 상을 드렸지요. 최재호 시인은 경남신문사를 창사하고 언론인이고 문학인이에요. 삼현여고라는 학교를 설립한 교육자이기도 하고. 진주 사람인데, 한시(漢詩)도 잘하는 분이었지. 그분하고 김상훈 부산일보 사장하고 두 명을 1회 수상자로 상을 드렸지요.

최재호 그분은 나이도 많은데 재미있는 분이라. 호를 '아천'이라고 썼어요. 나 아(我) 자에, 내 천(川) 자. '아천'을 우리말로 풀면 우째 되노? 경상도 말로 '내가 내다(나다)' 아이가? 그만큼 자존심이 높은 분이라. 말도 못 하지. 김상훈 사장도 시조 시인으로 이름난 분인데, 상을 받기로 했지. 상이라는 게 몇 번 지나가면 나중엔

받기가 쑥스럽고 어려운 거거든. '내가 내다'는 분(최재호 시인)은 당연히 먼저 받아야 하고. (웃음)

첫 회 수상자가 번듯하니, 그다음부터는 기성 시인들 사이에 쑥덕거리는 소리가 싹 사라졌지. 시조 상이 올해로 벌써 39회라 (2022년 기준). 그렇게 시작을 해서 삼십몇 회 됐을 때 기념으로 돌(기념비)을 하나 세워야 한다고 하데. 그래가 장경각 밑에 하나 세웠어요. 자연석으로 세웠지. 수상자들 이름 다 적고.

시조 상도 (운영)해 보니 재미있어요. 싸우는 사람들은 저 마당에서 열심히 싸우지만, 심판은 떨어져서 심판 보면서 고개만 끄덕 끄덕하면 되거든요. 점두(點頭)만 하면 되는 기라. 좋은 시조를 발굴하는 재미가 좋지요.

시조 문학상이라 해도 상금은 많이 안 줘요. 대신에 도자기에 그 사람(수상자) 시를 써서 주지. 상패 대신에 도자기에 시조 작품과 함께 수상자 이름을 내가 직접 써서 구워서 줘요. 이게 말하자면 세상에 단 하나밖에 없는 상패라. 그래서 해마다 도자기 하나씩 굽지요.

그런데 도자기에 글씨 쓰는 거 쉽지 않은 일이라. 유약을 바르기 전에 쓰는 것을 하회(下繪)라 하고, 유약을 바른 다음에 쓰는 건 상회(上繪)라 하지요. 나는 상패 도자기엔 상회로 하거든요. 이게 유약을 발라놓았기 때문에 미끄러워서 쓰기 어려워요. 익숙하지 않으면 먹이 줄줄 흘러내리는 거라. 줄 맞추기도 어렵고. 기술이 있어야 하는 거라. 도자기를 안고 기울여서 쓰는데, 쉽지 않지요. 상금은 200만 원. 상금이 좀 적다 하데? (웃음) 매년 도자기 하나하고 상금하고 해서 시상하지요.

언젠가 책에 싣는다 해서 내가 지은 시조 10수 정도는 불러줬어요. 나는 지금은 잊어뿟다(잊어버렸다). 시조문인협회에서 기록하고 있어요. 부산시조시인협회에서 내는 잡지가 있고, 여기서(서운암에서) 《화중련(火中蓮)》이란 시조 잡지도 후원하고 있지. 서운암이 100% 후원해서 내고 있는데, 유명한 시조 시인들에게 원고를 부탁하면 원고료를 드려야 하는데, 원고료로 서운암 된장을 드리지. (웃음) 그런데 시인들이 된장을 받으면 집에서 좋아한대요. 보통 때는 원고료 받아도 집에 잘 안 갖다 주는데, 된장 가져가니까 부인들은 더 좋아한다더라고요.

○

김한수   비록 상금 액수도 많지 않지만 40년 가까
이 시조를 후원해 온 스님에 대해 문인들은 감사해하고 있다. 지
난 2008년 부산·울산·경남 지역 시조시인들은 부산일보 강당에
서 《서운암의 향기》 발간 기념행사를 가졌다. 《서운암의 향기》는
성파 스님의 시조 후원에 대한 공덕을 기리는 문집. 300여 명의 시
조 시인이 참석한 이날 행사에서 문집 간행위원회 박달수 위원장
은 "시조 시인들의 사기 진작을 위해 시조 문학상을 제정하고, 전
국민의 문학 발전을 위해 23년 전부터 백일장 등을 개최한 스님의
공덕은 칠보탑을 쌓아 공양해 드려도 모자랄 만큼 고마운 일"이라
고 말했다. 또 2013년에는 시조시인협회가 스님에게 감사패를 드
리기도 했다.

   정작 성파 스님은 지금도 자신이 시조를 짓는다는 사실 자체
를 극구 부인한다. 작품에 대해서도 "몇 수 불러줬지만 지금은 다
잊었뿟다(잊었다)"라고 말한다.
   스님이 과거 시인 단체에 불러줬던 작품을 찾아 읽어드렸다.

서운암 햇살 퍼져 오색구름 영롱한데
사람, 꽃, 들꽃들도 뜰기뜰기 주저앉아
무우과 나눠먹고 히히 호호 히히

극락의 풍경을 노래한 듯한 작품이다. 이 작품을 읽던 중 필자가 '뜰기뜰기' 부분에서 잠시 더듬거리자 스님은 대뜸 "뜰기뜰기 아이가?"라고 말했다. 스님은 자신의 작품을 다 외고 있는 것 같았다. '뜰기뜰기'는 '떨기떨기'의 경상도식 발음일까. 더듬거리는 부분만 바로잡아 준 스님은 더 이상 설명을 하지 않았다.

다른 작품 〈영축산〉을 보면 통도사에서만 살아온 스님이 매일 아침마다 만나는 영축산을 바라보며 풍경화를 그리는 듯하다.

아침 안개 일어나서 산 얼굴 분장하고
저녁노을 타래 풀어 허공에 손 얹는다
바라밀 그물망 놓아 무연 중생 건져볼까

이 작품을 읽어드릴 때에도 스님은 작은 목소리로 읊조렸다. 역시 '전부 잊어버렸다'는 말씀은 겸양이었다. 스님은 "내가 지은 시조 맞다"며 혼잣말처럼 "나도 시조를 지으려면 할 수 있거든"이라고 말했다.

얼음장 밑 흐르는 물소리가 최고의 음악

사진, 음악, 무용

"겨울에 보광전 앞 개울의 얼음 밑으로 흐르는 물소리가
최고의 음악이라. 얼음 속으로 돌 사이로 빠지는 소리.
얼음 구멍 뚫린 데로 물이 튀어 오르는 소리. 난 그
음악이 베토벤보다 훨씬 나아요."

○

김한수　　　　스스로 '500살 인생', '시간 차력(借力)술', '동시구진법(同時具進法)'이라 부르듯이, 성파 스님은 지난 40년간 한 사람으로서는 도저히 이룰 수 없는 많은 분야의 일을 동시에 추진하면서 각각 일가(一家)를 이뤘다. 그러나 스님이 전혀 손대지 않은 분야는 더 많다. 특히 스님은 시각예술 분야에 많은 관심을 보여왔기에, 음악이나 무용 등 다른 예술 장르에 대해 덜 관심을 갖는 것은 이해할 수 있다.

　그러나 사진 작업을 시도하지 않은 것은 약간 의외다. 스님은 요즘 휴대전화 카메라로 영축산과 서운암의 풍경을 촬영해 지인들에게 문자 메시지로 선물하곤 한다. 산수화 경험 덕분인지 스님의 사진은 구도나 색감이 좋다.

●

성파 스님　　　사진은 구태여 내가 하려고 하지 않았어
요. 사진은 동시구진법(同時具進法)에 포함 안 돼요. 사진 찍은 사람
은 관조(觀照, 1943~2006) 스님이라고 있거든요. (관조 스님은 불교 사
진의 개척자이다. 1960년 범어사로 출가해 해인승가대학 강주와 범어사 총
무국장까지 역임한 이후 1970년 말부터 독학으로 사진 작업을 시작해 전국
사찰을 촬영했고 《열반》,《님의 풍경》 등 사진집을 다수 출간했다. 입적 때
에는 안구와 시신을 기증했다.)

　　그 사람하고 내가 제일 친하고, 내가 제일 시간을 많이 보냈어
요. 그럼에도 불구하고 "니(너)는 끝까지 사진쟁이고, 나는 끝까지
사진쟁이 아닌 거로 하자" 했어요. 그렇게 해봤어요. 그것도 일종
의 실험이라. 지(자기)가 나한테 물들든지, 내가 지한테 물들든지,
아니면 서로 떨어지든지 해야 맞는데, (우리는) 붙어 있어도 물이
안 드는 거라.

　　그게 여연화불착수(如蓮花不着水)거든요. 연꽃은 물속에 담가놓
아도 물이 안 묻는 거라. 서로 붙어 있어도 서로에게 물이 안 드는
거. 실험으로, 일부러 해보는 거예요. '니(너)는 니(너) 해라, 나는

나 한다.' 사진은 관조 스님이 먼저 시작했으니, 나는 사진 안 한다, 이런 문제가 아니라 아예 서로 다른 거라.

음악은 본래 내가 소질이 없어서 잘 못해요. 그런데 나는 음악을 하는 데 치중하지 않고 듣는 데 치중합니다. 듣는 데 관심 가지는데, 그것도 인간들이 곡(曲)을 만든 데에는 흥미가 많이 없고, 자연 소리에 흥미를 가져요.

통도사에 겨울 되면 보광전 선방(禪房) 있는 데 (계곡으로) 내려가요. 원주실 앞 그 짝(쪽)이 경사가 좀 있어요. 안양암 다리로 해서 가면 거긴 약간 편편하고, 원주실 앞에 가면 경사가 약간 있거든요.

그 원주실 앞에 겨울에 얼음이 얼어놓으면 그 음악(계곡물 흐르는 소리)이 어디에도 없는 음악이라. 물소리를 음악으로 삼는 거예요. 바닷가의 파도 소리, 솔바람 소리, 폭포 소리도 그 소리만 못해요. 거기 길이가 100미터가 채 안 돼요. 거기 음악은 내가 들어본 중 최고라.

물도 그리 안 많아요. 겨울이니까. 얼음 속으로 물이 내려가는데, 얼음이 녹아서 뚫린 데가 있어요. 물이 내려가면서 나는 소리가 급하게 흐를 때도 있고, 천천히 흐를 때도 있고, 구멍에서 빠져나오기도 하고, 다시 빠져 들어가기도 하고. 그런 음악은 어디에도 없어요. 바람 소리, 파도 소리, 갈대 소리, 이런 소리를 녹음해서 한

사람이 만든 곡은 높낮이를 정해놓고 계속 반복하는
거라. 배우는 사람도 그걸 반복하고요. 물론 그 소리가
안 좋은 건 아니지만. 나한테는 겨울에 통도사 계곡
얼음 밑으로 흐르는 물소리가 최고의 음악인 거라.

참 들어봤어요. 그런데 사람들은 그 소리(얼음물 흐르는 소리)는 (녹음으로) 담아보지도 못했고 들어보지도 못했을 거예요. 나 혼자만 이렇게 왔다 갔다 하면서 앉아서 듣고 있는 거지요.

매번 다르고, 초 단위로도 달라요. 0.0001초 차이로도 앞과 뒤가 달라요. 말로 (설명을) 못해요. 얼음 속으로 돌 사이로 빠지는 소리. 얼음 구멍 뚫린 데로 물이 튀어 오르는 소리. 그래서 난 겨울이 좋아요. 난 그 음악이 베토벤보다 훨씬 나아요. 사람이 만든 곡은 높낮이를 정해놓고 계속 반복하는 거라. 배우는 사람도 그걸 반복하고요. 물론 그 소리가 안 좋은 건 아니지만. 나한테는 겨울에 통도사 계곡 얼음 밑으로 흐르는 물소리가 최고의 음악인 거라.

춤도 그래요. 춤도 발이나 손이나 몸이나 동작을 정해놓고, 그대로 하는 거라. 열 번 해도 그대로, 10년 전에도 그대로, 다른 사람도 그대로예요.

무용(舞踊)은 무도(舞蹈)거든요. 무용은 춤출 무(舞) 자에 밟을 용(踊) 자. 무도도 밟을 도(蹈) 자라. 의미는 무용이나 무도나 똑같아요. 무(舞) 자는 같고, 용(踊)이냐 도(蹈)냐인데. 용도 발을 굴리는 (구르는) 것이고, 도도 발을 굴리는 것이에요. 몸동작을 정해놓고 그대로 하는 것, 그것이 과연 무용, 무도하는 것인가.

손으로 하는 동작을 춤이라고 하고, 발로 하는 동작을 도(蹈)라고 하거든요. 무도하는 사람이 손으로 춤을 추고 발을 굴리는 것을 자신도 어떤 포즈를 취했는지 몰라야 그게 진짜 되는 거라 생각해요. 그런데 우리가 무용이라 할 때에는 전부 알고 하거든. 요때는 무슨 동작, 요때는 무슨 동작. 그것도 잘하는 것이지만, 나는 '자불각(自不覺) 신장(神將) 화상(和尙)이라', 자신도 무슨 동작을 취했는지 모를 정도가 돼야 경지라고 보지요.

〇

김한수 　　　　 성파 스님이 각고의 노력을 기울여 복원·
재현한 전통문화 분야는 대부분 시각예술 장르이다. 그러나 사진
은 전통문화 장르가 아닌 '신기술'이다. 드론 학원에서 최고령 학
생으로 배우고 요트 운전면허도 딴 스님이지만, 사진이라는 장르
는 자신의 영역 밖이라고 생각한 듯하다.

　이 때문인지 성파 스님은 관조 스님에게 '니는 평생 사진쟁이,
나는 평생 사진쟁이 아닌 걸로' 내기, 실험을 했다고 한다. 여연화
불착수(如蓮花不着水)라며 서로의 영역을 인정하고 넘어서지 않은
것이다. 스님은 이후 카메라는 '기록용'이라는 기능적 활용 외에는
예술 장르로 활용하지 않았다.

　음악, 무용 등 다른 예술 장르도 손대지 않았다. 다만 음악은
자연의 소리를 즐기는 것으로 만족하는 듯하다. 겨울철 통도사를
방문하는 사람이라면 원주실 앞 개울 옆을 한번 들러볼 일이다. 혹
시 개울 옆에 가만히 앉아 얼음 밑으로 흐르는 물소리에 귀 기울이
고 있는 어른 스님을 보게 된다면, 그는 아마도 조계종의 최고 어
른인 종정 성파 스님일 것이다.

4

오백 살 인생

평생 학인 평생 일꾼

이 시대의 종이책은 전부 통도사로!

종이책 무한대 모으기

"나는 책을 읽으며 지금 여기에 없는 사람을 친구로 삼을
수 있는 거라. 나는 선인들의 사상은 존중하되 떠받드는
것은 싫어해요. 우리가 선인들을 높게만 보면 치여서 안
됩니다. 나는 옛 선인들에게 꿀리는 거 없어요. 맘 편히
대화하는 거라. 책을 보면서."

○

김한수
　　　　　　통도사 경내에서 영축산 쪽으로 가다 보
면 '배밭'이라고 부르는 논밭 사이에 거대한 창고가 나타난다. 초
록색 비닐로 덮인 이 거대한 창고는 성파 스님이 현재 진행형으로
추진 중인 '종이책 무한대 모으기' 보관소이다. 다시 한번 성파 스
님의 '역발상'이 빛나는 프로젝트다.

　스님은 지금 버려지는 종이책을 정해진 목표치 없이 계속 모
으고 있다. 1980년대 스님이 버려지는 항아리(옹기)를 모았던 일을
연상시킨다. 지금은 쓸모가 없다며 버려지지만 언젠가 반드시 필
요로 하게 될 것들을 모으고 있는 것.

　옹기를 모을 때에 스님은 고물상들에게 수집할 옹기의 기준을
정해줬다. 최소한 만든 지 50년 이상 지난 것, 즉 일제 강점기 이전
에 제작된 옹기 위주로 수집했다. 옹기를 모을 때에도 어떤 목표가
있었던 것은 아니다. 그러나 불과 얼마 지나지 않아 옹기의 용도가
재발견됐다. 전통 된장과 간장을 담그는 용기로 활용된 것. 물론
스님도 옹기가 그렇게 빨리 필요해질지는 몰랐다. 다만 '빈부귀천
의 구분 없이 우리 민족 누구나 사용해 온 옹기가 이렇게 사라져서

는 안 된다'는 안타까움에서 시작한 일이었다.

책 모으기도 마찬가지다. '지금은 천덕꾸러기 취급을 받지만 종이책이 이렇게 사라져서는 안 된다'는 안타까움과 '일단 모아두기라도 해야 한다'는 의무감 때문이다. 당장 활용 방안이 있는 것도 아니다. 아마도 옹기보다 책을 다시 찾는 시기는 훨씬 오래 걸릴지 모른다. 그렇지만 세상 사람 모두가 시대의 흐름이라면서 손 놓고 있는 일에 스님은 팔을 걷어붙였다.

옹기를 모을 때엔 기준을 뒀지만 종이책 모으기엔 기준도 없다. 오래된 책이건 신간이건 종이책이면 된다. 언어도 관계없다. 한글이든 영어든 독어든 일어든 어느 나라 언어라도 관계없고, 어떤 분야의 전공 서적이든 모두 수집하고 있다.

성파 스님　　　　　책 모으기를 한다니까 처음엔 100만 권

모으기 한다고 알려졌던데, 그거 아니라 무한대라. 무한대로 책을

모으고 있어요. 지금 한 40만 권쯤 모였는데, 상한선은 없어요. 앞

으로 몇백만 권이 될지 몰라도 계속 수집할 계획이라. 요즘은 컴

퓨터다 스마트폰이다 해서 (종이)책을 홀대해요. 그런데 책은 우리

인류의 정신을 이어준 정신문화의 보고(寶庫), 지식의 보고라. 부처

님 팔만사천법문이 모두 인류의 이정표이듯이, 책은 인류 정신문

화의 보고, 미래의 군량미(軍糧米)라.

특히 지금 70~80대 노교수들이 공부할 때를 생각해 보면 그

런 거라. 그때 노교수들이 1950~1960년대 외국 유학 가서 공부할

때 유학생이 무슨 돈이 있었겠어요. 그 사람들 유학 가서 끼니를

굶어가며 책을 샀던 거라. 그 사람들에겐 책이 얼마나 귀중한지 모

르지. 그 책으로 공부하고 연구하고 교직에서 한평생 후학을 가르

치며 살았던 거라. 그 사람들에게 책은 농부로 치면 논밭이나 한가

지라.

그런데 그런 교수들이 정년 퇴임할 때가 되면 학교든, 도서관

이든 (기증) 안 받으려 해요. 집에도 놔둘 데가 없고 처치 곤란인
거라. 그러니 그 귀한 책을 무게로 달아서 종잇값만 받고 판다는
거라. 얼마나 아깝노. 그 교수들에겐 그건 그냥 책이 아니라 한 인
생의 분신(分身)이거든. 돈도 돈이지만 또 그렇게 (폐지로) 팔아뿌
면(팔아버리면) 인류의 지식이 사라져버리는 거라. 그 귀한 책을 집
에도 못 가져간다 하고, 도서관에서도 안 받는다 하고, 이래선 안
되겠다 싶데. 그래서 버릴 거 같으면 전부 통도사로 보내라 이렇게
시작한 거지.

통도사로 책을 가져오라 한 것은 이유가 있어요. 이 책들을 재
벌가가 모은다고 해도, 모을 때 당대의 재벌은 생각이 있어서 모으
겠지만 후대에 가면 어떻게 될지 모르는 거라. 지금은 돈을 잘 벌
다가도 언제 도산할지 모르는 일이거든. 도산하면 책은 다시 다 흩
어질 거고. 또 도산하지 않는다 해도 후손이 선대(先代)가 책을 모
으는 정신을 이해하지 못하면 또 내다 버릴 거고.

그렇게 볼 때 사찰 땅이 제일 안전한 거라. 사찰 중에서도 우
리 통도사는 3재(災)가 들지 않는 3재 불입지처(不入之處)라. 통도
사는 1,300년 동안 한 번도 폐사(廢寺)된 적이 없어요. 1,300년 동
안 한 번도 절이 없어지지 않고 계속 스님들이 살아온 거라. 6·25
때에도 여기는 공산군이 안 들어왔어요. 땅도 넓지, 항상 스님들이
살지, 이만큼 좋은 데가 어디 있나.

책은 우리 인류의 정신을 이어준 정신문화의
보고(寶庫), 지식의 보고라. 부처님 팔만사천법문이
모두 인류의 이정표이듯이, 책은 인류 정신문화의
보고, 미래의 군량미(軍糧米)라.

이 시대에 있는 책은 여기 다 모아야겠다 생각하고 있지요. 지금 전국에 도서관이 2만 개쯤 있다 해요. 크고 작은 거 다 합해서. 그 도서관들도 사무실 운영이 잘 안된답니다. 앞으로 큰일이라. 기존 도서관에 있는 책도 큰일이라. 그래서 나는 그런 도서관에 있는 것까지 다 겨냥(?)하고 있어요. 그 도서관에 있는 도서가 향방이 어떻게 되겠나. 우리가 이미 (도서관에) 있는 것을 빼앗아 올 것은 아니지만, 알밤이 떨어지길 기다리고 있는 거라. 그물 펼쳐놓고 떨어지길 기다리는 거라.

지금 당장 책을 모아서 어떻게 활용하겠다, 이런 계획은 없어요. 일단 모으는 거지. 보관 장소나 비용을 일일이 생각하면 이런 일은 밀고 나갈 수가 없어요. 일단 일을 시작해 놓으면, 누군가는 이어서 계속하게 돼 있지요. 우선 많이 모아놓으면 그다음에 활용할 방법도 생길 거라. 통도사는 땅도 넓고 꼭 불자(佛子) 아니라도 찾아오는 사람들도 많으니, 통도사 여기저기에 벤치 놓고 책을 읽을 수 있도록 야외 도서관을 만들어도 좋고. 그렇게 되면 통도사가 아니라 영축산 전체가 야외 도서관이 되니 얼마나 좋겠노. 일단 모아놓으면 활용이야 그때 가서 생각해도 되는 거라. 이제 40만 권쯤 모였으니 곧 전문적으로 분류하는 사람도 두고 컴퓨터로 정리할 생각입니다.

우리나라 전체 도서관에 있는 책이 2억 권이 조금 안 된다 하던가. 하여간 나는 책 모으기에 상한선을 두지 않으니까 계속 수집할 거예요. 게다가 지금은 세계화 시대라. 전 세계 어디에서 나온 책이든 한국에 다 있어요. 우리나라에서 책을 모아도 전 세계 책을 다 모을 수 있는 거라. 계속 모으다 보면 다른 나라에 없는 책도 통도사에 있을 수도 있는 거라.

요 몇 년 코로나 때문에 활동을 많이 못했어요. 어디서 소문을 듣고 연락이 와서 책을 보내라고 하면, 교수들이 받아줘서 고맙다고 인사합니다. 그게 아니라 책을 보내줘서 우리가 고맙지. 책을 보내겠다고 하면 우리가 사람을 보내서 직접 가져옵니다. 직접 가기 어려울 때는 택배로 보내주면 택배비는 우리가 냅니다. 지금 40만 권 정도 모였습니다. 언어고, 종교고 상관없이 다 모읍니다.

지금까지는 홍보도 제대로 못했는데, 앞으로 코로나 잠잠해지면 각 대학에 공문도 보낼 거예요. 그렇게 정년 퇴임 앞둔 교수들에게 다 인지시키면, 퇴임 때 책 보낼 데 없으면 통도사로 보내주면 되거든요. 저 지식의 보고를 폐지(廢紙)로, 무게로 달아서 거래한다는 게 말이 됩니까.

○

김한수   "그물을 펴놓고 밤알 떨어지기를 기다린다"는 표현은 과연 스님답다. 기존 도서관들이 책 보관에 어려움을 겪을 때에는 그 책까지 받아오겠다는 스님의 발상 역시 일반인의 상식을 뛰어넘는다.

스님은 지금 세상은 '지식'이 아니라 '정보', 종이책이 아니라 컴퓨터와 스마트폰이 대세인 것처럼 보이지만, 언젠가 다시 '지식'과 '책'의 중요성을 깨닫게 되는 때가 올 것이라고 확신한다. 지금은 종이책을 전산화해 컴퓨터와 스마트폰으로 내용을 모두 볼 수 있다고 생각하지만, 모든 책이 전산화되는 것은 아니다. 그럴 때 남아 있는 종이책은 무궁무진한 가치를 갖게 될 것이라는 믿음이다.

도서의 수집 목표가 무한대이듯 스님은 이 프로젝트를 언제까지 일단락 짓겠다는 생각도 없다. 생전에 끝마치지 못해도 관계없다는 자세다. 일단 시작해 놓으면 누군가 뜻을 잇는 이가 나올 것으로 믿으며 추진하고 있다. 스님의 꿈이 이뤄진다면 아마도 세계에서 유례를 찾기 힘든 '사찰 종합 도서관'이 통도사에 들어설 것이다.

스님은 책에 대해 어떤 생각을 가지고 있기에 이렇게 이 시대의 책을 전부 모으겠다는 마음을 먹었을까. 스님은 "책은 직접 만날 수 없는 옛 사람을 친구로 삼을 수 있는 도구"라고 말한다.

성파 스님   우리는 부처님을 만나지 않고도 가르침을 배울 수 있어요. 서산대사, 사명대사 직접 안 만나도 배울 수 있지요. 공자, 맹자, 노자 같은 선인(先人)들도 만날 수 있어요. 무엇으로? 책을 통해서 만날 수 있습니다. '나옹(懶翁, 1320~1376) 선사 만나러 가자' 하면 그냥 《나옹집》을 보면 되는 거예요. 마찬가지로 누구 만나고 싶으면 그 사람이 쓴 책을 읽으면 됩니다. 그렇게 나는 책을 읽으며 지금 여기에 없는 사람을 친구로 삼을 수 있는 거라.

나는 선인들의 사상은 존중하되 떠받드는 것은 싫어해요. 나옹 선사는 50세 전후에 돌아가셨어요. 그렇게 되면 나옹 선사는 돌아간 때로부터 지금까지 50세 전후로 정지 상태인 거지. 지금 내가 팔십이 넘었으니 이젠 내나(나나) 나옹 선사나 같은 거라. 오히려 내가 나이가 더 많지. 우리가 선인들을 높게만 보면 치여서 안 됩니다. 나는 옛 선인들에게 꿀리는 거 없어요. 맘 편히 대화하는 거라. 책을 보면서. 나는 그렇게 눈에 안 보이는 친구가 많아요.

그리고 고전에 대해서도 이렇게 생각해 보자 이거라. 500년 된 서적은 옛날 것이라고 생각하지요? 그것을 옛날 것으로만 보면 안 됩니다. 지금 사람이, 지금 사고를 가진 사람이 그걸 보고 지금 것으로 만들어야 진짜 공부입니다.

고전을 쌀에 비유하자면 올가을 쌀이 아니라 작년 쌀이라. 작년 쌀이라도 올해 밥을 해도 되고, 올해 쌀이라도 올해 밥을 하면 되거든요. 모두 다 지금 밥인 거지. 옛날 것이라도 보는 사람이 옛날 사람이 아니잖아요. 지금 사람이잖아요. 지금 사람이, 지금 사고를 가진 사람이 옛날 것을 보는 것이거든요. 그걸 본다고 해서 옛날 사람으로 돌아가는 것은 아니거든요. 그러니 지금 사람이 얼마든지 보고, 얼마든지 이용할 수 있는 거라. 옛날 거라고 안 좋은 게 아니다 이거라.

금덩어리가 옛날 것이라고 안 좋나? 금은보석이 뭐 1,000년 전의 것이라고 '아이고, 이건 옛날 거다' 그러나? 인간의 학문과 추구하는 진리는 옛날 것이라고 해서 지금 소용없는 게 아닙니다. 이 이야기는 중요합니다. 1,000년 전의 금덩어리라고 해서 옛날 것이라고 할 수 있나요? 글도 그래요. 글도 옛날 것이라고 제껴(제쳐) 놓으면 안 되는 거라. 지금 사람이 보고 지금 쓰는데, 왜 옛날 것이라고 안 좋다고 하나요. 묵은 쌀을 가지고 오늘 밥하면 오늘 밥이지, 10년 전 쌀로 밥을 지었다고 10년 전 밥이냐 이거라.

당신만의 탐지기를
작동시켜라

공작새, 요트·드론 자격증

"내가 보트 자격증을 딴 건 우리나라 남해안이 너무
아름다워서라. 우리 남해안이 세계 3대 미항보다 훨씬
좋은 거라. 그래서 나는 남에게 뭘 권하기 전에 나부터
남해안을 다녀보려고, 선상 화실(畫室), 선상 다실(茶室)을
만들어서 남해안을 다녀보려고 보트 자격증을 딴 거라."

○

공작

김한수
서운암 삼천불전(三千佛殿). 성파 스님이 통도사 주지를 마친 후 3,000점의 불상을 도자기로 구워 봉안한 전각이다. 2층짜리 이 전각의 입구엔 다른 어떤 절, 어떤 전각에서도 볼 수 없는 희한한 문구가 붙어 있다.

"참배 후 문을 닫아주세요(법당에 공작새가 들어옵니다)."

실제로 서운암을 찾는 사람들은 심심치 않게 공작새를 만날 수 있다. 공작새는 장경각 지붕 위에 앉아 있기도 하고, 때로는 장경각 마당에 내려왔다가 참배객이 장경각에 들어갈 때 따라 들어가 '가이드(?)'처럼 같이 한 바퀴 돌고 나오기도 한다. 마치 제가 주인이라는 듯. 서운암 식구들 사이에선 "제가 방장(方丈, 사찰의 제일 큰 어른)인 줄 안다"는 농담도 나온다. 이 녀석은 서운암 경계를 넘어 통도사 경내를 제 집처럼 드나든다. 부처님 진신사리를 모신 금강계단은 물론 영축산 자락의 극락암까지도 날아다닌다. 이런 정도이니 서운암 바로 아래의 삼천불전 법당에 들락거리는 것은 공작 입장에선 너무나 당연한 일일지 모른다.

성파 스님

공작 키운 지는 제법 됐어요. 재미지요. 공작은 인도가 주로 원산이고 아열대에서 사니, 사계절이 있는 여기와서 견디기 어려울 텐데 잘 적응해서 살고 있는 거라. 연구를 많이 하고 키우는 것이 아니라 그냥 놓아서 키웁니다. 봉황, 공작, 이런 새들은 불화(佛畵)에도 자주 나오는 새인데, 길상(吉祥)을 의미하는 길조(吉鳥)라.

이놈이 원래 야생이라 나무 위에 올라가서 자요. 주로 암자 지붕 위로 가는 모양이데. (서운암 식구들에 따르면, 성파 스님은 공작을 여러 마리 들여왔다고 한다. 그런데 다른 공작들은 담비에게 희생됐다고 한다. 야생에서 자라지 않아 천적에 대한 대비가 없었던 것. 그러나 이 수놈 공작은 다른 공작들이 희생될 때에도 경계를 늦추지 않고 잘 피해 장수하고 있다고 한다.)

사실은 내가 한때 두루미도 키워볼까 했지요. (웃음) 그런데 공작 저거는 문화재보호법에 안 걸리는데, 두루미는 문화재보호법에 걸려서 어떻게 까다로운지. 천연기념물이니까요.

경북 구미에 경북대 부설 시험장(조류생태환경연구소)이 있어요. 거기서 두루미를 키우고 있거든요. 알을 부화해서 두루미를 낳고 키운다고 하데. 소문을 듣고 신기해서 한번 가봤지요. 알아보니 아예 내가 데려와서 키우는 건 안 되고 빌려 올 수는 있는데, 그것도 기간이 한 달이라. 어쨌든 거기서 빌려 오려면, 경상북도 지사 도장 받아야 되고, 구미 시장 도장 받아야 되고, 또 낙동강환경 무슨 도장 받아야 하는 거라. (웃음)

굉장히 조건이 많고, 그것도 한 달간 빌리는데 수의사가 전담으로 있어야 하는 거라. 어떻게 어려운지. 그래도 다행히 신평에 수의사가 한 명 있어서 그 이름을 적고 해서 필요한 서류를 꾸며가지고 했는데, 결국 다부(도로) 가져갔어. 와서 몇 달 있다가. 처음에 한 달 빌렸는데 한 달 가지고는 안 된다 해서 연장하고 연장해서 세 번인가 연장했어요. 했는데, 아이고 안 되겠다 해서 돌려보냈어요.

공작은 놓아서 키우지만, 두루미는 망을 해서 키웠지. 거기(구미 연구소) 가보니까 알을 부화해서 사람이 길을 들이면 안 날아가는(도망가는) 거라. 철새가 안 되는 거예요. 날아갔다가도 다시 돌아오는 거라. 거기는 경북대 조류학과 교수가 길들이는 사람이라. 거기 내가 한 번 갔거든요. 그 사람이 문을 열고 내보내데. 그랬더니 훨훨 날아가 빙 돌더니 돌아오데. 그게 재미가 나가(나서). 거기보다 여기가 더 좋거든. 장경각 마당에서 날려서 영축산에 저 뭐 백운암으로 어디로 이래 돌아서 오면 좋거든. 두루미가 날아다니

서운암을 찾는 사람들은 심심치 않게
공작새를 만날 수 있다. 공작새는 장경각 지붕
위에 앉아 있기도 하고, 때로는 참배객이
장경각에 들어갈 때 따라 들어가기도 한다.

는 통도사, 얼마나 멋있겠노? 그러려고 했는데 그게 너무 어려워. (웃음)

두루미가 일단 새장 밖으로 나가질 않아. 이 녀석도 제가 태어난 곳은 익숙하니까 날아다니다가 다시 돌아왔던 거지, 낯선 데 오니까 어색했던 모양이라. 시간이 지나면 좀 나아질까 싶어 기간을 연장해 석 달을 데리고 있었어요. 그런데 하나도 나아지질 않아. 할 수 없이 돌려줬지.

어느 나라에서는 두루미를 길들인 사람이 비행기를 타고 헬리콥터를 타고 가면 두루미가 따라온답니다. 여기서 비행기를 타고 (경남 창녕) 우포늪까지 갔다가 거기서 놀다가 올 수가 있는 거라. 그걸 하려 했는데. 그래서 내가 경비행기를 몰아보려고도 했지요. 그 전초(前哨)로 드론을 한 거라. 스케치도 하고.

드론

드론은 나오자마자 샀지. 내가 산수화 배울 때 보면 부감법(俯瞰法)이라고 있어요. 높은 곳에서 내려다보듯이 그리는 거지. 새의 시선이라. 공작, 두루미가 날아다니는 것을 보니까 저 높이에서 내려다보면 어떨까 싶었지.

그리고 그 시선에서 스케치해서 그림을 그리면 좋을 것 같아. 그런 생각을 하고 있는데, 드론이라는 게 나온 거라. (스님은 서운암 작업실 뒤에 펼쳐놓은 금강산 전도 병풍을 가리키며 "이런 게 바로 부감법으로 그린 거라. 그런데 옛날에는 화가들이 하늘에 떠 있는 시선을 상상하며 그렸는데 이젠 비행기를 타든지 드론을 띄워 사진을 찍어서 그걸 보면서 진짜 부감법으로 그림을 그릴 수 있는 거지"라고 말했다.)

그래서 드론은 나오자마자 샀지. 혼자서 사용법을 익혀서 살살 띄워보고 사진도 찍어보고. 그런데 이게 언젠가부터 항공법을 비롯해 공부도 해야 하고 자격증도 따야 한다고 해요. 그래서 울산 시내에 드론 학원에 등록하고 제대로 자격증까지 땄지. 그 자격증 따기가 꽤 까다로워요. 수업도 시간 맞춰 들어야 하고, 매번 출석 체크도 엄격하고. 그걸 다 했어요. 자격증 딸 때가 되니 학원 선생이 그래. '아마도 국내 최고령 드론 자격증일 것'이라고. 어쨌거나 여기 서운암 창고에 드론도 있다 아이가. 드론 띄워서 사진 찍은 것도 있는데, 그 사진을 바탕으로 그림 그려서 발표할 거야.

요트 자격증

나는 요트 자격증도 있어요. 20톤 이하 보트는 운전할 수 있지. 재미있잖아요. 내가 해병대 출신이라 전투 수영으로 시작해서 수영은 자신 있어요. 물에는 물귀신이라.

내가 해병대 출신이라 하면 궁금해하는 사람들이 있는데. 그때도 해병대는 자원이었거든. 그러면 왜 갔냐고? 궁금할 것도 없고 간단해. 육군 영장을 놓쳐서 갔어요. 내가 그때 여기저기 돌아다니는 바람에 영장 나온 걸 몰라서 놓쳤어요. 말하자면 기피자가 된 거라. 그래가(그래서) 해병대로 자원해서 갔지. 내가 입대해 버렸으니 (입대) 기피가 자연히 없어졌지. 그렇게 해병대를 갔어요. 고향에서 개울이나 저수지에서 수영을 해봤어도 바다 수영은 해병대 가서 배웠지.

그 덕분에 물은 생소하지 않고 친숙감을 가지고 있어요. 주의해야 할 점은 있지만 친숙감을 가지고 있어요. 지금은 체력 때문에 어떨지 몰라도 여기서 저기 고속도로 있는 신평까지는(약 4킬로미터 거리) 지금이라도 수영으로 갈 자신이 있지. 마음은.

보트(요트) 자격증을 딴 건 우리나라 남해안이 너무 아름다워서라. 엊그제도 어떤 사람이 경상남도 지사를 하겠다고 왔어요. 선거 나오겠다고. 그래서 내가 '지사가 되거든 남해안 개발을 생각해 보라'고 했어요. 내가 세계 3대 미항(美港)이라는 데를 다 가봤는데, 그 3대 미항보다도 여기 우리 남해안이 더 우수해. 국력 문제라서 그렇지, 남해안만 잘 개발하면 우리나라 사람 다 먹고살 수 있어요. 다른 공장 없어도 돼요.

외국에 보면 비행기도 되고 배도 되는 것(수상비행기) 있는데, 그걸 한 300대만 들여와서 각 섬을 연결하면 된다고 봐요. 우리나라 남해안의 섬이 옛날보다는 쓰레기나 이런 것 때문에 오염됐다고 하지만, 그래도 남해안 일대 섬이 자연은 잘 보존된 편이에요. 이거는 세계적 명소가 될 수 있다 이거라.

'크루즈선도 들어올 수 있도록 만들고, 비행장도 닦고, 비행기 겸용 배 300대 띄우고, 편의 시설 잘 해놓고 하면, 온 세계인이 휴양지로 다 올 수 있다. 그러면 우리는 먹고살 수 있다. 그 사람들 오면 밥 같은 거 먹어야 되니까, 농사지은 농산물, 어업인은 수산물, 공산물도 온갖 것 다 팔아서 먹고살 수 있다. 세계 사람을 모으면, 우리가 다 먹고살 수 있다.' 그 이야기를 했어요. 세계에서 최고 미항이 될 수 있다. 우리 남해안이 세계 3대 미항보다 훨씬 좋은 거라.

그래서 나는 남에게 뭘 권하기 전에 나부터 남해안을 다녀보려고, 선상 화실(畵室), 선상 다실(茶室)을 만들어서 남해안을 다녀보려고 보트 자격증을 딴 거라.

난 그걸 배라고 생각하지 않고 해상 정자(亭子)라 생각하지. 우리나라는 정자(亭子) 문화가 많이 발달했지요. 일본엔 정자 문화가 별로 없어요. 중국도 있긴 하지만, 우리나라보다는 못 하고. 우리나라는 계곡 같은 데, 산수 수려한 데에 정자를 많이 지었거든요.

그런데 지금까지 정자는 고정 정자라. 내가 생각한 것은 이동(移動) 정자라. 화실도 이동, 다실도 이동. 이동 정자라. 배로 생각 안 하고요. 고기 잡는 사람은 어선으로 생각하고, 유람하는 사람은 유람선으로 생각하고, 짐 싣는 사람은 화물선으로 생각하는데, 나는 그것과 전혀 관계없이 화실이자 다실로 겸하는 이동 정자로 생각하는 거라. 배도 옻칠해서 만들고.

면허는 20톤짜리까지 몰 수 있어요. 꽤 커요. 그 이동 정자를 무인도에도 대고, 이 섬에 저 섬에 대면서 다니려고. 남해안 일대와 저쪽 목포 너머로 다도해 굉장히 좋은 곳 많거든요. 우리나라에 진짜 좋은 곳이 많아요. 그걸 다 관광 루트로 연결하면 됩니다. 크루즈선 선객들이 내려올 수 있도록. 그게 미래 먹거리라.

우리가 국토로 중국 땅을 빼앗을 수도 없고 일본 땅을 빼앗을 수도 없고, 현실적으로 있는 것 가지고 최대한 활용해야지. 활용만 잘하면 우리 국토는 전부 다 보고(寶庫)라.

○

김한수   성파 스님의 이야기를 듣고 있으면 기발
한 발명가가 연상된다. 스님이라면 고담준론(高談峻論)과 선문답(禪
問答)을 먼저 떠올리기 쉽다. 그러나 스님은 항상 현실적이고 구체
적인 데서 출발해 꿈을 이야기한다. 일반인들은 꿰지 못하는 구슬
을 꿰어 보배로 만든다. 남해안의 섬을 수상비행기로 연결하고, 그
바다에 옻칠을 한 배로 이동식 화실 겸 다실을 띄운다는 발상도 그
렇다.

스님이 처음에 어떤 일을 시작할 때는 '출가자가 왜 그런 일
을?'이라는 시선도 많이 받는다. 그러나 스님은 개의치 않고 자신
이 생각한 바를 밀어붙인다. 어느 정도 윤곽이 드러날 때에야 비로
소 세상 사람들은 '아, 그래서 스님이 이 일을 시작했구나' 하며 고
개를 끄덕이게 된다. 스님은 일견 엉뚱해 보이는 일을 자신 있게
벌이는 바탕으로 '격물치지(格物致知)'를 들었다.

스님은 발명가를 했어도 성공했을 것 같습니다.

"발명가는 무슨… 나는 여남은 살 때부터 '격물치지(格物致知)'에
관심이 많았어요. 격물치지가 별게 아니라. 우리를 둘러싼 세상만물
은 모두 물건이니 어떤 물건을 대했을 때 궁구해서 그 물건에 대한
원리, 본질을 알아내는 거라.

우리가 물건에 정신이 팔리면 본질을 알 수가 없어요. 그런데 사
람은 누구나 '탐지기'를 가지고 있어요. 지뢰탐지기가 그냥 흙처럼
보이는 땅에서 금속성 있는 걸 알아내서 지뢰를 탐지해 내잖아요. 마
찬가지로 누구나 내 탐지기를, 가지고 있는 탐지기를 잘 활용하면 땅
속의 지뢰를 찾아내고, 탐지기를 활용하지 못하면 지뢰를 밟는 거라.
늘 깨어 있고, 늘 탐지기가 작동이 돼야 하는 거라.

이런 물건, 저런 물건에 신경 써도, 물건은 허다하게 많고 언제
라도 있을 수 있거든요. 그러니 눈앞에 보이는 물건들은 신경 쓸 거
없는 거라. 중요한 건 탐지기라. 누구나 가지고 있는 탐지기."

무소유?
나는 욕심이
천하의 대적

시주의 은혜에 보답하는 길

"무소유를 해야 훌륭한 스님이 된다. 그런 말은 내가
일찍부터 알고 있어요. 그렇지만 나는 정반대라. 나는
욕심이 대적(大賊)이다. 큰 도둑놈이라. 나는 뭐든지
하고자 하는 거라."

○

김한수　　　　　　　　성파 스님은 작품 전시회를 10여 차례 열었다. 그러나 스님의 작품에 대한 태도는 '나는 주도(주지도) 팔도(팔지도) 않는다'이다. 주변에선 '방장 스님이 작품을 판매하면 비싼 값에 팔릴 터이니 판매해서 좋은 일에 쓰면 좋지 않겠느냐'는 권유도 있었다. 그러나 스님은 여전히 팔지 않는다. 대신 서운암을 찾는 이들에겐 스님이 손수 옻으로 염색한 스카프를 선물한다. 귀천(貴賤)을 가리지 않고 나눠준다.

스카프는 무한대로 나누지만 스님은 자신의 작품을 모두 직접 소장하고 있다. 모두 후대를 위한 자료로 모으고 있다. 스님이 지금까지 해온 쪽을 비롯한 천연 염색, 한지 제작, 옻칠 등 모든 작업을 사진과 도표로 정리하고 있는 것과 같은 취지다.

스님은 1980년대부터 끊어진 전통을 잇는 일에 매진해 왔다. 스님이 해온 일은 과거 전통 시대에는 사찰을 중심으로 이어져 왔으나 근대화 이후로는 사찰에서도, 민간에서도 사라진 전통을 되살리고 잇는 것이었다. 스님은 그 전통을 하나하나 복원하면서 먼

훗날 다시 그 전통을 이으려는 후학들을 위해 모든 과정을 하나하
나 자료로 남기는 것이다. 그 실험의 결정체인 작품 역시 그런 이
유로 팔지도 주지도 않고 모두 보관하고 있는 것이다.

'주도 팔도 않는다'는 이야기 끝에 스님은 종교인으로서 '소
유', '무소유'에 대한 생각을 이야기했다. 역설적이고 때론 위악(僞
惡)적으로 들리는 스님의 설명이다.

성파 스님   내가 옻칠 민화 등 전시회는 열댓 번 했지
요. 그러나 나는 나눠주거나 팔거나 하지 않았어요. 주도 팔도 않
지. 주변에서 팔아서 좋은 데 쓰면 좋지 않겠냐고도 해요. 그런데
나는 좋은 데 쓸 이유가 없어요.

왜 그러냐 하면, 싱거운 사람을 가리키는 말에 '끽타주 권타인
(喫他酒 勸他人)'이라는 말이 있어요. 남의 술 얻어먹으면서 또 남에
게 권한다는 뜻이라. 저도 남의 술 먹으면서 또 제3자인 남에게 권
한다는 거라. 자기 것처럼. 싱거운 사람이라는 거지요.

종교계에서 사람들이 선행(善行), 보시 같은 일 해야 한다며 좋
은 일 하려고 많이 해요. 뜻은 좋아요. 그런데 뜻은 좋지만, 자기도
(시주받아) 얻어먹는 주제에 남에게 보시할 게 어디 있노? 나는 그
렇게 생각하지요. 남 보시할 거 없다. 나도 얻어먹는 판에 보시할
게 어디 있노 말이다. 그래서 나는 좋은 일 못 한다.

나는 이루고자 하는 거라. 소유하고자 하는
거라. 무소유하고자 하는 게 아니라 소유하고자
하는 거라. 내 이 생이 있는 한은. 나는 소유가
엄청 나. 남의 것도 내 거라.

그리고 무소유를 해야 훌륭한 스님이 된다, 그런 말은 내가 일찍부터 알고 있어요. 그렇지만 나는 정반대라. 나는 욕심이 대적이다. 무소유와는 정반대라, 욕심이 대적이라. 큰 대(大) 자, 도적 적(賊) 자. 큰 도둑놈이라.

나는 뭐든지 하고자 하는 거라. 무소유하면 손 떼고 가만히 있으면 되는데, 내가 왜 자꾸 장경각 저런 거 뭐 하려고 하느냐 이거라. 욕심이 대적이라(대적이기 때문에) 하는 거지, 무소유 같으면 왜 저걸 하겠노? 무소유 같으면 나 자체도 이 세상에 없어야지. 나 자체가 벌써 소유라. 지구상에 몸뚱이 가지고 있는 거 자체가 소유라. 그리고 나는 이 세상이 내 거고, 이 지구가 내 거고, 이 우주가 내 거니까, 얼마나 큰 도둑놈인가? 이건 써도 괜찮아요. 은하수를 깔고 앉아 있는 도적. (웃음)

나는 졸렬하게 소극적으로 피해 다니고 그런 거 없어요. 남에게 보시하라고? 나도 얻어먹는 주제에 남에게 보시?

(그 대신에) 나는 이루고자 하는 거라. 이루고자 하는 거라. 소유하고자 하는 거라. 무소유하고자 하는 게 아니라 소유하고자 하는 거라. 내 이 생이 있는 한은. 내 몸을 가지려 하는 것도 소유하고자 하는 거지. 이 세상에 존재하는 자체가 소유라. 안 그러면 눈 감아버리지, 왜 밥을 먹고 약을 먹나. 그래서 나는 소유가 엄청 나. 남의 것도 내 거라.

○

김한수 스님은 '욕심이 대적', '무소유가 아니라 삼라만상이 내 소유'라고 역설적으로 이야기했지만 스님의 욕심은 정신적인 것이다. 전통문화를 되살리려는 욕심, 국민들이 사찰에서 전통문화와 자연을 마음껏 즐기며 안식을 얻기 바라는 욕심이다. 스님의 이야기에서 방점은 오히려 '시주를 무섭게 여겨야 한다'는 쪽에 찍혀 있는 듯하다.

'무한 욕심'을 이야기하는 스님은 지금까지 '큰 시주' 없이 일을 추진해 왔다고 자부한다. 신도들에게 시주 이야기도 꺼내지 않는다고 자부한다. 현실적으로 쉽지 않은 일이다. 스님이 시주받는 일에 조심스러운 것은 출가 초기 '장삼의 기억' 때문이라고 한다.

성파 스님 출가 후 얼마 되지 않아 겪었던 시주에 관한 기억이 있습니다. 어떤 신도님이 장삼 한 벌을 해주셨어요. 그런데 나는 그때 입고 있던 장삼이 멀쩡해서 선물로 주신 그 장삼을 안 입고 있었어요. 그런데 마침 장삼이 다 떨어진 다른 스님이 있기에 그걸 드렸지. 얼마 후 그 신도님이 '왜 장삼을 안 입느냐'고 물어요. 우물우물 넘겼지만 참 곤란한데. 다른 스님 줬다고 할 수도 없고, 진짜 곤란했던 거라.

그 일을 겪으면서 절집 어른들이 왜 '시주 물(物)은 쇠〔鐵〕 녹인 물 마시듯 하라', '적 화살은 피해도 은혜 화살은 피할 수 없다'고 하는지 그때 절감한 거라. 은혜를 입으면, 신세를 지면 아무래도 신경이 쓰일 수밖에 없는 거라.

그래서 그 이후로 나는 불사(佛事)할 때도 가능하면 특정 개인에게 큰 시주를 받지 않고 하려고 애썼지요. 큰 시주뿐 아니라 평소에도 나는 신도들에게, 사람들보고 시주하란 말 해본 적도 없고 불사(佛事)한다고 이런 거 뭐 시주해라 권선문(勸善文, 시주하기를 권하는 글) 써본 적이 없어요. 시주하란 말을 안 하니 사람들은 좋아한다고 해요. 그런데 신도들만 좋아하면 되나? 그러면 나는 굶어 죽고? (웃음)

그래서 내가 하는 게 일종의 자급자족이라. 내가 이런 거(염색, 한지, 옻칠 민화, 도자대장경 등 작업) 하려면 경비가 얼마나 있어야 하는데요? 재료비에 뭐에 이거 다 내가 조달해야 하거든요. 그래서 내가 이런 거(된장, 간장) 해서 조달하지. 넘(남)한테 손 안 벌리고, 넘(남)에게 굽실거리지 않고 다 할 수 있는 거라.

김한수   시주에 대한 성파 스님의 생각을 읽을 수
있는 말씀이다. 스님은 일찍이 사찰이 시주에만 의지하지 않고 자
급자족에 보탬이 되기 위해 여러 가지 일을 해왔다. '서운암 된장'
사업이 그렇고, 무위선원을 개설하면서 단감나무밭을 조성한 것도
그렇다.

성파 스님은 지난 2018년 하안거 해제 때에도 법어 중 시주에
대한 생각을 설명한 바 있다.

> "수행납자가 부처님의 은혜를 갚고 시주의 은혜에 보답하는 일
> 은 청류교의 맑은 물로 중생의 열뇌를 식혀주고 무풍한송로의 시원
> 하고 향긋한 바람으로 무명업장을 날려주어야 한다."

시주의 은혜에 보답하는 길은 승려답게 살면서 대중들을 위
로하고 이끌어야 한다는 뜻이다. 상구보리 하화중생(上求菩提 下化
衆生), 즉 깨달음을 얻기 위해 노력하며 중생을 교화하고 제도해야
한다는 의미다.

성파 스님의 삶은 시주의 은혜를 갚기 위한 '종교 서비스의 확
대'라고 표현해 봐도 좋지 않을까 싶다. 4만 평 너른 언덕에 야생
화를 심어 누구나 꽃을 보며 힐링할 수 있도록 하며, 요즘 보기 어
려운 수백 개의 항아리가 놓인 장독대를 보고, 팔만대장경을 도자
기로 구운 16만 도자대장경을 만나는 서운암. 성파 스님이 지난 40

년간 벌여온 불사는 이렇게 불자(佛子)뿐 아닌 국민들에게 사찰 공간을 개방해 자연 속의 배움터를 만들며 종교 서비스의 범위를 넓혀온 것이다.

5
—

일
공부
행복

왜 아까운 인생을
썩히노?

'한문 절벽'과 경학원

"종교라는 것이 필요악이 돼서는 절대 안 됩니다. 종교는
국가와 민족에 이롭지 않으면 존재할 가치가 없어요.
더부살이처럼 먹고살기 위해 빌붙어서 백성 빨아먹고
국가 빨아먹어서는 존재 가치가 없는 겁니다."

○

김한수　　　　　　성파 스님이 해온 일의 동기는 많은 부분
'아까워서'이다. 잊히는 것이 아깝고, 버려지는 것이 아깝고, 놀리
는 것이 아까워서다. 스님은 대중들의 '퇴직 후 인생'도 아까워하고
있다. '얼마나 귀한 인생인데 퇴직했다고 왜 그 많은 시간을 썩히
느냐'는 것이다. 그래서 생각한 것이 통도사를 '평생 학습 도량'으
로 만드는 것이다. 한문식 표현으로 하면 '하화중생(下化衆生)'이며
요즘 용어로 바꾼다면 '종교 서비스'인 셈이다. 스님은 "종교는 이
사회의 '필요악'이 돼선 절대 안 된다"고 강조한다. '국가와 민족에
빌붙어서도 안 된다'고 강조한다. 정신문화에 관해서는 선도해야
한다는 의식이 분명하다. 그것이 시주받는 수행자가 해야 할 일이
라는 것이다. 스님은 특히 '인구 절벽' 못지않게 '한문 절벽'을 걱
정한다. 우리 정신문화의 전통은 한문 서적으로 전승돼 왔는데 이
젠 그 보고(寶庫)를 해독할 인력이 없어지고 있다는 안타까움이다.

　　첫걸음은 '경학원(經學院)' 구상이다. 한문으로 된 불교 경전을
공부하는 학승을 양성하는 동시에 한 걸음 더 나아가 일반인들까
지 교육하는 종합불교대학인 셈이다. 스님의 구상을 들어보자.

성파 스님　　　　　나는 곧 통도사에 '경학원(經學院)'을 차리려고 해요. 몇 년 과정이다 이런 건 없이. 지금 선방(禪房)이 전국에 96개입니다. 선방에 안거하는 스님들이 1,900명이 넘어요. 그런데 경학하는 스님들이 공부할 곳은 한 군데도 없어요. 봉선사에서 월운 스님이 '능엄학림'이라고 하시는데, 연세도 많고 편찮으신 데다가 공부하는 스님도 거의 없답니다. 경학을 전문으로 하는 곳이 없다시피 한 거라.

불경이 전부 한문이잖아요. 지금 (사찰의) 강원(講院)에서는 한글로 번역된 경전으로 공부해요. 그런데 불경 원전은 다 한문이잖아요. 그렇게 장서가 많은데 볼 사람이 없는 거라. 불경 내에는 법화경, 화엄경도 있지만 옛 고승들이 쓴 책도 많거든요. 문집(文集) 같은 거 굉장히 많아요. 그런 것을 앞으로는 볼 사람이 없어지는 거라.

교육부 산하에 한국학중앙연구원, 한국고전번역원 같은 곳이 있는데, 그런 데는 일반인 대상이라. 승려들이 거기 가서 공부하기는 쉽지 않아요. 게다가 그런 곳에서 공부하려면 집이 있어야 하는 거라. 먹고 자고 할 집이 있어야 등교하고 하교하지 않겠어요? 집도 없고 생활비도 없잖아요. 일반인이야 자기 집에서 다니면 되는데 승려는 집이 없으니 곤란한 거라.

지금은 유교도 서당도 없어지고 쇠퇴하고 있잖아요. 그 많은 서적들이 한문인데 무시할 수는 없지요. 그 많은 세월 동안 서적들이 다 한문인데, 그걸 앞으로 볼 사람이 없다면 여간 문제가 아닌 거라. 사회에서는 한문 인력을 양성하고 있는데 불가(佛家)에서는 양성하는 곳이 없어요. 내 생각에는 불가도 불가지만, 우리나라 서적이 한문으로 된 것이 많고 중국, 일본도 한문 서적이 많잖아요. 한문만 어느 정도 알아도 중국, 일본 서적도 읽을 수 있어요.

'인구 절벽'이란 말이 있듯이 지금은 '한문 문화 절벽'인 상태라, '한문 절벽'. 교육 자체도 한문을 많이 할 것은 없지만 초등학교부터 고등학교까지 몇 자(字)는 필수적으로 가르쳐야 해요. 그 많은 과목 중에 하나 정도로 가르쳐도 되지 않겠어요? 한문 문화권(文化圈)이라는 것이 아직 그렇게 무너지지 않았어요. 한중일 3국만 봐도 우리만 안 가르치는 거라.

내가 일본어도 하고 중국어도 하잖아요. 한문이 바탕이 되니 큰 도움이 되고 쉽더라고요. 그러니 이게 헛일이 아니에요. 중요한 일입니다. 앞으로 우리가 학문적으로도 한문을 바탕으로 하면 세계적 석학이 나올 수 있을 겁니다.

'경학원'은 두서너 명이라도 시작하려 해요. 숫자가 중요한 것이 아닙니다. 스님들 위주로 하면서 일반인도 받으려 해요. 시작이 중요한 거지요.

요즘 조기 퇴직자도 많고 등산 다니며 세월 보내잖아요. 약초 캔다고 산에 희귀 식물도 안 남기고 싹쓸이하잖아요. (웃음) 아직 수십 년 더 살 사람들이 세월을 썩히는 거라. 세월이 얼마나 귀중한 보배인데, 그걸 썩히는 거라. 목숨이 있을 때까지는 열심히 살고 알뜰히 살아야지. 아까운 인생을 그렇게 보내면 안 되는 거라.

통도사에 일반인 대상으로 하는 '불교대학'이라는 것이 있거든요. 거기 1년에 900명이 넘게 와요. 나는 그것을 보면서 얼마든지 더 올 수 있다고 봐요. 사회에서도 배우려는 수요가 많다고 보는 거지. 그래서 요즘 말로 커리큘럼을 잘 개발해서 많은 사람에게 배울 기회를 주는 겁니다. 시간을 허비하지 않고 갈 때까지 인생을 값지게 쓸 수 있는 기회를 만들어주는 것이 하화중생(下化衆生)이다, 그런 생각입니다. 꼭 불교를 믿어라, 삼천배를 해라, 이런 것이 아니고, 사는 동안 보람 되게 살 수 있도록 해주는 것이 종교의 역할이지요.

종교라는 것이 필요악이 돼서는 절대 안 됩니다. 종교는 국가와 민족에 이롭지 않으면 존재할 가치가 없어요. 더부살이처럼 먹고살기 위해 빌붙어서 백성 빨아먹고 국가 빨아먹어서는 존재 가치가 없는 겁니다. 국가와 민족에게 이로움이 없고 해로움을 끼친다면 존재 가치가 없는 것이지요. 우리가 그런 점은 냉혹하게 판단해야 합니다.

'경학원'은 곧 시작할 겁니다. 한중일은 서로 같은 문화권이기 때문에, 싸울 때는 싸우지만 교류할 때에는 교류해야지요. 한중일 교류, 세미나도 하면서 소통할 생각입니다. 요새는 교통도 좋고 하니까.

지금은 학교 외에는 공부할 길이 없잖아요. 인문학에는 별 관심이 없어요. 왜냐? 밥벌이가 안 되니까. 기술이나 과학 쪽에 비해서 인문학은 해봐야 큰 도움이 안 된다고 생각하는 거라. 그러나 기본 인문학이 있고 그다음에 전공이 있어야 한다고 나는 보거든. 지금은 기본 인문학이 없고 바로 전문 분야부터 찾아가게 되어 있어요. 제도가 그렇고, 시간적 여유도 없고. 제도권이 원하는 길로 가야지 딴 길로 가면 도태되잖아요. 인문학을 배울 기회가 없는 거라. 그렇다고 국민 교육을 전체적으로 바로 세울 수는 없지요. 한쪽에서라도 하고 싶어 하는 사람에게 문호를 열어줘야 하지 않겠나. 그러면 학문하는 사람들도 (가르치면서) 살 수 있고 말이지요.

고전도 무시할 수 없거든요. 거기서 찾아서 개발하면 좋은 게 많이 나올 수 있어요. 무슨 보물이 숨어 있는지 알 수 없잖아요. 고전은 역대로 수천 년 동안 수재들이 공부했던 자취거든요. 그러니 얼마나 많은 보배가 숨어 있겠느냐 말이지. 내가 중국에 있을 때에도 현대 학문하는 사람들보다는 노인들, 고전을 아는 분들과 이야기가 됐던 거라.

일반 사람들도 그런 계기가 안 돼서 그렇지, 계기가 되면 공부하는 사람들이 있을 겁니다. 일반인들도 퇴직하고 나면 어중간하잖아요. 요즘 직장인 중에서 제일 오래 일하는 사람이 대학 교수인데, 그래 봐야 65세입니다. 65세 돼도 아직 청춘이잖아요.

(통도사 불교대학) 졸업생이 700명이 넘는다고 하니, 그것도 보통 일이 아닙니다. 900명 입학해서 700명이 졸업하니까. 우리는 꼭 불자(佛子)가 돼라, 불교를 믿어라 하는 것보다는 인생을 인생답게 살아라 하는 쪽에 중점을 두지요. 불교로 인해서, 절 집안을 통해서 그런 것을 접할 수 있으니까 불교를 강조하지 않아도 약간 불교로 염색이 되는 것이지요. 지금 불교대학을 운영해 보니 몰라서 못 오는 사람도 많아요. 그래서 '경학원'도 생각하게 된 것입니다. 무조건 목표를 세워놓으면 짜 맞춰야지.

한문이라는 것은 문법을 체득하면 안 배운 것도 읽고 알 수 있어요. 옛날에는 문리(文理)라고 했지요. 문리가 나면 되는 거라. 불교에서는 경안이 열린다고 해요. 경안(經眼), 경을 보는 안목이 열린다는 말입니다. 그럼 보면 알게 되는 것입니다. 교과서처럼 한 권 떼고 한 권 떼는 것이 아닙니다. 기초는 그렇게 공부하지만. 문리가 나고, 경안이 열리면 퇴계문집, 남명문집을 처음 봐도 보면 알게 되는 겁니다. 그냥 독해가 돼야 하는 것입니다. 그런 독해력을 가진 사람을 키우려는 것입니다.

범부도 불성의 유전자를 가지고 있다

먼지, 흙, 도자기 그리고 깨달음

"성범(聖凡)이 따로 없어요. 범부(凡夫)와 부처는
한데 붙어 있는 거라. 그러면 성(聖)이 어디서
나오느냐. 범부에서 나오는 거라. 밤송이(범부) 속에서
밤알(성인)이 나오지, 딴 데서 알이 나오는 게 아니거든."

○

김한수   불교에서 깨달음은 매우 어렵고 민감한 문제다. 한국 불교는 간화선(看話禪), 즉 화두(話頭)를 들고 수행해 깨달음을 얻는 수행법을 기본으로 하고 있다. 화두란 '뜰 앞의 잣나무', '이 뭣고' 등 일반인들이 들어서는 무슨 말인지 알 수 없는 말이다. 깨달음의 경지가 말로는 설명할 수 없기 때문이다.

화두는 의심, 의문덩어리라고도 한다. 큰 의문을 가지고 끝까지 밀어붙였을 때 비로소 얻을 수 있는 게 깨달음의 경지다. 그래서 오직 깨달은 사람만이 깨달은 사람을 알아본다고 한다. 그 깨달음의 경지에 오른 이들이 서로의 깨달음을 점검하는 과정을 법거량, 선문답이라고 한다. 일반적인 언어가 아닌 언어로서 서로의 깨달음을 점검하고 평가하는 과정이다.

그래서 선가(禪家)에서는 스승, 선지식(善知識)이 중요하다고 한다. 올바른 스승이라야 후학의 수행을 잘 지도하고 깨달았다는 착각을 막아줄 수 있기 때문이다. 또한 일단 깨달음을 얻은 후에도 꾸준히 수행하는 보림(保任) 과정이 필수라고 말한다. 그래서 깨달음은 자신이 주장하는 것이 아니라 스승이 인정하는 것이다.

성파 스님은 공개적으로 자신이 '깨달았다'거나 '안 깨달았다'고 말하지 않는다. 스님은 대담 중 오랜 기간 해온 도자기 작업의 먼지, 흙, 도자기의 관계로 깨달음을 비유했다. 그것도 자신의 이야기가 아니라 '남의 이야기'처럼 일반론적으로 설명했다.

성파 스님　　한암(漢巖) 스님 같은 분들은 부엌에서 불때다가 깨쳤다고 하지요. 불교에서는 화두(話頭)라는 게 의문입니다. 어떤 화두를 가졌든지 간에 이게 궁극에 가서 통하면 다 하나라. 화두는 여러 가지라도, 1,800 공안(公案, 화두)이라 하는데, 깨달으면 다 한가지라.

그래서 한암 스님은 부엌에서 불 때다가, 어떤 사람은 낙엽 떨어지는 걸 보고 깨쳤다 하거든요. 나는 도자기를 하면서…. 꼭 도자기 하면서 깨달았다고 붙이기는 싫고.

도자기를 하면서 알게 된 것은 있어요. 흙이라도 도자기 만드는 흙은 굉장히 미세해요. 이게 말려놓으면 완전히 미세먼지라. 한량없는 숫자지. 이 한량없는 숫자를 낱낱이 하면 한량이 없고, 이걸 하나로 뭉치면 되는 거라. 하나가 많은 숫자로, 많은 숫자가 하나로 되는 거라. 이게 모으면 묘용(妙用)이라. 어떻게 이 많은 먼지 개체를 하나로 묶느냐. 이게 묘(妙)거든, 묘용이라고도 하고. 그것이 이제 물이라. 물에 넣어서 반죽을 하면 그 한량없이 많은 작은

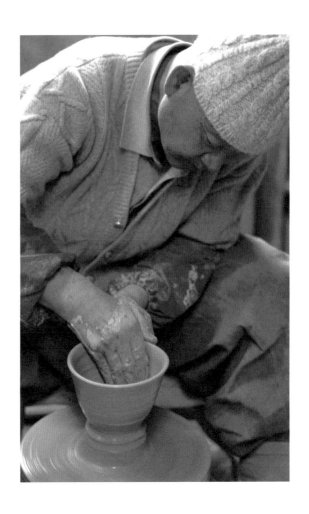

흙이라도 도자기 만드는 흙은 굉장히 미세해요.
이게 말려놓으면 완전히 미세먼지라. 한량없는
숫자지. 이 한량없는 숫자를 낱낱이 하면 한량이
없고, 이걸 하나로 뭉치면 되는 거라.

가루들이 한 덩어리가 되는 거라.

이게 말하자면 화두라. 먼지처럼 한량없는 번뇌 망상을 화두 하나로 직결시켜 버리는 거라. 하나만 깨트려버리면 다 되는 거라. 그래서 나는 비유를 그렇게 했거든. 헤아릴 수 없는 많은 숫자를 똘똘 묶어서 하나의 화두로 다 묶어버릴 수 있다. 그래서 하나만 깨트리면 다 되거든요.

그런데 이걸 묶어서 하나로 만들어도 그냥 놔두면 도로 흙으로 돌아가 버려요. 도루묵 돼뿌는(돼버리는) 거라. 그래서 성형(成形, 그릇의 형체를 만드는 일)은 차후 문제이고, 열을 가해서 그걸 불에 굽는다 이거라. 불에 굽는 건 뭐냐, 부정이라. 부정하는 거라. 무시하는 거라. 완전히.

형태를 만들었다 하면, 이건 유(有)라. 그런데 불에 구워요. 굽는 것도 어느 정도 굽는다가 아니고, 완전히 태워서 소진한다는 뜻으로 태워버리는 거라. 이 과정은 무(無)로 만드는 거라. 그렇게 타다가 타다가 남는 것이 도자기가 되는 것이거든요.

도자기가 된 것도 초벌구이가 있고, 재벌구이가 있거든요. 그 중에 초벌구이 한 것은 놔두면 도로 흙으로 돌아가. 그런데 재벌구이 한 것은 흙으로 돌아가지 않아요. 그래서 나는 이걸 이토위옥(以土爲玉)이라 하지. 흙으로 옥을 만든다. 도자기는 옥이라 하는 거라. 굽기 전에는 흙인데. 일단 도자기가 완성되고 나면, 흙으로 다시 돌아가지 않는다는 거라. 그래서 금강불괴(金剛不壞)라. 무너트려지지 않는다는 말이라.

　우리가 경전에서 많은 비유로 설명한 것이나 이거나 매한가지라. 공부에 대해 시비하기 싫은데, 돈오(頓悟)다 점수(漸修)다 이러거든. 돈오나 점수나 끝에 가서는 한가지인데. 점수는 많은 노력, 시간을 걸려서 하는 것이라. 돈오는 단번에 깨닫는 거. 돈오에 깨닫는 거나 점수에 깨닫는 거나 한가지라. 급행을 탔느냐 완행을 탔느냐 그거라. 그걸 가지고 그렇게 시비할 것이 아니라는 말이지요.

　저게 돼놓으면 초견성(初見性)을 하고 견성(見性)을 하고 보림(保任)을 한다는 말이 있는데, 그것도 없는 말은 아니에요. 그런데 그렇게 말하면 사람들이 자꾸 거기(초견성, 견성, 보림, 즉 깨달음의 단계)에 집착하거든. 그래서 될 수 있으면 그런 말을 안 하는 게 좋아요. 자꾸 집착하니까.

　그런데 사실은 그런 게 없는 것이 아니라. 왜 그러냐 하면, 우리가 도자기를 구워 초벌구이 해서 놔두면 흙으로 돌아가잖아요. 완성이 아니거든. 미완성인 택(셈)이라. 공부도 하다가 어느 정도 깨달았다 이러면, 자칫 도로 흙으로 돌아가 버리는 거라. 헤져버려. 완전히 깨달을 때까지 더 노력해야 하는 거라.

　우리가 밥을 지을 때도 푹 삶아가 다 됐다 하지요? 그러나 밥이 다 퍼졌느냐 하면 아직 아니다 이거라. 밥이, 쌀이 다 익기는 익었는데, 아직 밥이 퍼지지 않았거든. 그런데 뜸이 들면 밥이 퍼지거든. 뜸이 들었느냐 아니냐 이렇게 비유할 수도 있겠는데, 보림이라는 것은 푹 뜸이 들어야 하는 것이라. 발효식품으로 보면 푹 삭아서 푹 익은 거 그게 보림이거든. 그래서 그냥 자기가 뭐 하나 깨쳤다고 해서 날뛰면 도루묵 되는 거라. 완전 보림이 돼야 하는 거라. 그런데 보림이니 뭣이니 이야기를 자꾸 하게 되면 '그런 게 있는 모양이다' 이러면서 자꾸 거기에 매달리는 거라. 그래서 그런 말은 될 수 있으면 안 하는 게 좋아.

백척간두(百尺竿頭, 백 자나 되는 높은 장대 위) 진일보(進一步)라는 것도, 백척간두에서 진일보하면 떨어져 죽는 거라. 그럼에도 불구하고 떨어져야 하는 거라. 붙어 있으면 안 되는 거라. 떨어져야 하는 거라. 그게 뭐냐 하면 병아리가 계란 속에 그대로 있으면 백척간두라. 거기서 진일보돼야 알 밖으로 벗어 나와 버리는 거라.

저것도 그래요. 우리가 밤송이를 봐도, 밤송이가 자꾸 자라거든. 안에 알도 생겨서 자라고 이러거든. 밤송이가 없으면 밤알이 자랄 수 없어요. 밤송이 안에서 알이 자라고 있거든. 그 알이 자라고 자라고 해서 완전히 알밤이 돼가 익어버렸다 이거라. 그러면 그걸 '밑이 돈다'고 하거든요. 밤알이 밤송이 속에서 붙어 있던 게 그 안에서 떨어지는 거라. 그걸 '밑이 돈다'고 해요. 붙어 있던 것이 떨어지는 것. 완전히 다 익으면 안에 있어도 떨어지는 거라. 그러면 사람이 밤송이를 딸 때 밤알이 흘러내리지.

그런데 알이 완성될 때까지는 밤송이가 더 중요한 거라. 밤송이가 있어야 알을 보호하는 거라. 완성될 때까지. 그런데 완전히 익어서 밑이 돌아버리면 그때는 밤송이가 필요 없는 거라. 완전히 나오면 밤송이와 알이 분리되잖아요. 밤송이는 이제 썩어버리지만, 알은 일본에 가서 심어도, 중국에 가서 심어도, 미국 가서 심어도, 어디 가서 심어도 되는 거라. 그게 화엄경에서 말하는 과일 과(果) 자, '과를 얻는다' 이거라.

과(果)가 성만해야 하는 거라. 밤이 알이 완전히 밑이 돌 정도로 성만해야 하는 거거든. 공부가 그것처럼 성만해야 하는 거라. 성만하면 불변이라. 밤송이에 문제가 생기면, 안에 든 것이 성만하기 전에 썩든지 문제가 생기는 거라. 완전히 성만할 때까지는 밤송이가 보호해야 되고, 완전히 성만해 버리면 밤송이하고 밤알은 완전히 별개라.

그래서 중생과 부처가 따로 없고 성범(聖凡)이 따로 없어요. 범부(凡夫)는 중생이고, 성인은 부처라. 범성이 따로 없고 한데 붙어 있는 거라. 그러면 성(聖)이 어디서 나오느냐. 범부에서 나오는 거라. 밤송이 속에서 밤알이 나오지, 딴 데서 알이 나오는 게 아니거든. 밤알이 완성돼 버리면 그때는 밤송이와 알은 완전 별개라. 그래서 범부에서 성인이 나오지, 딴 데서 성인이 나오는 것이 아니라. 그래서 성인이 됐을 때는 성범이 따로이고, 그 전까지는 하나라. 붙어 있는 거라.

유(有)다 무(無)다, 공(空)이다 색(色)이다 하는 것도, 색즉시공 공즉시색(色即是空 空即是色) 하는 것도, 공이나 색이나 다 한 덩어리라. 밤송이나 밤알이나 한 덩어리고, 중생이나 부처나 한 덩어리이듯. 공과 유가 한 덩어리라.

그런데 이걸 어떻게 분별하느냐. 그냥 말로 설명하려 하면 안 되니 불교에서는 항상 비유법을 써요. 부처가 뭐고 마음이 뭐냐 물으면 '달이다' 뭐다 하면서 자꾸 비유법을 써요. 처염상정(處染常淨, 연꽃은 더러운 진흙에서 피지만 더러움에 물들지 않는다는 뜻)이라고, 연꽃도 본성 자리를 비유한 거거든. 그게 본성 자리는 아니거든요.

심지어 어떤 비유가 있냐 하면 '빈호소옥 무타사(頻呼小玉 無他事)'라는 말이 있어요. '소옥이를 자주 부르는 것은 다른 일이 아니다'라는 말인데, 소옥이는 양귀비가 데리고 있던 심부름꾼이라. 당나라 현종과 안록산이 양귀비하고 3자(삼각) 관계인데, 말하자면 양귀비는 현종도 사랑하고 안록산도 사랑해요. 그러면 둘이 부딪치면 안 되거든. 그러니까 양귀비가 교통정리를 해야 하는 거라. (웃음)

자기들끼리 신호를 정했는데, 소옥이를 자주 부르는 것은 딴 일이 아니다. 지요단랑 인득성(只要檀郎 認得聲)이라. 다만 안록산이 들으라고 하는 일이라. 소옥이를 자주 부르는 것은 다른 뜻이 아니라 안록산이 들으라고 하는 일이다, 이 말이라. 안록산이 담 너머 있는데, 소옥이를 몇 번 부르면 현종이 없으니 들어와도 된다는 뜻이고, 또 몇 번 부르면 아직 들어오지 마라는 뜻이라.

선가(禪家)에서도 이걸 비유했어요. 소옥이를 부른 것은 뜻이 딴 데 있는 게 아니라. 소옥이를 부르는 게 아니라 안록산이 들으라고 하듯이.

화두가 그래요. 화두가 딴 게 아니라 들으라고 하는 거라. 이게 뭐다 뭐다 하는 걸. 그런데 원뜻은 그게 아니거든. 원뜻은 소옥이를 부르는 데 있는 게 아니거든. 선가에서 이걸 인용해서 많이 써요. 소옥이를 부른다 해서 뜻이 거기 있는 게 아니다, 알아먹으라 이거라. 그래서 항상 화두나 뭐 할 때에 뜻이 어디 있는지 그걸 볼 줄 알아야 해요. 그걸 낙처(落處)라 해요. 그 낙처를 볼 줄 알아야 하는 거라.

공(空)과 유(有), 이것도 비유하자면 콩으로 비유할 수 있어요. 콩이 이렇게 보면 있거든. 메주 쑤고 하는 콩. 그런데 이걸 땅에 묻으면 콩은 썩어버려요. 풀만 나는 거라. 그러면 콩은 없다 이거라. 없는 게 확실하지, 콩이 어딨노. 그런데 콩이 없다가 가을이 되면 거기서 다시 콩이 생기는 거라. 그러면 있다 이거라. 콩이 있을 때는 있다, 없을 때는 없다, 이러거든요? 그런데 있다 없다 해도 내나(결국은) 콩이라.

그러니까 풀로 있어도 DNA 유전자에 콩이 들어 있고 단지 콩은 보이지 않을 뿐이라. 불성(佛性)도 마찬가지라. 진리도 유전자처럼 그 속에 있어도 보일 때가 있고 안 보일 때가 있는 거라.

사람들이 콩일 때는 콩이라면 알아듣고, 콩이 없을 때는 그게 콩이라 해도 못 알아보는 거라. 그런데 아는 사람은 그게 풀일 때도 콩인 줄 아는 거라. 못 알아듣는 사람은 풀 속에 있는 콩을 못 알아듣는 거라.

중국에 구양수(歐陽修)라는 대문장가가 있어요. 구양수가 〈취옹정기(醉翁亭記)〉란 글을 썼는데, 거기 보면 취옹지의부재주(醉翁之意不在酒)라, 취옹의 뜻은 술에 있는 게 아니다. 재호산수지간(在呼山水之間)이라, 취옹은 산수에 취하는 거라. 그런데 내객(來客)들은 술에 취하는 거라. 구양수도 술에 취하기는 취하지. 그런데 본뜻은 술이 아니라 산수에 취한다 이거라.

내가 중국을 여행할 때 중국의 대학자와 함께 여행했는데, 무슨 말끝에 중국 말로 '취옹지의부재주'라 하는 거라. 그래서 내가 그걸 듣고 뒤 구절을 말해버렸어. 그랬더니 이 사람이 놀라뿟어(놀라버렸어). 어떻게 중국 사람도 아닌데 그런 거까지 아느냐 이거라. 자기는 자랑 좀 하려고, 문자 한번 썼는데. (웃음)

내가 고문(古文) 같은 거, 사서삼경이다 장자, 노자 이런 거 많이 봤기 때문에 중국 고전도 많이 봤거든요. 그러니 중국 사람들, 유식할수록 놀라는 거라. (웃음) 그래서 웃고 막 그랬지요.

행복?
누가 주는 게 아니라
스스로 얻는 겁니다

행복과 외로움

"지금 세상에 혼란스러움이 많아. 그건 관찰력은
있는데 통찰력이 없기 때문인 거라. 이걸
위입서궁(蝟入鼠宮)이라 해요. 고슴도치가 작은
구멍으로 깊이 들어는 가는데 등의 가시 때문에 못
빠져나오거든. 그거랑 같은 거라."

○

김한수   성파 스님에겐 인터뷰 요청이 쇄도한다. 통도사 방장을 맡았을 때도 그랬지만, 조계종 종정에 취임한 이후로는 인터뷰 요청이 더 많아졌다. 스님은 가능하면 인터뷰 자체는 사양하지 않는다. 그러나 인터뷰 중에도 스님이 대답을 사양하는 주제가 있다. '세상에 주는 덕담'이다.

종교 지도자를 인터뷰할 때 거의 빠지지 않는 질문이 '세상 사람들에게 주는 따뜻한 한 말씀'이다. 이런 질문이 나올 때마다 스님은 "내 일이나 잘하겠습니다. 다들 열심히 살고 있고, 각자의 분야에서는 출가자보다 훨씬 출중한데, 내가 드릴 말씀이 없습니다"라고 답한다. 스님은 "나는 방장 되고 처음으로 법문하러 (법상에) 올라갔어요. 그것도 하라 하라 하니까 마지못해 한 거지, 그 전에는 설법한 적이 없어요. 업무적으로 해야 하니까 마지못해 한 거지"라고 말한 바 있다.

종정에 추대된 후 통도사에서 열린 기자 간담회에서도 비슷한 질문이 나오자 스님은 "내 처신도 제대로 못 하는데 사회에 무슨 가르침을 주겠습니까. 나부터 잘하겠습니다. 항상 부처님의 가르침을 염두에 두고 말과 행(行)을 같이하는 수행으로 임하겠습니다. 단지 바라는 게 있다면 봄바람이 불어오듯 선심(善心)이 사회에 널리 퍼졌으면 좋겠습니다"라고 답했다. 우문(愚問)에 현답(賢答)이다. 스님께 또 하나의 우문을 드려봤다. 행복에 관해서.

성파 스님

세상 사람들이 어떻게 하면 행복하게 살 수 있느냐, 이 혼탁한 세상에 너무 갈래가 많은데 어떻게 하면 되느냐 묻는데, 이런 이야기 난 안 해요. 남을 향해서 '이렇게 살아라 저렇게 살아라', '이러면 된다 저러면 된다', 그런 말 자체를 할 째비(주제)가 못 돼, 난. 그런 말은 못 하지만 나는 이렇게 살았고, 이렇게 살고자 한다는 얘기는 하지.

혼탁한 세상에서 혼자만 어떻게 청정하게 살 수 있겠어요. 그럴 방안도 없고, 능력도 없는데…. 예를 하나 들자면 연못에 물 반(半) 고기 반(半)이라. 펄펄 뛰는 물고기를 보면 다 마음속으로 좋아하고 즐기잖아요. 그런데 어떤 이는 잡아다가 집에 있는 수족관에 애완용으로 기르고 싶은 사람도 있을 거고, 저걸 낚아 잡아먹고 싶은 사람도 있겠지. 뭐냐 하면 견물생심(見物生心). 견물생심은 다 인지상정(人之常情)인 거라. 그 자체가 잘못됐다고 단정할 수는 없거든요.

물고기도 그렇고 세상에 있는 물질이나 모든 것을 전부 다 선호하면서 탐하거든. 좋은 물건도 그렇고, 좋은 음식도 그렇고, 좋은 자리도 그렇고. 좋으면 가지고 싶다. 저 좋은 옷 한번 입어봤으면, 저거 한번 먹어봤으면, 그런 것은 인지상정이기 때문에 그 마음 자체가 나쁘다고 볼 수는 없잖아요. 그렇죠. 자연적인 것이라. 모든 권력이나 벼슬도 그렇고. 그런데 돈도 그렇고 내가 원한다고 다 얻는 게 아니잖아요. 이 부분이 제일 중요한 거라. '내가 좋아하니 저걸 손에 넣어야겠다' 하는 마음까지는 이해가 되는데, 그걸 진짜 가져가면 안 되는 거잖아요.

연못에서 물고기를 탐하기보다는 집에 돌아가서 그물을 만드는 게 낫다. 임하선어 불여결망(臨河羨魚 不如結網)이라. 적극적으로 대책을 마련하거나 능력을 키우는 게 먼저지, 선호만 하고 있으면 뭐 하냐 이거지. 모든 게 같은 거라. 정치, 학문 모든 게 대책과 능력은 키우지 않고 이런 빈말로 막 떠드는 게 만연하게 되면 시끄러워지는 거지. 와글와글해지는 거지.

사람은 태어날 때는 자기 능력으로 못 걷잖아요. 자기 능력으로 걷지도 못하고, 자기 능력으로 말도 못 하고, 자기 능력으로 되는 게 없는 거라. 그러면 전부 보호를 해줘야 해. 우린 그걸 키운다고 하지요. 어렸을 때는 당연히 키움을 받아야 해. 하지만 어느 정도 성년이 되면 부양을 안 해도 자기 발로 걸어갈 수 있고 자기 능력으로 해결할 수 있도록 하는 것이 부모나 사회에서 해주는 거거든. 보살핌과 교육이죠. 성인이 됐으면 그때부터는 자기가 알아서 해야 하는 거라.

알아서 하게 되면 되는데, 자기가 알아서 하지 않으니까 문제가 생기는 거라. 그래서 사회가 시끄러운 거라. 사람들을 다 행복하게 해주고, 모든 사람이 다 평등하게 해준다는 것은 가능하지 않아요. 사회가 그럴 능력이 되는 것도 아니고. 그래서 나는 이래라저래라 말 안 해요.

'마음을 비운다' 이런 말을 하는데, 이 비운다는 말도 안 맞는 말이거든요. 비우고 자시고 할 게 없는 거라. 언제 채운 일도 없는데 뭘 비워요.

내가 해외에 몇 달씩 있다가 부산의 김해공항에 도착할 때쯤이면 비행기 아래를 내려다보거든. 착륙해서 내리면 별 복잡한 일들이 날 기다리고 있다는 생각을 하기 쉽지요. 그런데 내가 죽었다고 생각해 버리면, 그거처럼 행복한 일은 없는 거라. 더 편안한 일도 없고. 내가 몇 달 동안 떠나 있다가 사고가 나서 못 들어왔다고 가정해 보세요. 그럼 여기에 무슨 시비(是非)가 있겠나 이거라. 시비를 제거하는 방법은 내가 없다고 생각하면 돼요.

모든 문제가 시비에서 비롯되거든. 시비를 없애려면 어떻게 하느냐. 내가 죽었다고 생각해 봐라. 이거 사실 굉장히 어렵습니다. 내가 죽었다고 생각하면 더 영 없을 건데 이거라도 있지 않냐, 이거는 말이 되지 않아요? 그래서 거기에서 고마움을 느끼고 행복을 느낄 수 있다는 거라.

비운다는 거? 말하자면 학교 선생님이 칠판에 꽉 차도록 설명을 하지요. 필기가 다 끝나면 그동안 정성스럽게 썼던 것을 다 지우지요. 아무 표도 안 나게. 그것이라. 비운다는 것은 별로 와닿지 않아. 지운다. 다시 채우기 위해서. 비우는 것은 다시 채우기 위함인 거라. 나는 항상 생각하는데 남에게 이래라저래라 말하기보다는 내가 어떻게 하면 좋겠나, 그런 식으로 묻고 생각하지.

흔히 세상이 혼탁하다고들 하는데, 그게 전부 다 밖으로만 보니까 그래요. 자신의 내면을 똑바로 보질 못하고 밖으로만 자꾸 쳐다보니까. 눈은 안에서 밖으로 보지요. 귀는 반대인 거라. 밖의 소리를 귀를 통해 안으로 끌어오지요. 들어야 해요, 세상의 소리를.

우리는 자꾸 자신을 보지 않고 밖으로만 밖으로만 향하는 그것이 굉장히 발달이 됐어. 교육부터 전부 그런 식으로. 사물을 관찰한다, 분석한다, 뭐 이래서 관찰력이 뛰어난 사람들이 많은 것이라. 이제 우리 사회가 전문성이 많잖아요. 전문 분야가 많고 그 분야마다 전문가들이 많아. 그런데도 혼란스러움이 더 많아. 그건 관찰력은 있는데 통찰력이 없기 때문인 거라. 관찰력에는 능하고 자신의 전문 분야만 자꾸 파고들어 가잖아요. 그런데 통찰력은 좀 부족한 거라. 이걸 위입서궁(蝟入鼠宮)이라 해요. 고슴도치가 쥐구멍으로 들어간다 하지요. 고슴도치가 작은 구멍으로 깊이 들어는 가는데, 등의 가시 때문에 못 빠져나오거든.

　우리 교육이 전문성만을 강조하는 것이 위입서궁 같은 거라. 장님 코끼리 만지기, 장님 문고리 잡기라 하지 않아요? 통찰력이 필요한 시대라 이 말이라. 통째로 저것은 코끼리라고 볼 줄을 아는 게 통찰력인 거라. 물건도 그렇고 학문도 그렇고 모든 분야가 다 마찬가지예요. 국가 통치도 매한가지고. 그건 내가 안 해봐서 모르지만. (웃음)

　바다에 들어가서 물을 찾고 있다는 말이 있어요. 여름 지나 가을 추수 땐데 이제 와서 논을 밭으로 만들 수는 없지 않나. 지금 시대는 예수님이 나와도 부처님이나 공자님이 다시 오셔도 해결할 수 없습니다. 행복은 누가 해주길 바라지 말고 스스로 얻는 것인 거라.

○

김한수   스님은 '외로움'에 대해서도 같은 맥락의
말씀을 하셨다. 물질문명이 발달할수록 현대인이 느끼는 외로움은
더욱 커지고 있다. 이 외로움은 개인의 문제를 넘어 사회적 문제로
도 제기되고 있다. 스님이 말씀하는 '외로움'의 문제는 '마음'의 문
제, '행복'의 문제와 닿아 있다.

성파 스님   외롭다는 느낌? 왜 외롭겠노? 그걸 생각해
봐야지. 뭐 때문에 외로운가. 외로움을 알아야 외로움을 느끼지 않
나. 왜 외롭나 이거라. 그걸 알아야지. 혼자라서? 친구가 없어서?
외로운 이유가 있을 거 아이가?

외로움은 본인이 외로워서 그렇지, 남이 외로움을 준 것은 아
니잖아요? 자기한테 외로움이 있을 수도 있고 없을 수도 있는데,
자기가 굳이 외로움을 택한 거라. 그래가(그래서) 외로움이 있는 거
지. 그렇다고 늘 외로운 것도 아니잖아요. 어떨 때 외롭다가도 어
떨 때는 안 외롭지요? 그러면 외로움도 있다가 없다가 하는 거라.

이 마스크를 함 봅시다. (일어서서 손을 앞뒤로 흔들며) 내가 손에 들고 이렇게 걸어가잖아요? 이러면 보이지요? (마스크를 든 손이) 뒤로 가면 안 보이지요? 쓰면 있고, 안 쓰면 없는 거예요.

김한수   스님은 이 대목에서 '동굴' 이야기를 꺼냈다. 태고부터 어둠에 싸여 있던 동굴도 누군가 들어가 불을 밝히는 순간 과거의 어둠은 사라진다는 이야기다. 마음공부, 정진을 통해 무명(無明)을 걷어내고 진정한 행복을 얻자는 말씀이었다.

성파 스님   동굴 있잖아요? 컴컴한 동굴. 사람이 한 번도 안 들어갔을 때 그 어둠이 몇천 년인지, 몇억 년인지 모르잖아요? 아무도 안 들어갔으니까. 그런데 사람이 동굴에 들어가 불을 가지고 비췄다 이거라. 천 년 동안 어두웠는데 사람이 불을 비추자 일시에 밝아지는 거라. 그러면 얼마 동안 어두웠고 그동안 어둠이 있었나 없었나 그것은 관계없는 거라. 일시에 끝나버리는 거라. (어둠이) 천 년 됐다, 이천 년 됐다, 이건 관계없는 거라. 무슨 말인지 알겠어요?

실타래가 있다고 합시다. 한 주먹의 실타래. 그러면 이 실타래에 실이 몇 가닥이겠어요? 많잖아요. 한 개 한 개 헤아리려면 한 주먹만 해도 얼마나 많겠노. 이걸 일참일악사(一斬一握絲)라. (책상을 쾅 치시며) 이걸 한 번에 한 주먹의 실을 잘라버리는 거라. 이거 뭐, 한 번에 끝내야지, 한 번에 한 개씩 끊으려면 몇 시간 걸릴지, 얼마나 걸릴지 모르잖아. 언제 끝나겠노. 단칼에, 한 번에 잘라버리는 거지. 한 주먹의 실을 한 번에 잘라버리는 거라. 이건 뭐 선(禪)이다 뭐다 이름 붙일 필요도 없어요.

일하며 공부하며, 공부하며 일하며

1판 1쇄 발행 2023년 5월 19일
1판 2쇄 발행 2023년 5월 26일

지은이 성파 스님·김한수
펴낸이 김성구

책임편집 고혁
콘텐츠본부 조은아 김초록 이은주 김지용
디자인 이영민
사진 한영희
마케팅부 송영우 어찬 김하은

펴낸곳 (주)샘터사
등록 2001년 10월 15일 제1-2923호
주소 서울시 종로구 창경궁로35길 26 2층 (03076)
전화 02-763-8965(콘텐츠본부) 02-763-8966(마케팅부)
팩스 02-3672-1873 | 이메일 book@isamtoh.com | 홈페이지 www.isamtoh.com

ISBN 978-89-464-2244-5 03810

• 값은 뒤표지에 있습니다.
• 잘못 만들어진 책은 구입처에서 교환해 드립니다.

샘터 1% 나눔실천
샘터는 모든 책 인세의 1%를 '샘물통장' 기금으로 조성하여 매년 소외된 이웃에게 기부하고 있습니다.
2022년까지 약 1억 원을 기부하였으며, 앞으로도 샘터는 책을 통해 1% 나눔실천을 계속할 것입니다.